Manfred Eichhorn

In der Asche schläft die Glut

W0202423

Manfred Eichhorn

In der Asche schläft die Glut

Ein Baden-Württemberg-Krimi

Silberburg-Verlag

Manfred Eichhorn, geboren 1951, ist selbstständiger Buchhändler in Ulm und Autor von Romanen, Erzählungen, Sketschen, Theaterstücken, Gedichten und Kinderbüchern in Schwäbisch und Schriftdeutsch.

Neben drei weiteren Regionalkrimis ist von ihm im Silberburg-Verlag erschienen: Jemand klopft an mei Herz – Schwäbische Haikus.

Für Karl-Heinz Hahn,
Erster Kriminalhauptkommissar a. D.

1. Auflage 2014

© 2014 by Silberburg-Verlag GmbH,
Schönbuchstraße 48, D-72074 Tübingen.
Alle Rechte vorbehalten.
Lektorat: Michael Raffel, Tübingen.
Umschlaggestaltung: Christoph Wöhler, Tübingen.
Coverfoto: © R_Koopmans – iStockphoto.
Druck: CPI books, Leck.
Printed in Germany.

ISBN 978-3-8425-1349-5

Besuchen Sie uns im Internet
und entdecken Sie die Vielfalt unseres Verlagsprogramms:
www.silberburg.de

Als könnte sich ein Mensch ändern.
In dieser kurzen Frist.
Martin Walser, Meßmers Momente

Prolog

Sie hatten ihn gejagt wie ein Tier. Der Name des Gejagten war Thorsten Unfried. Der war 21 Jahre alt gewesen. Staatsfeindliche Aktivitäten wurden ihm zur Last gelegt. Die Liste seiner Vergehen war kurz, aber anscheinend ausreichend, um ihm ein Todeskommando auf den Hals zu hetzen.

Und Teil dieses Kommandos war er, Artur Schwinn, gewesen.

Er war damals kaum älter als sein Opfer. Anfang zwanzig. Und fest in den Händen der Staatssicherheit, mit Aussicht auf Karriere. Er hatte davon geträumt, die Hochschule des Ministeriums für Staatssicherheit mit Bravour abzuschließen, um dann eine operative Arbeit im Geheimdienst übernehmen zu können. Er war schließlich auf der Seite der Guten, die den Staat vor dem Imperialismus des Westens zu schützen hatte. Damals glaubte er das. Heute nicht mehr. Er hatte ausgeträumt. Längst war ihm klar geworden, dass die Propagandaphrasen, die man ihm einst eingebläut hatte, windschiefe Kartenhäuser gewesen waren, die auf Dauer dem Sturm der widerständigen Bürger nicht standhalten konnten. Die Ideologie dieses Staates stand auf einem äußerst wackeligen Fundament. Ein Kartenhaus auf Sand gebaut. Und mit dem Blut seiner Bürger zementiert. Er war auf alles hereingefallen. Das Einzige, was er lernte, war zu töten. Das Töten war noch immer sein Beruf. Er hatte es nicht verlernt. Nur dass er nicht mehr für eine gute Sache tötete, die doch am Ende keine gute Sache gewesen war. Er tötete für Geld. Jeder Tod hat schließlich seinen Preis. Er führte aus, andere bezahlten. Der Preis, den er zahlte, war ein Leben ohne ein Zuhause. Ohne Liebe, ohne Fürsorge, für wen auch immer. Ein Leben ohne Mitleid und Mitgefühl. Einen einzigen Traum aber hatte er sich bewahrt: *Die Vogelherdhöhle*. Sie ist sein inneres Zuhause geworden. Dorthin flieht er in seinem Traum, wenn das Leben, das er führt, ihm den Atem nimmt. Dort lebt er in der jüngeren Altsteinzeit. Das Leben ist einfach. Und überschaubar. Man tötet, um überleben zu können. Mammut, Höhlenbär, Steinbock und die Saigaantilope. Das Leben ist unkompliziert. In der Höhle gibt es nichts Falsches. Die Göttin ist gut, sie ist halb Löwin, halb Frau.

Jetzt dachte er wieder an Thorsten Unfried, seinen ersten Toten. Sie hatten ihn gejagt und gestellt. Er hatte seine Pistole in Unfrieds Nacken gebohrt und nach dem Offizier geschaut. Der hat genickt, und da hat er geschossen. Der Staatsfeind kippte nach vorne. Er roch nach Exkrementen. Der Offizier versetzte ihm einen Fußtritt, den der Gejagte nicht mehr spürte. Es war der erste Tote, den er, Artur Schwinn, als sein Opfer vor sich liegen sah, und er fand den Anblick enttäuschend unspektakulär. Ein kleines Loch in der Nackengegend, aus dem, einer Quelle gleich, munter das Blut zu perlen begann.

Schwinn öffnete seine Augen und schaute aus dem Fenster des Zugabteils. Die Alblandschaft flog an ihm vorüber. Er dachte an die Höhlen im Hohlenstein und dann wieder an die Vogelherdhöhle. Aber der Traum war vorüber.

Er zog aus der Tasche ein Foto. Es zeigte den Löwenmenschen. Es war *Das Zeichen der Wiederkehr*. Alles würde wieder so sein, wie es einmal war. Bald würde er ihn sehen, wie auch die Göttin. Er schloss die Augen, aber der Traum wollte nicht mehr kommen. Also öffnete er sie wieder und achtete auf die Zugansage. *In wenigen Minuten erreichen wir Ulm.* Er nahm seine beiden Gepäckstücke aus dem Netz, machte sich zum Aussteigen bereit. Der nächste Auftrag wartete.

Ja! Ich weiß, woher ich stamme!
Ungesättigt gleich der Flamme
Glühe und verzehr ich mich.
Licht wird alles, was ich fasse,
Kohle alles, was ich lasse:
Flamme bin ich sicherlich!

Friedrich Nietzsche, Ecce homo

1

»Der Herr hat's gegeben, der Herr hat's genommen.« Pfarrer Laible blickte noch einmal in das offene Grab, dann überließ er den Trauernden Erde und Weihwasser, damit sie dem Verstorbenen die letzte Abschiedsgeste erweisen konnten. Indessen schnäuzte Lott seine sichtbar gewordene Trauer ins Taschentuch. Nach gegebener Zeit trat auch er ans offene Grab, schaufelte eine Handvoll Erde hinein, benutzte den Weihwasserwedel, verweilte andächtig einige Sekunden lang an dieser Stelle und ging dann zu Lisbeth, der Witwe des Verstorbenen, die ganz vorne stand, und umarmte sie. Er kondolierte der Tochter mit Handschlag, den übrigen Verwandten mit einem Teilnahme bekundenden, leichten Kopfnicken und kehrte in die Reihe seiner Ulmer Kolleginnen und Kollegen zurück.

Es war ein freundlicher Tag. Die Sonne wärmte bereits ordentlich, obwohl erst kürzlich ein erneuter Wintereinbruch noch einmal für Frost gesorgt hatte. Aprilwetter eben. Lott trat von einem Bein aufs andere. Die Hüfte, die er nach Ansicht der Ärzte längst hätte operieren lassen müssen, schmerzte wieder. Er war von Tübingen hergefahren, um einen Freund und Kollegen zu beerdigen.

Max Brauchle war tot. Er, der immer so tat, als wäre das Leben ein einziger Witz, bestückt mit tausend Pointen, hatte selbst den Zeitpunkt seines Todes zu einer Groteske gemacht. Er war am 7. April gestorben, am Weltgesundheitstag!

Lott schaute in den noch blauen Vormittagshimmel, dem bereits ein paar bedrohliche Wolken am Horizont auf den Pelz rückten, als der Klingelton eines Handys ihn aus den Gedanken riss.

Spiel mir das Lied vom Tod.

Die strafenden Blicke der Trauergäste forschten nach dem Verursacher und blieben dabei an der Kollegin Petra Mai hängen, die fiebrig nach ihrem Handy suchte, das sie alsbald aus ihrer Jackentasche kramte, um das Gespräch entgegenzunehmen.

Dabei kehrte sie den Trauergästen den Rücken und ging ein paar Gräberreihen weiter, um zu Ende zu telefonieren. Nach wenigen Minuten kam sie zu den Kollegen zurück und flüsterte Polizeichef Lander ins Ohr: »Im *Goldenen Rad* gibt es eine Leiche, jemand von uns muss hin.«

Lander schnaufte genervt. Petra Mai antwortete mit einem Schulterzucken.

»Fahren Sie los. Das hier ist ohnehin gleich vorbei«, ordnete Lander an.

Die Kollegin nickte und ging dann zu Lott, um sich von ihm zu verabschieden.

»Eine Leiche, du verstehst«, sagte Petra. »Komm du gut nach Hause. Man sieht sich, irgendwann.«

Lott umarmte sie. Dann hatte er plötzlich den Impuls zu fragen: »Soll ich mitkommen?«

»Habt ihr in Tübingen nicht genügend Leichen?«

»Nicht so viele wie ihr hier«, scherzte Lott.

»Dann komm mit, ich würde mich freuen.«

Lott ging noch einmal zur Witwe Brauchle, die inzwischen alle Beileidsbezeugungen entgegengenommen hatte, um ihr den übereilten Aufbruch zu erklären.

Lisbeth kam ihm jedoch zuvor: »Kommst du noch mit nach Ermingen, ins *Rössle*?«

»Lisbeth, wir haben eine Leiche«, wehrte Lott ab.

»Wir doch auch«, sagte Lisbeth und lächelte dabei.

Ihr Lächeln war entwaffnend.

»Später, Lisbeth, wenn's irgendwie geht, komme ich mit Petra nach.«

Lisbeth drückte ihn. »Beeil dich, wir warten noch mit dem Essen.«

»Tu das nicht. Du weißt doch, wie der Hase läuft.«

Lisbeth seufzte: »Da hast du recht, eine jahrzehntelange Erfahrung habe ich da. Trotzdem hoffe ich, dass ihr beiden noch kommt.«

»Wir tun unser Bestes, Lisbeth!«

Lott folgte Petra, die bereits losgegangen war, und holte sie am oberen Friedhofstor ein.

»Ich bin mit Lohner gekommen, wir müssen deinen Wagen nehmen«, empfing sie ihn.

»Kein Problem, ich habe allerdings etwas abseits parken müssen.«

Gemeinsam gingen sie die Friedhofstraße hinunter, bis sie an den Platz kamen, an dem Lott seinen Wagen abgestellt hatte. Er ließ Petra einsteigen, dann chauffierte er sie zum Neuen Bau, wo die Polizeidirektion Ulm, als alleiniger Nutzer des Gebäudes, seit Anfang der fünfziger Jahre untergebracht war. Der prächtige Kolossalbau, der einst als Korn- und Salzspeicher diente, hatte für Lott nicht an Faszination verloren. So schaute er auch jetzt zu den vielen Gaubenfenstern hoch, die sich in mehreren übereinanderliegenden Reihen über das Dach zogen und die einstmals sicherstellten, dass das Korn ausreichend belüftet war. Er hatte ein etwas zwiespältiges Verhältnis zu dieser Trutzburg, in der während der Nazizeit die Gestapo ihre grausamen Verhöre führte, die andererseits aber während seiner mehr als zwei Jahrzehnte dauernden Tätigkeit hier für ihn zu einer Art zweiter Wohnstatt geworden war.

Petra Mai ging zielstrebig durch den Innenhof. Lott sinnierte, welches Verhältnis die Kollegin zu diesem Prachtbau, der sich ursprünglich *Königshof* nennen durfte, wohl hatte. Im Moment jedenfalls war sie nur daran interessiert, sich eine andere Jacke aus dem Büro zu holen.

Das *Goldene Rad* war quasi um die Ecke, keine hundert Meter entfernt. Gegenüber Ulms Neuer Mitte. An der Rezeption wurden sie bereits vom Hotelmanager erwartet. Mit fahrigen Bewegungen erklärte der, dass der tote Mann in einem Zimmer oben im ersten Stock liege.

»Sein Name ist Konstantin Adler.«

Er ging voran, die Treppe hinauf, und drehte sich, während er redete, fortwährend zu den beiden Kriminalbeamten um. »Laut Reisepass wurde er 1940 in Schwerin geboren, deutscher Staatsbürger, ehemals DDR. Jetzt wohnhaft in Leinfelden-Echterdingen.«

Petra Mai und Lott folgten ihm. Als der Hotelmanager den ersten Stock erreicht hatte, wurden dort Stimmen laut. Zwei uniformierte Kollegen standen vor dem besagten Zimmer Spalier und verweigerten einer jungen, dunkelhäutigen Frau den Zugang.

»Sie hat noch nicht kapiert, dass da ein Toter drinliegt, und will putzen«, klärte einer der Polizisten Lott auf.

»Was ist passiert?«, fragte Petra.

»Herzversagen. Der Notarzt war bereits da und hat den Totenschein ausgestellt. Jede Hilfe kam wohl zu spät. Aber nach Ansicht des Arztes ist er eines natürlichen Todes gestorben.«

»Und warum wurden wir dann gerufen?«

»Kommen Sie mit«, forderte der andere Polizeischutzbeamte Lott und Petra auf. »Das haben wir bei dem Toten gefunden.«

Auf dem Boden lag ein geöffneter Koffer. Darin lagen ein zerlegbares Gewehr mit einem leicht abnehmbaren Zielfernrohr und Schalldämpfer.

»Das ist doch kein normales Gepäck, habe ich mir gedacht, und dann die Polizei gerufen«, meldete sich der Hotelmanager, der vor der Tür ausgeharrt hatte, wieder zu Wort.

»Da haben Sie recht«, stimmte Lott ihm zu.

»Da drin gibt's noch mehr Überraschungen«, sagte einer der beiden Polizisten und deutete mit dem Finger auf eine geöffnete, blaurot karierte Reisetasche, die nahe dem Nachtschränkchen stand.

Gleich warf Petra einen Blick hinein. Dann griff sie in ihre Jackentasche, zog ein Paar Gummihandschuhe heraus, stülpte sie sich über die Hände und griff in die Tasche.

»Eine Česká«, konstatierte sie, während sie die Pistole mit zwei Fingern der Tasche entnahm. »Und ein bisschen Kleingeld.« Mit diesem Satz hatte sie noch einmal in die Tasche gegriffen und fischte nun ein fettes Bündel Fünfzigeuroscheine heraus.

»Wir brauchen die Spurensicherung«, bemerkte sie dann in Richtung der beiden Beamten, die dies umgehend veranlassen sollten. »Und sorgen Sie auch dafür, dass das Beerdigungsunternehmen, mit dem wir einen Vertrag über den Leichentransport haben, verständigt wird.«

»Soll er in die Rechtsmedizin?«

Lott wehrte ab. »Ermordet hat ihn offensichtlich niemand.«

Petra nickte. »Die Frage lautet wohl eher, wen wollte er ermorden?«

»Dennoch wird die Rechtsmedizin nicht drum herumkommen, sich den Herrn einmal näher anzuschauen«, korrigierte Lott seine zuvor getroffene Aussage.

»Du meinst, bei diesem Fund hier«, stimmte Petra ihm zu, während sie auf die Waffen zeigte. »Dennoch ist die primäre Frage, ob und, wenn ja, wen er in Ulm damit um die Ecke bringen wollte.«

»Du glaubst also auch, dass der Tote ein Auftragsmörder war?«

»Wenn ich sein Werkzeug betrachte, spricht einiges dafür. Es sei denn, er ist ein Großwildjäger. Das Gewehr ist auf jeden Fall illegal.«

»Vielleicht finden wir in seiner Brieftasche einen Hinweis«, hoffte Lott.

Petra öffnete die Tür zum Kleiderschrank, in dem ein einziger Anzug hing. In unauffälligem Novembergrau. Petra langte in die Innentasche der Jacke und brachte eine Brieftasche zum Vorschein. Sie schlug sie auf. Neben ein paar kleineren Euroscheinen und einem unbenützten Notizheft steckte ein Foto in Postkartengröße.

»Wenn Adler wirklich ein Auftragskiller war und seinen Auftrag noch nicht ausgeführt hat, müssen wir herausfinden, wen er ermorden wollte.«

Petra reichte Lott das Foto. Es zeigte, auf einem Sockel in einer Vitrine stehend, ein Abbild des Löwenmenschen.

»Den bestimmt nicht«, lächelte Lott, »der ist seit gut 32 000 Jahren tot.«

2

»Der Tote heißt Artur Schwinn und nicht, wie seine Papiere uns weismachen wollten, Konstantin Adler. Er wurde 1940 in Schwerin geboren. Er hat bei der Staatssicherheit gearbeitet und sich nach dem Mauerfall einer Securityfirma angeschlossen, die sich in Pirmasens als GbR hat eintragen lassen. Die Firma hatte einen mehr als zweifelhaften Ruf. Sie wurde mit Rauschgiftdelikten und illegaler Prostitution in Verbindung gebracht. 1993 wurde sie aufgelöst und aus dem Gewerberegister gelöscht. Im selben Jahr wurden am Rande des Pfälzer Waldes drei Morde mit Waffen begangen, die auf die Security registriert waren. Schwinn hatte bei der Auflösung der Firma diese Waffen als gestohlen gemeldet. Man konnte weder Schwinn noch Schwinns Kollegen das Gegenteil beweisen. Zum Zeitpunkt der Morde hatte jeder der ehemaligen Security-Mitarbeiter ein Alibi. Dennoch waren sich die ermittelnden Kollegen sicher, dass alle drei Opfer von Auftragskillern ermordet worden waren und dass die einstige Security lediglich ihr Arbeitsgebiet verlagert hatte. Die Staatsanwaltschaft musste damals aufgrund der dünnen Beweislage auf eine Anklage verzichten. Der Reisepass, der auf den Namen Konstantin Adler ausgestellt wurde, ist, wie gesagt, eine Fälschung. ViCLAS führt Schwinn im Übrigen bereits seit einigen Jahren, und somit wird er mittlerweile in ganz Europa gesucht.«

Harald Lohner hatte recherchiert. Und das gründlich. Schwinns Fingerabdrücke waren in den Datenbanken der Polizei gespeichert. Lott, Petra Mai, Ilona Raab und Chef Lander hatten sich im kleinen Konferenzsaal versammelt und waren Lohners Ausführungen gespannt gefolgt.

Nachdem der die staunenden Gesichter seiner Kollegen einen Moment lang ein wenig zu stolz betrachtet hatte, fuhr er fort: »Das einzig Erfreuliche an der ganzen Sache ist wohl, dass weder aus der Českà noch aus dem Scharfschützengewehr in letzter Zeit geschossen wurde. Und Schmauchspuren an seinen Händen konnten auch nicht festgestellt werden, falls eine dritte Waffe im Spiel gewesen wäre. Er hat seinen Auftrag also, sofern es einen gegeben hat, nicht mehr ausführen können.«

Lander zeigte sich erleichtert: »Da ist uns vielleicht einiges erspart geblieben«, frohlockte er förmlich.

»Warten wir's ab«, bremste Mai Landers euphorische Stimmung. »Wir wissen nicht, was Schwinn vorhatte, wir kennen die Auftraggeber nicht und wissen nicht, ob ein anderer an Schwinns Stelle treten wird.«

Auch Lott zweifelte, ob mit Schwinns Tod dieser Fall, der genau genommen eigentlich noch keiner war, bereits ad acta gelegt werden konnte. Wenn er auch selbst nicht unmittelbar damit zu tun haben würde, beschäftigten ihn die Vorgänge in der ehemaligen Reichsstadt doch. Er war nach Ulm gekommen, um einen Freund und Kollegen zu beerdigen. Dass er in eine mögliche Ermittlung hineingeriet, war nicht sein Plan gewesen. Morgen würde er wieder in Tübingen, im Dienste der Landespolizei, seiner Arbeit nachgehen. Spätestens dann sollte der Kopf wieder frei sein.

Gerade als er sich verabschieden wollte, schellte das Haustelefon. Petra Mai nahm ab, hörte gespannt zu und legte wieder auf.

»Der Hotelmanager. Er sagt, eine Frau wäre bei ihm und erkundigt sich nach Herrn Adler.«

»Er soll sie festhalten!«

Lotts Äußerung wurde von Lohner mit einem kritisierenden Räuspern quittiert. Auch Lander und Ilona schauten einander fragend an.

»Schon gut«, wehrte Lott ab, »ich habe einen Moment lang vergessen, dass ich nur zu Besuch hier bin. Also nichts für ungut. Ich war ohnehin im Begriff, mich zu verabschieden.« Er reichte Lohner, dann Ilona und zuletzt Lander seine grußbereite Hand, bevor er Petra mit einer Umarmung Adieu sagen wollte.

»Begleitest du mich trotzdem?«, kam ihm die Kollegin zuvor.

Lott nickte verhalten. Und ließ offen, wie weit er die Kollegin begleiten würde.

»Ich übernehme den Hotelmanager und die Frau«, stellte Petra klar und verließ mit Lott das Konferenzzimmer.

Auf der Treppe raunte sie ihrem einstigen Chef zu: »Es ist mir recht, wenn du mitgehst.«

»Petra, das ist nicht mehr mein Revier«, entgegnete Lott.

»Irgendwie doch«, grinste Petra und schubste ihn in die entsprechende Richtung.

* * *

Die Frau, die an der Hotelpforte stand und sich mit dem Hotelmanager austauschte, war dünn und hochgewachsen. Eine Frau, die man einfach nicht übersehen konnte. Und das nicht allein ihrer Statur wegen. Ihr Gesicht, fein geschnitten, etwas herrisch die Nase, hatte etwas Aristokratisches, mit einem Ausdruck, der signalisierte, dass sie offensichtlich kein Nein duldete. Ihr Teint glich einem feinen Verputz, den sie selbst dort hingestreichelt hatte. Ihr dunkles, glattes Haar war derart akkurat geschnitten wie das der Jeanne d'Arc, wie sie von den Porträtmalern ihrer Zeit gesehen wurde.

Sie lächelte abschätzig dem Hotelmanager zu, als sie erkennen musste, dass der sie unter einem fadenscheinigen Vorwand hier festgehalten hatte, um sie, wie sie sogleich erfahren musste, den Fragen der Polizei auszuliefern.

»Dürfen wir um Ihren Personalausweis bitten?«, war dann auch Petra Mais erste Frage, nachdem sie sich und den Kollegen Lott vorgestellt hatte. Die Angesprochene griff in ihre Handtasche und zückte ihren Reisepass wie eine Waffe. Petra Mai schlug ihn auf und las: *Zita Meerbusch.* 1960 in Görlitz geboren, wohnhaft seit einem Jahr in Ulm.

»Was brauchen Sie einen Ausweis, in Ulm kennt mich doch mittlerweile jedes Kind«, herrschte Zita Meerbusch nun Lott an.

Lott zuckte die Achseln, um seine Ahnungslosigkeit zum Ausdruck zu bringen.

»Ich bin das Löwenmenschle«, klärte Frau Meerbusch ihn auf.

»Wie bitte?« Petra glaubte sich verhört zu haben.

»Sie haben schon richtig gehört: *Löwenmenschle*! So zumindest hat mich die lokale Presse tituliert. Und das ist noch die niedlichere, gnädige Form. *Das Löwenmensch* wäre dagegen, habe ich mir sagen lassen, die pure Beleidigung gewesen.«

Lott grinste. Er musste an Max Brauchle denken. Wenn der von *einem Mensch* sprach, war eine äußerst fragwürdige Weibsperson damit gemeint, während *ein Menschle* im Schwäbischen ein junges, etwas durchtriebenes Mädchen bezeichnete und fast schon als Kompliment galt.

Zita Meerbusch riss Lott aus seinen Gedanken: »Außerdem müssen Sie nicht lange herumermitteln. Ich gebe ja zu, dass ich es war, der diesen Löwenmonstern des sauberen Herrn Melcher die Müllsäcke übergestülpt hat. Und das war nun meinerseits gnädig. Eigentlich hätte ich jedes dieser Monster in die Donau werfen müssen. Aber das wollte ich der lieben Donau nicht antun, diese Art Umweltverschmutzung. Da reicht schon die visuelle Umweltverschmutzung, die wir, dank diesem Herrn Melcher, zu ertragen haben.«

Petra schluckte. Und schaute Lott ratlos an.

Der übernahm: »Frau Meerbusch, das ist nicht der Grund, warum wir hier sind.«

»Sondern?«

»Sie hatten sich hier mit einem Herrn verabredet?«

»Ja, mit Herrn Adler.«

»Darf ich fragen, warum?«, übernahm Petra nun wieder.

»Der Löwenmensch. Das kostbarste Objekt der archäologischen Sammlung im Ulmer Museum. Er hat über meine Forschung, dass es sich bei unserem Löwenmenschen um eine Frau handelt, gelesen.«

»Hat sich Herr Adler als Archäologe oder Steinzeitforscher ausgegeben?«

»Ein seit Jahren interessierter Laie, der Paläontologie und Urgeschichtsforschung als sein Hobby betreibt.« Sie lächelte und fuhr fort: »Die Vogelherdhöhle wäre sein zweites Zuhause, hat er behauptet, und der Löwenmensch, dieses phantastische Kleinod der jüngeren Altsteinzeit, hat es ihm angetan.«

Petra Mai schluckte. Mit dieser Erklärung hatte sie nicht gerechnet.

»Was machen Sie beruflich?«, wollte Lott jetzt wissen.

»Ich arbeite wissenschaftlich. Derzeit schreibe ich ein Buch über die archäologischen Funde auf der Schwäbischen Alb.«

»Eine Art Steinzeitforscherin?«

»Wenn Sie es so nennen wollen. Es ist die Paläontologie im Großen und Ganzen. Ich bin aber auch eine anerkannte Archäologin und habe in den Werkstätten des Württembergischen Landesmuseums an den Restaurierungsarbeiten an der Statuette des Löwenmenschen mitgearbeitet.«

»Wann war das?«, hakte Lott nach.

»Ende der 80er«, antwortete Meerbusch.

»Hatten Sie früher schon einmal Kontakt zu Herrn Adler?«

»Vor ein paar Monaten hat er mich im Museum angerufen, sich dann aber bis vor wenigen Tagen nicht mehr gemeldet. Ich habe bis Februar im Ulmer Museum gearbeitet, Führungen durch die archäologische Sammlung geleitet und dabei von der Arbeit, der Restaurierung und Montage der einzelnen Teile des Löwenmenschen erzählt …« Zita Meerbusch unterbrach sich selbst, hielt einen Moment lang still, dann nahm sie den Faden wieder auf: »… bis die Presse mich zum *Löwenmenschle* machte und die tonangebenden Stimmen in der Stadtverwaltung meine *abstrusen Theorien,* wie sie es nannten, zum Anlass meiner Kündigung nahmen. Nicht dass ich auf das bisschen Geld, das ich dort verdient habe, angewiesen wäre, aber es tat gut, immer in der Nähe meines *Löwenmenschle* zu sein, um einmal bei diesem Begriff zu bleiben.« Frau Meerbusch huschte ein Lächeln über die Lippen.

»War das der alleinige Grund?«, hakte Petra nach.

»Vielleicht ist auch der Krieg, den ich gegen diesen grässlichen Melcher und seine Monster führe, mit schuld daran. Es sei ja alles für einen guten Zweck, tönt der. Die Museumsfreunde profitieren davon, sollten die Skulpturen bei der Versteigerung einen Abnehmer finden, und der Fremdenverkehr, weil das Ganze als treffliches Marketing gehandelt wird. Schön und gut, aber alles wird auf den Schultern des kleinen Löwenmenschen ausgetragen, der damit ins Lächerliche gezogen wird.«

Zita Meerbusch hatte sich in Rage geredet, und Petra und Lott fragten sich in dem Augenblick, warum sie eigentlich hier waren.

»Neununddreißig dieser Melcher-Golems, bemalt von drittklassigen Künstlern, sollen nun das Stadtbild verschandeln, dagegen muss man doch was unternehmen.«

»Und was haben Sie bisher unternommen?«

»Einen Aufruf gestartet. Und nicht wenige haben sich dem angeschlossen: Universitätsprofessoren, eine Kulturanthropologin, Künstler, Journalisten, Feministinnen.«

»Wusste Herr Adler von Ihrer Aktion?«

»Aber hallo, der war genauso entsetzt über diese Geschmacklosigkeit und hat mir seine Hilfe angeboten.«

»In welcher Form?«

Meerbusch zuckte mit den Achseln. »Ja, was schon? Mitunterschreiben, demonstrieren, was auch immer. Den guten Ruf des Löwenmenschen schützen.«

»Frau Meerbusch, Herr Adler ist tot«, platzte es jetzt aus Lott heraus.

»Ermordet?«

»Nein, er ist hier in seinem Hotelzimmer vermutlich an einem Herzversagen gestorben.«

»Und warum ermitteln Sie dann?«

»Herr Adler ist nicht der, für den er sich ausgegeben hat. Herr Adler hat eine andere Identität und steht auf den Fahndungslisten der Polizei in ganz Europa.«

»Was hat er denn verbrochen?«

Lott überlegte einen Moment lang, ob er Frau Meerbusch sagen durfte, was ihm auf der Zunge lag. Spätestens übermorgen würde es ja ohnehin in der Zeitung stehen. Also sagte er: »Ihm wird zur Last gelegt, Morde im Auftrag begangen zu haben.«

»Ein Auftragskiller, ist das sein Beruf gewesen?«

»So wie es aussieht, ja.«

Zita Meerbusch schien einen Moment lang darüber nachzudenken. Dann sagte sie: »Mein Gott, in seiner Freizeit darf er sich doch trotzdem der Steinzeitforschung widmen, finden Sie nicht?«

Petra und Lott schauten einander vielsagend an, eine Antwort darauf aber hatten beide nicht parat.

3

Während Petra Mai mit Frau Meerbusch im Neuen Bau deren Aussage zu Protokoll nahm, war Lott bereits auf dem Weg nach Tübingen. Sein Biorhythmus hatte sich noch nicht so recht auf die Sommerzeit eingestellt, besonders morgens nicht. Da war er aufgrund der willkürlich vorgerückten Stunde noch müde. Im Augenblick aber schätzte er es, dass die Dämmerung erst allmählich einsetzte, obwohl es bereits auf die Zwanziguhrnachrichten zuging. Er schaltete rechtzeitig das Radio ein. *Die Mitarbeiter des Bochumer Nokia-Werks, das im Juli 2008 geschlossen werden soll, bekommen vom Handyhersteller eine Abfindung von insgesamt 200 Millionen Euro.* Lott dachte: Sich mit halbfremden Schicksalen auseinanderzusetzen gehört wohl für jeden zum Alltag. Auch wenn diese Schicksale weit weg von der eigenen Verantwortlichkeit liegen. Diese Flut an Informationen, die einen aufrüttelt und gleichzeitig stumpf macht.

Wenig später klingelte sein Handy. *Forever Young*. Es war ein neues Handy mit neuem Klingelton. Ein großzügiges Geschenk von Tochter Lisa zum Geburtstag. Das alte Handy hatte Elli danach bekommen, obwohl sie ihre Handyabstinenz bis zuletzt verteidigt hatte. Aber jetzt war Elli, als Folge einer akuten Atemwegserkrankung, zur Kur in Bad Dürrheim. Dieser Umstand schrie einfach danach, ihre Ressentiments den Handys gegenüber für eine Weile auf Eis zu legen. Das Display zeigte an, dass es Elli war, die anrief. Lott bog in die nächste Parkbucht ab und nahm das Gespräch entgegen. Elli berichtete, sie habe soeben zu Abend gegessen und wolle dann noch fernsehen. Das Telefonat bildete eine Art Brücke. Lott erzählte gleich, was er neben Brauchles Beerdigung in Ulm erlebt hatte.

»Ach Gott, dein Ulm«, war Ellis Kommentar. Und sie fügte hinzu: »Lass aber unsere Tochter nicht die ganze Zeit allein.«

Während Ellis Kuraufenthalt sollte Lisa wieder bei ihnen wohnen. Wegen Flaubert vor allem, dem inzwischen neunjährigen Retriever. Lisa hatte das nur möglich machen können, weil ein Teil ihrer Arbeit als Lektorin auch außerhalb des Verlagsgebäudes erledigt werden konnte.

»Was gab's zu essen?«, fragte Lott.

»Zu Mittag Zander und Reis, am Abend jetzt nur Vesper.«

Es war die übliche Kommunikation. Der geteilte Alltag. Selbst die Mahlzeiten. Vom anderen das zu wissen war die Nähe, mit der sie sich im Augenblick begnügen mussten.

»Was willst du dir anschauen?«

»Einen französischen Film mit Gerard Depardieu.«

»Ich werde mich danach richten, was Lisa macht.«

»Tu das, mein Lieber.«

»Ich rufe dich zum Gutenachtsagen noch an«, versprach Lott und drückte, im gleichen Moment, in dem Elli es tat, das Gespräch weg.

Er schaltete beim Weiterfahren das Radio ein und gleich wieder aus. Warum scheute er sich nur immer wieder davor, den eigenen Gedanken nachzugehen, und dröhnte sich stattdessen mit dummen Schlagern voll, wenn man dabei doch Gefahr lief, dass diese zu Ohrwürmern mutierten? War Lisas Klingelton nicht schon Ohrwurm genug? *Forever Young*. Dieses vorgegaukelte Versprechen einer ewigen Jugend. Aber deshalb hatte er das Radio auch gleich wieder abgestellt. Und dachte an Elli. Während ihrer akuten Erkrankung, als sie täglich am Sauerstoffgerät hing, hatte sie einmal gesagt: *Es gibt keinen schrecklicheren Unterschied als der zwischen einem Kranken und einem Gesunden*. Gewiss hatte sie den Satz irgendwo gelesen, wie fast immer, wenn sie mit einer Weisheit aufwartete. Sie kultivierte ihr Kranksein gerne, auch ihren Kuraufenthalt jetzt, las von den Kuren großer Literaten. Wie es Goethe in Marienbad, Hesse in Baden und Nietzsche und Rilke in Sils-Maria ergangen war. Das machte ihr die Kur in Bad Dürrheim erträglich.

Hinter Feldstetten musste Lott dringend pinkeln. Wenn er solchen Harndrang verspürte, durfte er nicht zu lange warten. Sonst setzte sich Grieß fest. Er fuhr rechts an den Waldrand und wählte einen Baum aus, an dem er sein Wasser abschlagen konnte. Er hatte das von Flaubert abgeguckt, mit Baum funktionierte das einfach besser. Nur dass sein Hund, ehe er sich für einen Baum entscheiden konnte, zuvor erst etliche anvisieren musste. Da war Lott unkomplizierter. Ihm kam der erstbeste Baum gerade recht, um entspannt pinkeln zu können. Während er an seiner Hose nestelte, blickte er zum Himmel. Es war Nacht geworden, und über den Baumwipfeln hing der Sichelmond. Bei diesem Anblick dachte er gleich wieder an Elli und an eins ihrer literarischen Schmankerln. Diesmal war es ein Haiku:

Eine Sichel der
Mond liegt auf dem Rücken
dieser faule Gesell

Mit diesem Haiku, er wusste nicht mehr, ob der von Issa, Basho oder einem anderen japanischen Haiku-Dichter war, hatte sie ihn vor zwei Tagen bei einem Spaziergang überrascht. Da war die Mondsichel noch ein wenig dünner dahergekommen. Und Lott hatte gehofft, dass Elli es dem Mond gleichtun und wieder zunehmen würde bis zum nächsten Besuch.

Lott hatte die Uracher Steige inzwischen hinter sich gelassen und musste jetzt an Max Brauchle denken, der, wie zum Trotz, am Weltgesundheitstag gestorben war. Ein bruddelnder Querulant war der Max gewesen, aber immer den Schalk im Nacken dabei, der selbst einen Gedenktag mit seinem eigenen Ableben ad absurdum führen konnte.

Lott fragte sich, was für eine Art Kranker sein einstiger Kollege denn gewesen war. War es für ihn, während er krank war, einfach geworden, sich vom Alltag zu entfernen? Bei den wenigen Krankenbesuchen, die er Max abgestattet hatte, war der ihm eine Antwort darauf schuldig geblieben. Und Lott schien es zuweilen, dass Brauchle hinter all den Witzen seine wirklichen Ängste versteckt hielt.

Als Lott zu Hause angekommen war und den Wagen auf dem Carport abstellte, hörte er bereits Flaubert aufgeregt bellen. Der kannte das Geräusch des Autos und konnte es von allen anderen unterscheiden. Lisa öffnete die Tür, und der Hund sprang an ihm hoch, um ihn gebührend zu begrüßen.

»Gut, dass du kommst. Ich muss dringend zum Verlag«, empfing Lisa ihn.

»Um diese Zeit?«, wunderte sich Lott.

»Wir haben die Vertreterkonferenz auf den Abend legen müssen.«

»Ich hoffe doch nicht, dass ich der Grund dafür bin«, antwortete Lott.

»Nein, nein«, beruhigte ihn die Tochter und musste dabei lachen. »Aber es kommt mir entgegen. So kann ich den Vertretern selbst Appetit auf meine neue Reihe machen. Du weißt ja: ›Für den kleinen Lesehunger‹.«

»Apropos Hunger. Hast du irgendwas gekocht?«, hakte Lott ein.

»Tut mir leid«, entschuldigte sich Lisa und erklärte: »Ich musste die Präsentation unbedingt noch fertig kriegen.«

»Ist sie dir gelungen?«

»Ja!«, jubelte Lisa.

Und während sie noch triumphierte, schlüpfte sie bereits in ihren leichten, noch nicht ganz der Jahreszeit angepassten Sommermantel. Dann küsste sie ihren Vater, gab Flaubert einen Klaps und war schon bei der Tür.

»Du musst den Kühlschrank plündern«, rief sie vom Treppenhaus hoch. Und war weg.

Lott brauchte einige Zeit, um sich zu akklimatisieren. Ohne Elli fühlte er sich in den eigenen Räumen verlassen. Zumal Lisa gleich gegangen war. Und Flaubert konnte, trotz aller Bemühungen seinerseits, die Lücke nicht füllen.

Er ging zum Telefon, rief Lisbeth an und entschuldigte sich, dass es zum Leichenschmaus für ihn nicht mehr gereicht hatte.

Lisbeth klang gefasst. Dabei war Lott aber nicht verborgen geblieben, dass sie wohl ahnte, dass der Schmerz noch über sie hereinbrechen würde, wenn erst der Alltag ihr das neue Alleinsein bewusst machte. Eine Zeitlang schwiegen beide ins Telefon.

Dann fragte Lott: »Warst du bei ihm?«

Er musste seine Frage nicht näher erklären. Lisbeth wusste auch so, was Lott meinte, und antwortete: »Er ist daheim gestorben.«

Beide schwiegen wieder.

Dann brachte Lisbeth ihren Satz zu Ende: »In meinen Armen.«

»Hat er noch etwas gesagt?«, fragte Lott, wieder nach einer Weile.

»Du meinst, seine letzten Worte?«

Lott spürte, wie Lisbeth jetzt lächelte und horchte gespannt.

»*'s goht nemme*«, sagte sie. »Das waren seine letzten Worte.«

Lott spürte, wie ihm ein paar Tränen über die Wange liefen. Er verabschiedete sich, versprach einen baldigen Besuch und hörte, wie Lisbeth schluckte, bevor er nur noch die Stille, die jetzt aus dem Telefonhörer kam, schmerzlich wahrnahm.

's goht nemme. Das war typisch Max Brauchle. Ein einziger Satz, mit dem alles gesagt war.

Kaum hatte Lott aufgelegt, klingelte sein Handy. *Forever Young.* Wenn dem nur so wäre, dachte Lott und drückte die entsprechende Taste.

Petra war dran. Ihre Stimme klang aufgeregt. Und sie kam gleich zur Sache.

»Wir haben etwas übersehen. In der Minibar des Hotelzimmers haben wir einen Bleibehälter entdeckt, mit diesem ominösen Warnzeichen darauf, dass der Inhalt radioaktive Substanzen enthält.«

»Was habt ihr unternommen?«

»Lander hat zunächst das Hotel räumen lassen.«

»Und sonst?«

»Lohner hat sich mit der Uni in Verbindung gesetzt, die sollen eine Fachkraft schicken, mit Geigerzähler und so.«

Petra Mai hielt plötzlich inne, dann rückte sie mit der Sprache heraus: »Mein Anruf ist quasi dienstlich. Lander hat den leitenden Kriminaldirektor eures Vereins in einer E-Mail über den Vorfall hier informiert und ihn darum gebeten, dass das Dezernat für Sonderfälle den Fall übernimmt. Und du bist ja wohl der Chef dieses Dezernats.«

»Was hat Hilbinger geantwortet?«

»Bis jetzt noch nichts. Aber die Sachlage ist dir ja wohl klar. Wir in Ulm können das nicht im Alleingang machen. Möglich, dass sich auch das BKA einschalten wird.« Plötzlich klang Petras Stimme heiter. »Also bis morgen«, jauchzte sie.

»Du klingst, als würde dich das freuen«, antwortete Lott verdutzt.

»Dich wieder hier zu haben? Da kannst du recht haben«, meinte sie schnippisch.

4

»Lott, es handelt sich bei dem Gewehr um eine sogenannte Take-down-Waffe. Die benützen andere zur Großwildjagd in Südafrika«, erklärte Hilbinger sichtlich aufgekratzt. »Zerlegbar, mit Schalldämpfer, auf jeden Fall illegal! Und dann diese Sache mit der möglicherweise radioaktiven Substanz in diesem Bleikasten. Dieser Fund hat auch das BKA aufgescheucht. Aber, um das klarzustellen, Sie, Herr Lott, übernehmen das Kommando in Ulm. Bilden Sie eine Soko, und wir werden sehen, welche Unterstützung Sie brauchen. Und schauen Sie, dass Sie schnellstens nach Ulm kommen und diesen Fall lösen!«

Lott lächelte. Eigentlich war Hilbinger ein ruhiger, für seine Gelassenheit bekannter Chef, der selten die Contenance verlor. Jetzt aber schien er sichtlich beunruhigt zu sein.

»Warum übernimmt nicht das BKA?« fragte Lott, obwohl er die Antwort bereits ahnte. Aber es gefiel ihm, seinen Chef aus der Reserve zu locken.

»Sie kennen doch die Kollegen vom BKA«, ereiferte sich Hilbinger, »tragen die Ermittlernase immer einen Tick höher als das gemeine Fußvolk der Kriminalbeamten, zu denen auch Sie, Herr Lott, gehören, auch wenn Sie das Dezernat für Sonderfälle hier leiten. Aber die Drecksarbeit dürfen zunächst wir übernehmen. Und Sie sind beim BKA kein unbeschriebenes Blatt. Denen ist nicht verborgen geblieben, dass Sie Ulm wie Ihre eigene Westentasche kennen, wenn Sie auch in den letzten beiden Jahren dort lediglich eine jeweilige Soko geleitet haben, die aus unterschiedlichen Gründen die Ulmer nicht im Alleingang bilden konnten oder durften.«

Lott dachte daran, wie er vor zwei Jahren während der Fußball-WM in Deutschland dort eine Soko geleitet hatte, die den Mord an zwei Frauen aufzuklären hatte. Eine davon war die Präsidentin des Ulmer Sportvereins gewesen. Und im vorigen Jahr wurde er, als Leiter des Dezernats für Sonderfälle, nach Ulm abberufen, um den Mord am Prinzenpaar des Ulmer Karnevalvereins aufzuklären, dem noch eine Reihe anderer Morde folgten. Eines der Opfer war der Gauga-Ma, Kultfigur der Söflinger Fasnet, gewesen. Einmal im Jahr nach Ulm, um dort Verbrechen aufzuklären, war anscheinend fester Bestandteil seines beruflichen Lebensskripts.

Hilbinger kam zum Ende und reichte Lott die Hand.

»Halten Sie mich auf dem Laufenden«, bat er.

Und Lotts Erwiderung des Händedrucks fiel fester aus als gewöhnlich. So, als wollte er Hilbinger damit sagen: Das wird schon!

Lott hatte für seine Abreise schon alles geregelt. Flaubert war bei Lisa, die ihre Arbeit weiterhin von zu Hause aus erledigen konnte, in besten Händen. Und Elli hatte bei ihrem letzten Telefonat bereits geahnt, dass ihrem Klaus wieder ein Auftrag in Ulm bevorstand.

»Ulm lässt dich einfach nicht los«, hatte sie geseufzt.

Was hätte er ihr da antworten können?

Um Trostworte verlegen, hatte er ihr deshalb lediglich versprochen, am Wochenende, wie ausgemacht, nach Bad Dürrheim zu kommen. Ob er dieses Versprechen allerdings auch würde halten können, stand auf einem anderen Blatt.

Nun fuhr er los. Hilbingers Vorurteile, das BKA betreffend, mit im Gepäck. Und mit im Gepäck freilich auch alle Gedanken an Elli, um die er sich sorgte.

Bald ließ er Metzingen hinter sich, und irgendwann tauchte die Burgruine Hohenurach auf. Und je rascher er sich auf Ulm zubewegte, desto näher rückte ihm die Aufgabe, die ihn in Ulm erwartete, auf den Pelz.

Lott dachte an Schwinn und an sein kleines, aber aufwendiges Waffenarsenal. Der war nicht wegen der Archäologie nach Ulm gekommen, nicht wegen des Löwenmenschen, der in einer Vitrine des Ulmer Museums sein neues Dasein fristete. Auch nicht wegen Zita Meerbusch, die von der Presse als Löwenmenschle tituliert wurde. Und Lott glaubte auch nicht, dass Schwinn darauf angesetzt worden war, einen Beziehungsstreit mit einem Mord zu beenden. Es musste sich um etwas Größeres handeln. Plötzlich war er sich sicher: Ein Attentat war geplant.

* * *

Das Münster winkte ihm zu. So zumindest empfand es Lott, als er von der Albhöhe herab den gigantischen Sakralbau erblickte. Jährlich kamen rund siebenhunderttausend Besucher aus aller Welt, um das Ulmer Münster zu bestaunen. Einhundertvierzigtausend von ihnen trauten es sich darüber hinaus zu, den höchsten Kirchturm der Welt zu besteigen. Zumindest ein Stück davon. Bis zur ersten Aussichtsplattform musste man dreihundertzweiundneunzig Treppenstufen hinter sich bringen, danach, wenn einem der Ausblick aus siebzig Metern Höhe nicht genügte, weitere einhundertachtundsechzig bis zur Achteckplattform in einhundertzwei Meter Höhe. Den Gipfelstürmer trennten jetzt nur mehr zweihundertacht Stufen, um auf der einhundertdreiundvierzig Meter hoch gelegenen Kranzgalerie eine Übersicht zu erfahren, die einem den Atem nehmen konnte. Das Blautal im Westen, hinter der Stadtmauer die Donau, und dann, bei gutem Wetter, die Silhouette der Alpenkette. Siebenhundertachtundsechzig Stufen, die am Ende großen Lohn für den Gipfelstürmer bereithielten.

Lott hätte Münsterturmführer sein können. Die Stufenzahlen hatten sich ihm seit Kindertagen eingebrannt. Wie oft hatte er an Sonntagnachmittagen sämtliche Stufen im Sturm erobert. In immer neuen Rekordzeiten. Nur einmal, als er die Geyer Anita mitgenommen hatte, die seine Freundin geworden war, hatte das ziemlich lange gedauert, weil er sie in jeder zweiten Windung zum Stehenbleiben genötigt hatte, um sie zu küssen. Der Weitblick diente dann eher als Allegorie, die für die unendliche Weite seiner Gefühle, die Geyer Anita betreffend, herhalten musste.

Als das Münster in der Talsenke wieder aus Lotts Sichtfeld entschwand, ärgerte er sich über seinen sentimentalen Anfall. Seit Ellis Erkrankung geschah ihm das öfters: Dieser wehleidige Blick in die Vergangenheit! Als wüsste er nichts vom Wesen der Vergänglichkeit.

Ich schaue dem Tod ins Gesicht und sage: Es gibt dich nicht.

Eine von Ellis gelesenen Weisheiten. Martin Walser vermutlich, den sie, je mehr sie jetzt an den Tod dachte, immer häufiger zitierte. Als wäre der ein Fachmann im Sterben. Oder auch: Im Sich-vor-dem-Sterben-drücken-Wollen.

Da war Brauchle geradliniger. *»'s goht nemme.«* Seine letzten Worte.

Lotts Gedanken purzelten jetzt, während er dem Hinweisschild *Stadtmitte* folgte, jäh übereinander. Plötzlich tauchten aus seiner Erinnerungswelt Wörter auf, die er mittlerweile wieder aus seinem aktiven Vokabular gestrichen hatte. Er erinnerte sich, wie im Frühjahr 1986 nach dem Reaktorunfall in Tschernobyl über Nacht sein Wortschatz gewaltsam erweitert wurde: *Cäsium, Barium, Strontium, Ruthenium, Plutonium.* Wie er sich in dieser neuen Landschaft, in der mit *Becquerels* und *REM* gerechnet wurde, zurechtfinden musste. *Gammadosisleistungskonstante, Störfall, Grenzwert, Millirem, Dekontamination, Betastrahlung, Picocurie, Halbwertzeit, Fallout.*

Jetzt, nach Petras Anruf, tauchten diese Wörter plötzlich, wie von Geisterhand ans Licht geführt, wieder aus der Versenkung seines Vertrautheitsgedächtnisses auf. Freilich wusste er um den Fall Litwinenko und dass radioaktive Substanzen auch ein Mordinstrument sein konnten. So wie auch die neuen Gifte, die die Klassiker wie Kohlenmonoxyd und Arsen abgelöst hatten. Lott hatte noch Banzhafs Ausführungen darüber im Ohr, die der Rechtsmediziner ihm während der Ermittlung im Mordfall des Prinzenpaares durch Kaliumzyanid zuteil werden ließ:

Die Gifte, die heute verwendet werden, sind andere als vor fünfzig Jahren. Kohlenmonoxyd, der Klassiker per Gasleitung, ist längst von gestern, denn das heutige Erdgas ist so zusammengesetzt, dass das tödliche Kohlenmonoxyd als Abbauprodukt nicht mehr entsteht. Oder Arsen. Der Stoff ist leicht nachweisbar.

Acrylamid, Alkaloide, Herz-Kreislauf-Medikamente. Am beliebtesten aber sind die Metallverbindungen. Kein Wunder, dass das gängigste Gift der Gegenwart ein metallisches Element ist. Thallium. Der Stoff befindet sich im Periodensystem nahe bei Polonium. Als silberweißes Metallpulver ist es geruch- und geschmacklos und lässt sich unbemerkt in jede Nahrung mischen. Ein Gramm Thallium genügt, um einen Erwachsenen zu töten. 1981 verübte ein Stasi-Mitarbeiter in Israel ein Attentat auf den DDR-Flüchtlingshelfer Wolfgang Welsch. Welsch, der später durch den Film Der Stich des Skorpion *berühmt wurde, aß eine präparierte Frikadelle. Er über-*

lebte knapp. Eine Thallium-Vergiftung ist tückisch, weil die deutlichen Symptome erst nach 13 Tagen auftauchen. Die Haare fallen aus, Leber und Nieren versagen, und Nervenstörungen können schließlich zum Tod führen. Thallium und Polonium sind grausam, das Gift wirkt langsam und quält. Viel giftiger, weil in viel kleineren Dosen tödlich, ist aber ein anderer Stoff: Ricin. Das Gift stammt aus Rizinussamen. Ein tausendstel Gramm ist tödlich. Ein Gegenmittel gibt es nicht.

Lott mochte seinen Kollegen von der Rechtsmedizin. Banzhaf war gründlich in seiner Arbeit. Er gab auch bei der schwierigsten Suche nie auf. Und sie hatten eines gemeinsam: das Dozieren. Wenn Banzhaf ein Thema hatte, dann ließ er nicht locker, bevor er nicht alles haarklein erläutert hatte. Im aktuellen Fall aber hatte Lott bereits selbst im Internet recherchiert: *Mord mit radioaktiven Substanzen.*

Der spektakulärste Fall war der Fall Litwinenko. Litwinenko, ein ehemaliger russischer Geheimagent, wurde im November vor zwei Jahren mit Vergiftungserscheinungen in ein Londoner Krankenhaus eingewiesen. Die Mediziner, die zunächst von einer Vergiftung mit Thallium ausgegangen waren, fanden wenige Stunden vor Litwinenkos Ableben große Mengen der radioaktiven Substanz Polonium im Urin des Geheimagenten. Litwinenko starb am 23. November 2006 an den Folgen der durch Polonium verursachten Strahlenkrankheit. Er hatte wenige Stunden zuvor in einem Interview mit der Times erklärt, dass er vom Kreml zum Schweigen gebracht worden sei.

Lotts Pulsschlag erhöhte sich. Er spürte, wie sein Herz zu pochen begann. Und er fürchtete sich ein wenig davor, was da auf ihn zukommen würde. *Radioaktive Substanzen!* Genügten Schwinn Gewehr und Pistole nicht mehr? Mordete er jetzt mit nuklearen Substanzen? Mit Ricin? Er dachte daran, dass auch die Hotelangestellten, die mit Litwinenko in Berührung gekommen waren, Schäden davongetragen hatten. Also war jeder gefährdet, der damit in Berührung kam. Dann aber verwarf er den Gedanken wieder. Lohner hatte dic Akte ja vorgelesen. Schwinn war ein Täter vom alten Schlag. Genaue Planung – den Täter mit dem Zielfernrohr ins Visier genommen, ein Schuss, kaum hörbar durch den Schalldämpfer – Auftrag erledigt.

Blaubeuren, das kleine Städtchen mit dem Blautopf, lag schon hinter ihm. Aber statt alter Erinnerungen, denen er jetzt hätte nachhängen mögen, krallte sich noch immer das Attentat, das geplant und von Schwinn hätte ausgeführt werden sollen, in seinen Gedanken fest. Und mit einem Male zweifelte Lott, ob er für diese Ermittlung der Richtige war. War es nicht sinnvoller, die Angelegenheit dem BKA und dem BND zu überlassen?

Er fuhr jetzt durch Blaustein und sah bald darauf, rechter Hand, die Söflinger Kirche Mariä Himmelfahrt, mit der ihn ein Stück seiner eigenen Kindheit verband. Im selben Augenblick wurde ihm leichter ums Herz. Er hatte sich da in den letzten Minuten in etwas hineingesteigert. Litwinenko, Polonium und Attentate, ein Mord mit radioaktiven Substanzen, dazu brauchte es doch eine andere Kulisse. London, Moskau, Frankfurt vielleicht noch. Auf jeden Fall das morbide Flair einer Großstadt. Ulm war dafür nicht geschaffen. Ulm hatte derzeit ein anderes Thema: Löwenmenschen im Großformat, denen man aus Protest Müllsäcke überstülpte.

Lott hörte das Martinshorn eines Streifenwagens. Das Geräusch schreckte ihn nicht. Es weckte heimatliche Gefühle. Gefühle der Zugehörigkeit. Er war wieder *zu Hause.*

5

Edgar Schmitt saß in seinem Büro im Arbeitsbereich Isotopenanwendung. Er hasste die Abende, die er hier verbringen musste, nur weil der Tag wieder einmal zu kurz gewesen war, um Versuche rechtzeitig abzuschließen. Die

Übergabe der Reststoffe, die bereits angemeldet waren, würde sich noch hinziehen. Und dann würde es noch dauern, bis er die ordnungsgemäße Sortierung und Verpackung kontrollieren und der Abtransport erfolgen konnte. Vor dem Verlassen noch die Schutzkleidung durch den Monitor auf ihre radioaktive Kontamination prüfen lassen und dann ausziehen. Es war immer derselbe Ablauf. Der einzige Trost dabei war, dass diese Überstunden gut bezahlt wurden. Er brauchte das Geld. Und das dringender als jemals zuvor. Trotz seiner kleinen Nebeneinkünfte reichte es noch immer nicht. Und diese Nebeneinkünfte standen derzeit auf äußerst wackligen Beinen.

Er nahm einen Stift und rechnete, obwohl er genau wusste, dass jede Rechnerei für die Katz war. Seine Kalkulationen hatten noch nie gestimmt.

Plötzlich hörte er auf dem Flur Schritte. Er wunderte sich darüber. Es war noch zu früh für die Übernahme. Die Strahlenschutzbeauftragte, die bei jeder Übernahme anwesend sein muss, kam immer erst kurz vor knapp, um ihre Unterschrift zu leisten. Er hoffte, dass es heute Isolde Burr sein würde und nicht Elke Quast. Elke hatte die letzten Male Stress gemacht. War päpstlicher als der Papst gewesen, wenn irgendetwas nicht haargenau gestimmt hatte. Mein Gott, als ob wir hier mit Atombomben hantieren würden. Er räumte sein Schreibzeug in die Schublade zurück und dachte: Wer immer auch Dienst haben würde, vor zwei Stunden war nicht mit ihr zu rechnen.

Die Schritte auf dem Flur verhallten wieder. Er schaute durch das doppelverglaste Fenster. Der Sichelmond hing noch blass darin wie eine Schaukel. Der Wind griff ins Geäst der grünenden Bäume und schüttelte sie. Es war eine Stimmung, die er liebte. Obwohl die Natur ihm durchs Fenster winkte, war sie doch meilenweit entfernt von ihm. Und wenn die Natur sich zeigte, dann ohne die dazugehörenden Laute.

Hier drin gab es keine Natur. Alles war steril. Und die einzige Farbe war blau. Die blaue Schutzkleidung, ohne die niemand den Kontrollbereich betreten durfte, die beim Verlassen des Kontrollbereiches auf radioaktive Kontamination geprüft wurde und dann wieder ausgezogen werden musste.

Plötzlich war das Geräusch wieder da. Jemand war auf dem Flur. In Stöckelschuhen. Oder in Holzpantinen. Unmittelbar vor der Tür zu seinem Büro. Schmitt stand auf und riss die Tür auf. Draußen stand eine ihm fremde Frau. Als sie zu sprechen begann, erkannte er aber ihre Stimme.

»Sie müssen die blaue Schutzkleidung tragen, hat man Ihnen das nicht gesagt?«, rügte er die Frau, die unruhig um sich schaute. »Außerdem dürften Sie hier gar nicht sein.«

»Wir hatten doch eine Verabredung.«

Edgar Schmitt blieb hartnäckig: »Trotzdem! Ohne Schutzkleidung geht hier gar nichts.«

»Es gab keine Gelegenheit dazu, mir welche anzuziehen«, erwiderte die Frau und fragte dann brüsk: »Was haben Sie Schwachkopf denn getan?«

»Das einzig Richtige«, brummte Schmitt barsch.

Dann wurde er unruhig. »Man darf Sie hier nicht sehen«, sagte er aufgeregt. »Sie müssen verschwinden.«

Schmitt hörte, wie eine Tür im südlichen Trakt ins Schloss fiel. Geistesgegenwärtig zog er die Frau, die vor ihm stand, am Arm und bugsierte sie in einen Raum nebenan.

»Bleiben Sie hier drinnen, bis ich Ihnen Bescheid gebe.«

Dann ging er zurück in sein Büro, setzte sich vor den Bildschirm und tat, als arbeitete er. Die Strahlenschutzbeauftragte, wenn sie es denn war, sollte ihn arbeitend antreffen. Kaum eine Minute später hörte er wieder Schritte. Vorsichtiger schienen sie ihm jetzt und nicht zielstrebig, als würde die Person, die zu ihm wollte, sich erst noch vergewissern, ob sie hier richtig wäre. Dann öffnete sich die Tür.

Edgar Schmitt schaute auf und zeigte sich erleichtert.

»Ach, Sie sind das«, sagte er.

Es waren seine letzten Worte.

6

»Das Ganze ist ein Witz!« Lohner schrie es förmlich aus sich heraus. Schon als er noch den Gang entlanglief, hörte man ihn. Lott sah ein Donnerwetter hereinbrechen, bei dem er erwartungsvoll staunte, wer oder was der Grund für Lohners derartigen Ausbruch verantwortlich war.

»Wegen einer Flasche Himbeergeist lassen wir das Hotel räumen, machen die Leute von der Uni scheu und zu guter Letzt informieren wir auch noch das BKA. Wir machen uns doch lächerlich.«

Petra verteidigte sich und damit auch Lott: »Wer konnte denn ahnen, dass dieser Behälter mit dem Warnzeichen für radioaktive Substanzen eine Attrappe ist.«

Marlies Kaupper trat an ihre Seite. »Immerhin war die Attrappe schwer wie Blei.«

»Himbeergeist!«

Lohner schrie das Wort noch einmal anklagend heraus. Und schaute in die Runde. Lander saß achselzuckend da und schwieg. Staatsanwalt Adrian Mollenkopf räusperte sich verlegen. Petra Mai und Marlies Kaupper grinsten einander an. Ilona begutachtete ihre Fingernägel.

Lott musste nicht lange um Aufklärung bitten. Dieser peinliche Irrtum war offensichtlich. Er schwieg. Und wartete erst einmal ab, was auf Lohners Wutausbruch folgen würde. Als der sich demonstrativ an die Nase fasste und fluchte und sich selbst des peinlichen Versagens bezichtigte, beschwichtigte Lott.

»Neulich hat man einen ganzen Bahnhof räumen lassen, weil irgendjemand seine Vespertasche am Bahngleis abgestellt und vergessen hatte. Also, was ihr gemacht habt, war völlig in Ordnung.«

»Welcher Idiot kommt auch auf die Idee einer solchen Verpackung!«, zeterte Marlies und bohrte dabei mit dem rechten Zeigefinger ihre Schläfe an.

»Das würde ich auch gerne wissen!«, pflichtete Ilona ihr bei, ohne die Betrachtung ihrer Fingernägel dabei zu vernachlässigen.

Mollenkopf rechtfertigte die getroffene Maßnahme: »Hat man sich je über eine Evakuierung lustig gemacht, wenn irgendein Lausbub eine Bombendrohung losgelassen hat?«

Lander schüttelte den Kopf. »Nein, die Sicherheit hat immer Vorrang.«

Eine Weile herrschte wieder betretenes Schweigen.

Dann ergriff Lander zaghaft das Wort. »Wie geht es jetzt weiter?«, fragte er, aber mehr sich selbst als seine Mannschaft.

Lott half ihm auf die Sprünge: »Das BKA ist eingeschaltet, wir haben bei Schwinn eine sogenannte *Take-down-Waffe,* zerlegbar und mit Schalldämpfer, gefunden, alles illegal, dazu ist Schwinn ein europaweit gesuchter Auftragsmörder.«

»Gewesen«, ergänzte Petra und schien bei diesem Wort förmlich aufzuatmen.

Mollenkopf konstatierte: »Es gab möglicherweise einen Mordauftrag, der nicht ausgeführt wurde, und es geht darum zu ermitteln, wen Schwinn im Visier hatte. Wir werden also, wie mit Hilbinger abgesprochen, hier eine Soko bilden, die Lott leiten wird. Ein Kollege vom BKA wird dazustoßen, und dann sehen wir weiter.«

Lohner, der jetzt ein wenig erleichtert wirkte, fragte harmlos: »Wie nennen wir die Soko?«

Petra grinste: »Jetzt wäre Brauchles Vorschlag willkommen.«

»Der hätte die Soko *Löwenmensch* getauft«, war sich Lott sicher.

»Warum nicht«, stimmte Mollenkopf zu. Für ihn waren Betitelungen einer Soko immer ein heikles Thema . Und fügte hinzu: »Max Brauchle zu Ehren.«

»Aber lasst uns das bitte in der Öffentlichkeit nicht zu sehr breittreten«, warnte Lohner scherzhaft.

Lott verteidigte den Soko-Namen: »Neben den Waffen und den Euros haben wir bei Schwinn, wenn wir von dem radioaktiven Himbeergeistbehälter einmal absehen, nur eine Fotografie der Löwenmensch-Statuette gefunden. Und vergessen wir Zita Meerbusch nicht, die sich mit Schwinn wegen des Löwenmenschen treffen wollte. Schließen wir also nicht aus, dass dieser Löwenmensch vielleicht eine Schlüsselfigur unserer Ermittlung sein wird.«

Lander nickte und sagte mit belegter Stimme: »Unserem verstorbenen Max Brauchle, dem wir den Namen dieser Soko widmen, zum Andenken.«

Es folgte eine spontane Gedenkminute. In diese schrillte das Haustelefon. Petra nahm ab. Während sie telefonierte, griff sie nach einem Stift und notierte, was ihr von der Zentrale durchgegeben wurde.

Als sie wieder aufgelegt hatte, machte sie die Mitteilung: »Es gibt einen Toten, wir sollen anrücken.«

Die Blicke ihrer Kollegen forderten Genaueres. Petra Mai las vor, was sie geschrieben hatte: »Wissenschaftsstadt. Im Arbeitsbereich der Isotopenanwendung im Klinikum. Ein Edgar Schmitt, er war der zuständige Mitarbeiter für das Einsammeln und den Abtransport radioaktiver Abfälle.«

7

Sie hatte wieder diese Träume. Der tote Vater, der sie auch jetzt noch besuchte. Seine große Hand, die er unter ihre Bettdecke steckte, um nach ihrem kleinen Pelztier zu suchen. Manchmal kam die Mutter dazu, die nicht ihre Mutter war. Sie vertrieb den Vater nicht, sondern kehrte dem Kind schneller den Rücken zu, als dass ein Licht hätte den dunklen Vater erhellen können. Der Vater, der nicht ihr Vater war, hatte sie einst mit seinem Ding erstochen. Das Blut drang in das Laken. Sie dachte, sie wäre tot. Aber sie war nicht tot.

Dass dieser Mann nicht ihr wirklicher Vater war, hatte sie an ihrem 18. Geburtstag erfahren. Es war damals ihr schönstes Geburtstagsgeschenk gewesen. Dass das Blut dieses widerlichen Mannes nicht auch noch durch ihre Adern floss, bescherte ihr eine schier unfassbare Erleichterung. Und sie meinte, dass ihr Herz von diesem Tag an von Neuem zu schlagen begonnen hätte. Es hüpfte plötzlich, wie der Springball eines glücklichen Kindes. Und schlug Kapriolen, als eine zweite Botschaft der ersten angehängt wurde: Auch diese jämmerliche Frau, zu der sie Mutter sagte, war nicht ihre leibliche Mutter. Wer ihre wirklichen Eltern waren, sagte man ihr nicht. Aber alles im Leben konnte man halt nicht haben. Ohnehin, so dachte sie damals, würde bald ein anderer Wind wehen. Die Hochschule des Ministeriums für Staatssicherheit wartete auf sie. Die würde ihren Geist schon erhellen und sie forttragen in ganz andere Höhen. Dass diese Hochschule ihren Geist zu vernebeln versuchte, war eine andere Geschichte.

Am Fenster tauchte der Tag jetzt als eine rote Lichtreklame auf. Sie setzte sich auf, schob ein Kissen unter ihren Nacken und schaute zu, wie der Tag heller und heller wurde. Die Sonne von einem Berg aus zu begrüßen, wäre ein erfüllbarer Wunsch. Sie durfte nur nicht die Augen schließen. Nicht nach so einem Traum, in dem der tote Vater, der nicht ihr Vater war, sich bereitgemacht hatte, sie wieder und wieder zu erstechen.

Ihre Augen verengten sich dennoch zu Schlitzen. Sie zu schließen, traute sie sich nicht, aber dem neuen Tag so mir nichts, dir nichts ins Gesicht zu schauen, auch nicht. Durch die Schlitze konnte der Vater kriechen, sie fixieren und sagen: *Ein ganz und gar missratenes Werk bist du.*

8

»Der heilige Löwenmensch steht im Ulmer Museum. Er ist 32 000 Jahre alt. Was wir machen, ist ja nicht der Löwenmensch. Es ist eine Assoziation, ein Zitat. Es ist ein eigenständiges Kunstwerk als Hommage an den unbekannten Schöpfer des Originals.«

Mirko Melcher lächelte, obwohl ihm nicht zum Lachen zumute war. Eine Pressekonferenz, bei der er sich verteidigen musste. Das hatte er so nicht erwartet. Er verstand die Welt, vor allem aber die Ulmer nicht mehr. Was hatte er denn verbrochen, dass derart auf ihm herumgehackt wurde? Eine Reihe von Künstlern, die Front gegen ihn machten und nicht bereit waren, eine der zwei Meter hohen Glasfaser-Skulpturen, die dem 30 Zentimeter großen Original nachempfunden werden sollten, zu gestalten. Dann diese hysterische Kuh, diese Meerbusch, die ihm unmissverständlich den Krieg erklärt hatte, den ersten fertigen Skulpturen Müllsäcke übergestülpt und sie in den Rinnstein geworfen hatte. Dazu ihre kindischen Flugzettel, die sie überall verteilte: *Die Würde des Löwenmenschen ist unantastbar.* Und jetzt auch noch die Grünen. Müssen die Sache unbedingt politisch machen. Wenigstens hatte der OB sich hinter ihn gestellt und den Sprecher der Grünen mit den Worten *Wollen Sie denn Kunst verbieten*? in die Schranken verwiesen.

Begriffen seine Kritiker denn nicht, um was es ihm mit seiner Aktion ging? Er wollte doch nichts anderes, als dem Löwenmenschen, diesem Kulturgut von Weltrang, Aufmerksamkeit zukommen lassen. Und ganz nebenbei sollte der Reinerlös seiner Aktion dem Ulmer Museum zugutekommen. Stattdessen beschimpften sie seine Idee und somit auch ihn.

Mirko Melcher hatte alles gesagt, was es zu sagen gab. Und er wollte sich nicht zum x-ten Male wiederholen. Auch wenn diese Meerbusch nicht lockerließ: *Bei Ihren Monstern ist es vollkommen unerheblich, ob sie männlicher oder weiblicher Natur sind. Es sind schlichtweg scheußliche Monster, die allenfalls in eine Geisterbahn, nicht aber auf öffentliche Plätze gehören!*

Diese Meerbusch ließ auch heute keine Gelegenheit aus, um ihre These »Der Löwenmensch ist eine Frau« unters Volk zu bringen.

Die Feministinnen stimmten ihr mit anhaltendem Beifall zu. Ein Stadtrat der SPD plädierte für die Frauenquote, was im Klartext hieß: Der Löwenmensch ist halb Mann, halb Frau. Fifty-fifty also. Und im Gemurmel der Freien Wähler war die Frage herauszuhören: »Warum muss ein 32 000 Jahre altes Fossil aus hunderten zusammengesetzten Einzelteilen denn unbedingt ein Geschlecht haben?«

Während Thürheimer, der Chef der Lokalredaktion, sich alles notierte, saß Mirko Melcher bereits auf seinem Rad und fuhr die Donau entlang Richtung Illerspitz. Bei allem Ärger, Radfahren half immer. Er trat in die Pedale und dachte an nichts mehr. Ein Zustand vollkommener Ichlosigkeit, den er, wie vermutlich alle Kunstschaffenden, nur allzu selten erfahren durfte. In diesem Augenblick gab es keine Meerbusch, keine Stadträte und keinen OB. Es gab keinen Löwenmenschen. Und was am wichtigsten war, es gab in diesem Moment, den es auszukosten galt, auch keinen Mirko Melcher mehr. Es gab nur die Donau, die hier Strömung aufnahm und deren Wellen gegen die Ufersteine schlugen, und es gab einen sanften Wind, der den Geruch von Frühlingsblumen mit sich trug. Es gab die Sonne, die dem Fluss ein silbern glitzerndes Kleid verpasste. Und es gab die Erkenntnis, dass die Welt sich selbst genügte und weder ihn noch die anderen, die seine Gedanken bestimmt hatten, brauchte.

Mirko Melcher stieg vom Rad und wollte sich eben auf die Bank, die er anvisiert hatte, setzen, als er spürte, wie nach und nach sich alle wieder in seinem Kopf einnisten wollten: die Meerbusch, der OB, der Sprecher der Grünen und schließlich er selbst. Aber anstatt seines Ärgers über den abstrusen Streit hatte sich ein neues Gefühl eingeschlichen: Er spürte ein Unwohlsein, das er so nicht kannte. Als er jetzt die beiden jungen Männer, beide mit Baseballschlägern bewaffnet, auf sich zukommen sah, wusste er, dass dies die nackte Angst war. Die Angst vor dem Sterben. Noch bevor die Männer ihn erreicht hatten, schwang er sich aufs Rad. Aber dann war es wie im Traum, in dem man vor einem Verfolger davonrennen will, aber nicht von der Stelle kommt.

Die Donau nahm Strömung auf. Ihre Wellen schlugen ans Ufer und ein sanfter Wind trieb die Gerüche des Frühlings vor sich her. Der Fluss trug ein silbernes Kleid. Die Welt genügte sich selbst.

9

»Jede Entnahme von radioaktiven Substanzen aus Stammlösungsbehältern muss in die dafür vorgesehenen Formblätter eingetragen werden. Das ist nun einmal Vorschrift, und an die muss sich jeder halten.«

Elke Quast, Strahlenschutzbeauftragte an der Universität Ulm, war außer sich.

»Jeder weiß doch, dass radioaktive Substanzen aus dem Arbeitsbereich für Isotopenanwendung nur nach Rücksprache mit dem Strahlenschutzbevollmächtigten oder den Strahlenschutzbeauftragten mitgenommen werden dürfen. Und dass Art und Menge in einem Auftragsbuch registriert werden müssen. Und dass der Benutzer gegenzeichnen muss! Warum ist das nicht ordnungsgemäß geschehen?«

Isolde Burr hatte für diesen Vorwurf, der nicht ihr galt, sondern dem ganzen Haufen hier, wie Frau Quast die Kolleginnen und Kollegen in den Labors bezeichnete, nur ein Schulterzucken übrig.

»Außerdem haben alle Personen, die im Kontrollbereich arbeiten, sich strikt der Personendosiskontrolle zu unterziehen. Daran hat sich jeder zu halten. Auch ein Herr Schmitt! Oder weiß der etwa nicht, dass man eine entsprechende Filmplakette zu tragen hat, wenn man mit Gammastrahlern und mit harten Betastrahlern umgeht? In seinem Falle wäre er sogar verpflichtet gewesen, ein Dosimeter zu tragen!«

»Frau Quast, ich weiß nicht, ob dies der richtige Zeitpunkt ist, über Versäumnisse im Kontrollbereich zu lamentieren«, warf Isolde Burr, die wie Frau Quast als Beauftragte hier tätig war, ein.

»Lamentieren sagen Sie? Ich würde das schon eher als ein Zurechtweisen bezeichnen«, entgegnete Quast mit erhobener Stimme.

»Frau Quast, Herr Schmitt ist tot.«

»Und ihm wurde eine Dosis über dem Grenzwert nachgewiesen. Er ist kontaminiert, Frau Kollegin!«

»Aber daran ist er nicht gestorben.«

»Weit über die Freigrenze hinaus!«, brüllte Frau Quast. »Haben Sie den Bericht unseres Strahlenschutzarztes Dr. Bluhm nicht gelesen? Die Kontamination hätte zum Tode führen können!«

»Herr Schmitt hatte ein Messer im Rücken, Frau Quast.«

»Ja, das kommt noch hinzu«, schluchzte die Leiterin der Abteilung. Dann setzte sie sich in einen der Drehstühle, schlug die Hände vors Gesicht und begann, sich mit dem Stuhl zu drehen.

»Die Polizei wird gleich hier sein«, sagte Frau Burr und versuchte dabei, eine Hand tröstend auf die Schulter der kreiselnden Kollegin zu legen.

»Die macht ihn auch nicht wieder lebendig. Niemand macht den Edgar wieder lebendig!«, schrie Frau Quast jetzt, stieß sich mit einem Fuß erneut ab und drehte sich von nun an wie wild im Kreis.

»Frau Quast, die Polizei wird den Mörder finden.«

Die Kollegin hörte nicht auf, sich immer wieder erneut anzuschubsen, um neuen Schwung für ihren Drehstuhl zu bekommen, bis sie plötzlich kippte und auf dem gekachelten Fußboden landete.

Frau Burr half ihr wieder auf die Beine. Sie stützte die Kollegin Quast und führte sie auf den Stuhl zurück, hielt sie dabei aber demonstrativ fest, um eine weitere Drehorgie zu verhindern.

»Sie brauchen einen Arzt!«

Frau Quast verneinte vehement und sagte, wie phantasierend: »Die radioaktiven Reststoffe müssen doch geordnet entsorgt werden! Naturgemäß fallen doch bei allen Nukliden radioaktive Reststoffe an.«

»Sicher. Sie haben ja ganz Recht. Die Versäumnisse müssen gründlich untersucht werden«, sagte Isolde Burr und versuchte weiter, beruhigend auf die Kollegin einzuwirken, als eine Assistentin die Ankunft der Polizeibeamten meldete.

»Wenn Sie in den Kontrollbereich wollen, müssen Sie sich die blaue Schutzkleidung überziehen«, herrschte Elke Quast die an der Tür stehenden Beamten an.

Es waren dies Klaus Lott und Petra Mai, gefolgt von Lohner und den anderen Kollegen der Spurensicherung. Sie alle schauten ein wenig desorientiert um sich, da sie zuvor schon etliche Irrwege durchs Gebäude zurückgelegt hatten.

»Guten Tag, mein Name ist Lott, und dies ist meine Kollegin Frau Mai. Wir sind von der Kripo Ulm. Uns wurde ein mögliches Kapitalverbrechen gemeldet. Man hat uns hierher verwiesen …«

Lott hatte noch nicht zu Ende gesprochen, als er von einem Arzt, wie Lott der Kleidung nach gleich vermutete, unterbrochen wurde. Er hatte sich an den Kollegen der Spurensicherung, die mit ihrer Gerätschaft den Gang blockierten, vorbeigedrängt.

»Mein Name ist Dr. Marquart, bitte folgen Sie mir. Herr Schmitt liegt in seinem Büro. Ich habe nichts verändert, nachdem ich gerufen wurde und seinen Tod festgestellt habe, um ja keine Spuren zu verwischen. Das ist doch wichtig für Ihre Ermittlung, oder nicht?«

Lott nickte und lobte den Arzt: »Sehr gut.«

»Ich habe das Büro quasi versteinert, nur unser Strahlenschutzarzt Dr. Bluhm hat noch eine Messung an ihm vorgenommen, nachdem sichtbar war, dass Hände und Gesicht auffällig kontaminiert waren.«

»Was hat die Messung ergeben?«

»Das weiß ich nicht, es ist Sache des Strahlenschutzarztes, das festzuhalten. Da kann ihnen unser Dr. Bluhm Auskunft geben, der ist aber im Moment außer Haus.«

Während Dr. Marquart das mitteilte, war er den Beamten vorangegangen und blieb jetzt vor einer Bürotür stehen.

»Hier ist es«, sagte er.

Lott las das Türschild: *Abteilung V-5 Radioaktive Abfälle – Abtransport – Edgar Schmitt. Vertretung: Niklas Dürr.*

Der Arzt entriegelte die verschlossene Tür und ließ den Ermittlern jetzt den Vortritt.

Lohner bat alle Anwesenden, den Weg freizuhalten, damit er, Marlies Kaupper und die übrige Mannschaft den Tatort möglichst unverändert betreten konnten.

Edgar Schmitt lag ausgestreckt, mit dem Rücken nach oben, auf dem laminierten Fußboden. Sein Oberkörper war nackt. Die Wunde war deutlich sichtbar. Das Blut war abgewischt worden.

»Die Totenstarre war noch nicht eingetreten, als wir ihn gefunden haben«, berichtete Dr. Marquart. »Ich habe ihn von der Tatwaffe befreit. Das Messer liegt dort drüben in einem Tuch. Falls Fingerabdrücke drauf sind, sind sie noch vorhanden. Der Stich ging direkt ins Herz. Er muss vorher allerdings Äthyläther eingeatmet haben. Der Geruch des Narkosemittels lag nämlich noch streng in der Luft.«

Lott notierte sich die Angaben des Arztes, dankte für die detaillierte Bestandsaufnahme und bat ihn, sich für weitere Fragen bereitzuhalten.

Während die Kollegen der Spurensicherung bereits in einem ersten Angriff den Tatort auszuwerten begannen, betrachtete Lott ihn aus einer möglichen Sicht des Täters. Was war der Tat vorangegangen, die ohne Zweifel geplant war? *Ein Narkosemittel trägt man nicht einfach so mit sich herum und auch nicht ein Messer dieser Größe.* Und er fragte sich: Wer hatte ein Motiv, Edgar Schmitt zu ermorden?

Lohner skizzierte den Tatort, Marlies fotografierte. Die Makrospuren, also jene, die mit bloßem Auge zu sehen waren, wurden so festgehalten. Durch die Veränderung oder Übertragung von Materie entstehen nun einmal Spuren. Dies geschieht am Tatort, am Opfer, am Täter und am Tatwerkzeug, und die Intensität der Täterhandlung bestimmt somit die Menge des Spurenaufkommens. Je intensiver der Täter bei der Tatbegehung auf die Materie eingewirkt hat, desto mehr Spuren können erwartet werden.

Lott bewunderte immer wieder, wie systematisch und mit welcher Sorgfalt die Kolleginnen und Kollegen bei jeder Tatortbefundaufnahme vorgingen. Wie akribisch jede Spur beschrieben und vermessen wurde. *Mit der Tatortbefundaufnahme wird der Zweck verfolgt, ein objektives, vollständiges und fehlerfreies Bild über den Tatortbefund durch Tatsachenfeststellungen zu erlangen und für das weitere Verfahren zu dokumentieren.* So stand es im Lehrbuch. Ein Satz, den Lott in all seinen Vorlesungen zum Thema wiedergekäut hatte, um sie den Studenten an der Hochschule in Villingen-Schwenningen einzubläuen.

Aber dies hier war keine Lehrstunde. Das war die Praxis, war Alltag, da war Routine gefragt. Lohner und die übrigen Kolleginnen und Kollegen befanden sich in der Beweissicherungs- und Dokumentationsphase, in der ersten Ermittlungsphase also, in der es galt, die beweissichernden Feststellungen und Ermittlungsmaßnahmen festzuhalten. In ihren Ganzkörperkondomen, wie die Schutzanzüge, ohne die ihre Arbeit keinen Sinn machte, scherzhaft genannt wurden, erledigten sie akribisch jeden Handgriff. Sie nahmen Fingerabdrücke von der Zugangstür, vom Schreibtisch, den Arbeitsschränken, vom Waschbecken, dem Wasserhahn und von den in Plastikfolie eingebundenen Arbeitsmappen, die auf dem Schreibtisch des Toten lagen.

Freilich hofften alle auf brauchbare DNA-Spuren, also auf Material für einen genetischen Fingerabdruck, der ein Hinweis auf den Täter sein konnte. Vorausgesetzt, die Abgleichung traf in den Computerdatenbanken auf registriertes Vergleichsmaterial oder konnte mit dem Profil eines Verdächtigen abgeglichen werden.

Lott veranlasste währenddessen, dass das Opfer der Rechtsmedizin überstellt wurde. Plötzlich hielt Lohner, der soeben einen der Arbeitsschränke inspiziert hatte, einen Gegenstand in die Höhe, der alle in Erstaunen versetzte.

»So sehen wir uns also wieder«, kommentierte er seinen Fund launig.

Petra prustete laut heraus: »Das gibt's doch nicht!«

Und Marlies war sich noch im Unklaren darüber, ob sie lachen oder ob ihr beim Betrachten dieses Gegenstandes jedes Wort im Halse steckenbleiben würde.

Lohner dagegen glaubte an ein Déjà-vu. Er beäugte den kleinen Metallbehälter mit dem Piktogramm, das vor nuklearem Inhalt warnte, sich aber, wie er gleich erfahren sollte, genau wie sein Zwilling als Schnapsflasche entpuppen würde.

»Es gibt also mehr von dieser geschmacklosen Sorte«, konstatierte Marlies Kaupper trocken.

»Naja, hier in den Isotopenlabors ist so ein Behälter doch eher am richtigen Platz«, kommentierte Lohner den Fund.

Lott blieb ruhig. Er hatte den Tatort in seiner kriminalistischen Relevanz auf sich wirken lassen. Während die Spurensicherung vor allem um die Auswertbarkeit der Spuren bemüht war, hatte Lott den Tatort aus der Sicht des Täters bemessen. Warum gerade hier, warum an einem Ort, der doch ungünstiger für eine derartige Tat nicht sein konnte? Irgendetwas stimmte nicht. Er schaute aus dem einzigen

Fenster des Büros auf einen dichtbewaldeten Park, und in seinem Kopf mäanderten bereits die bevorstehenden Ermittlungsschritte.

Kurz darauf signalisierte die Spurensicherung, dass ihre Arbeit getan war. Allen voran Lohner, der den Kollegen Lott wissen ließ, dass der Tatort jetzt *chemisch rein* sei.

»Wenn der Täter etwas hinterlassen hat, dann haben wir es dabei«, tönte er.

Lott nickte. Und betrachtete weiter den Tatort. Es würde nicht das letzte Mal sein. Ein Tatort konnte sprechen, das wusste er aus Erfahrung. Auch wenn er sich jetzt noch bockig zeigte. Ein Mitarbeiter der Universität, dessen Aufgabe es war, radioaktive Abfälle zu entsorgen, war ermordet worden. Ein Messerstich mitten ins Herz, nachdem man ihn zuvor mit Äther betäubt hatte. Warum hier, an seinem Arbeitsplatz? Hatte also das Motiv für die Tat allein mit der Arbeit Schmitts zu tun? Mit radioaktivem Müll? Oder wollte der Täter das nur glauben machen, war das Motiv privater Natur und der Täter oder die Täterin, wenn es denn eine Frau war, legte mit dem Tatort eine falsche Spur?

Gab es eine Verbindung zwischen Schwinn und Schmitt?

Die beiden Schnapsbehälter wären ein Indiz dafür. Noch schwieg der Tatort. Aber er würde noch reden. Und wenn nicht, gab es andere Wege zur Wahrheit, wie das Sammeln von Indizien, Mosaikstein um Mosaikstein, aus denen am Ende die Lösung des Falles entspringt. Wie die Puzzleteile aus Mammut-Elfenbein, die am Ende einen Löwenmenschen ergaben, ob nun männlich oder weiblich.

Die erste Frage war: *Wer profitierte von Edgar Schmitts Tod?*

War diese beantwortet, würde sich alles weitere ergeben.

Lott hatte eine Dienstbesprechung für den nächsten Morgen anberaumt und den Termin den Kollegen der Soko, bevor sie auseinandergegangen waren, mitgeteilt.

Er blieb noch hier vor Ort. Mit Ilona, die ihn unterstützte.

10

Sie hatte einen Bruder, der nicht ihr Bruder war. Joachim hieß er. Er kam, als man schon nicht mehr mit ihm rechnete. *Kindersegen aus eigener Frucht. Jetzt, nachdem das Mädel schon bald zur Schule geht.* Man wusste nicht recht, ob die Mutter diesen Zustand beklagte oder ob sie sich über die *gute Hoffnung* freute. Ihr Mann misstraute der Sache. *Warum war der Junge nicht schon früher gekommen? Einer von uns beiden ist unfruchtbar. Und jetzt?* Bald aber sah man dem Jungen an, dass er Vaters Gesicht trug. Es war, als hätte der Vater ein zweites Gesicht in einer Schublade versteckt gehalten, eine Maske, die er dem Sohn jetzt überstülpte. Von der Mutter hatte er nur ein Bündel Haare geerbt, ein blonder Schippel, dicht über der Stirn, ein Gewächs aus Wirbeln, das überhaupt nicht zu der übrigen Haarpracht passte. Der Skalp einer anderen, wenn auch nicht fremden Person. Klar, dass er deswegen gehänselt wurde. Später, in der Schule. Bei den Pionieren. Wo auch immer. Seit Joachim da war, existierte sie nur noch am Rande, gerade so, als wäre sie zu Besuch, wie ein Kind aus der Nachbarschaft. Alles drehte sich um Joachim, Mutters Ein und Alles. Und Vaters Stammhalter. Seine Gunst allerdings musste er sich erst noch verdienen. Aber in allem, was Joachim anstellte – er blieb unteres Mittelmaß; im Sport eher eine Niete und in allen Schulfächern immer ein Jahr hintendran.

Sie wusste nicht, ob sie den Bruder, der nicht ihr Bruder war, mochte oder hasste. Und umgekehrt war es vielleicht genauso. Vielleicht war er ihr auch gleichgültig. Ohnehin war sie immer mit anderen Dingen beschäftigt gewesen. Manchmal ärgerte sie ihn: *This hair is different from this hair.* Und zeigte dabei auf den Skalp.

Englisch war die Sprache der Freiheit. Aber darin war sie dem Bruder schon vorausgeeilt, so weit, dass er sie nicht mehr einholen konnte. Er dagegen war den Forderungen seines Vaters hinterhergehechelt. Einmal hatte Joachim in der Zeitung gestanden. Er hatte eine Auszeichnung bekommen. Für was auch immer. Und als sie ihn später, viel später, in den Stasi-Akten eher zufällig entdeckte, da war er ganz der Vater geworden. Auf dem Foto trug er die Maske des Vaters wie eine Trophäe.

Sie fragte sich, warum sie gerade jetzt an den Bruder dachte, hatte aber die Antwort schon parat. Es war seine Stimme. Sie dröhnte noch immer in ihrem Ohr. Nicht die Stimme des Kindes, sondern die Stimme des erwachsen gewordenen Bruders. Sie kam nicht aus der Vergangenheit angeflogen, sie war da, sie hatte sie an einem Ort gehört, wo sie beide nicht hingehörten.

Es war eine Täuschung!

Aber Joachims Stimme würde sie aus allen Stimmen dieser Welt heraushören, sie war so auffallend wie sein absurder Skalp vor dem Haupthaar. Aber was immer das zu bedeuten hatte, es spielte keine Rolle mehr.

* * *

Das Spiel war zu Ende. Und doch musste es weitergehen. Wie so mancher Irrsinn. Sie hatte gelesen, dass der Erste Weltkrieg viel früher hätte beendet werden können. Angeblich hatte es einen Zeitpunkt gegeben, an dem beide Seiten mit dem Krieg hätten aufhören können. Wie zwei Fußballmannschaften nach einem Unentschieden. Ohne Verlängerung, einfach nach Hause gehen. Jeder in sein Land zurück. Aber das Wort *Kriegsgegner* war ein Schimpfwort gewesen. Ein Zurück gab es nicht. Und sterben konnte man schließlich auch auf fremder Erde.

Sie ging Richtung Bahnhof und kaufte bei McDonald's einen Big Mac. Noch an der Kasse biss sie hinein und dachte: *Eigentlich ist alles gut.* Aber dann dachte sie gleich wieder, dass nichts gut war. Sie stand auf dem Abstellgleis eines

Bahnhofes, an dem keine Züge mehr hielten. Sie fühlte sich, als wäre sie aus der Zeit gerutscht. Alle Mühen waren nicht der Mühe wert gewesen. Das Leben hatte einfach seine eigenen Gesetze. Und vielleicht einen Regisseur, der seine Puppen an den Seilen tanzen ließ. Ganz wie es ihm gefiel. Nun kam sie sich klein, winzig klein vor dem übermächtigen Regisseur vor. Und hätte sich am liebsten verkrochen. In einer der Höhlen der Île-de-France.

11

Petra Mai schaute auf die Uhr. Es war jetzt Viertel vor fünf. Ihr war klar, dass die unangenehme Aufgabe, den Angehörigen die Nachricht vom Tod des Mannes, der bis zum gestrigen Tag noch in ihrer Mitte geweilt hatte, zu bringen, ihr zufallen würde, denn Lott und Ilona Raab blieben an der Uni, für erste Befragungen vor Ort.

Es blieb Petra Mai überlassen, einen Seelsorger anzurufen, der sie begleiten konnte. In manchen Fällen, vor allem, wenn es sich bei den Opfern um Kinder handelte, war das nützlich und sinnvoll. Der konnte mit den Hinterbliebenen geschulter umgehen, sich ganz ihrer Trauer widmen, während der Kriminalbeamte bereits die Ermittlung im Kopf hatte.

Petra aber hatte darauf verzichtet. Ein Seelsorger an ihrer Seite konnte sie auch daran hindern, das Umfeld des Opfers ganz unmittelbar in sich aufzunehmen. Das Opfer war auch kein Kind mehr, Edgar Schmitt war ein Mann Anfang fünfzig gewesen und hinterließ eine Frau und drei Kinder.

Die Familie wohnte in einem der Reihenhäuser im Eichengrund. Als die Kommissarin klingelte, stand die Ehefrau des Ermordeten bereits an der Tür, als hätte sie schon auf das Eintreffen der Polizei gewartet. Mit verweinten Augen öffnete sie. Sie wusste bereits, was geschehen war.

»Kommen Sie herein«, schluchzte Frau Schmitt.

Die Kommissarin reichte ihr die Hand. »Mein aufrichtiges Beileid«, sagte sie und folgte der Witwe ins Haus. »Mein Name ist Mai, ich bin von der Ulmer Polizei.«

»Ich dachte mir das schon. Darf ich Ihnen etwas anbieten?«

Petra verneinte kopfschüttelnd.

»Frau Burr, eine Kollegin meines Mannes, hat mich angerufen und gesagt, was passiert ist. Aber warum nur? Mein Mann hatte niemandem etwas getan. Immer nur gearbeitet und danach geschaut, dass die Darlehensraten fürs Haus pünktlich getilgt werden.«

Sie bat die Polizistin, Platz zu nehmen, und redete weiter, ohne sich selbst zu setzen. Sie ging in die Küche, kam mit einem Glas Wasser zurück und fragte noch einmal, ob sie denn nichts anbieten könne.

»Die Kinder wissen ja noch nichts. Der Jens studiert noch, ist in Heidelberg, und die Carmen arbeitet in der Hotelbranche, Dorint Hotel, eine Hotelkette, immer arbeitet sie in einer anderen Stadt, als Springerin sozusagen. Unsere Jüngste, die Isabell, wohnt noch zuhause. Sie macht eine kaufmännische Lehre. Truchsess, aber das sagt Ihnen sicher nichts, ist ein kleiner Laden.«

Frau Schmitt nahm einen Schluck, und Petra spürte, wie gut der Witwe das Reden tat. Sie ließ sie also gewähren und wartete und hoffte insgeheim, dass Frau Schmitt etwas ausplaudern würde, was die Ermittlung weiterbrachte.

Erst als die Witwe unterbrach, um sich zu schnäuzen, nahm Petra die Gelegenheit wahr und fragte: »Ist Ihnen denn irgendetwas aufgefallen? Hatte Ihr Mann Probleme, hatte er Sorgen? War er in der letzten Zeit anders als sonst?«

Frau Schmitt dachte nach. Auf ihrer Stirn bildeten sich Dackelfalten.

»Mein Mann war wie immer«, sagte sie dann. »Der hat auch nicht viel geredet, der Edgar. Das Übliche halt. Über die Kinder und so.«

»Nicht über die Arbeit an der Uni?«

»Da hat er sich immer zurückgehalten, hat auch nicht viel zu erzählen gehabt. Er hatte ja dort nur den radioaktiven Müll zu entsorgen. Nicht ungefährlich, die Arbeit, dauernd mit diesem Zeug umzugehen. Aber das hat er wohl nicht so gesehen.«

»Hatte Ihr Mann denn Feinde, Frau Schmitt?«

»Jemand wie mein Mann hat doch keine Feinde. Er ist ja nicht einmal in einem Verein. Und im Betrieb, noch nie ist da eine Klage gekommen. All die Jahre nicht. Und Verwandtschaft haben wir kaum noch. Alle Elternteile tot. Nur noch ein Bruder meines Mannes, der Hans, ist aber vor Jahren schon weggezogen. Kanada. Richtig ausgewandert ist der. Hat dort geheiratet, auch eine Deutsche, die ausgewandert ist. Maren. Mit ihr hat er zwei Kinder. Marc und Priscilla. Kanadische Namen. Aber die sind auch nicht ein einziges Mal herübergekommen. Zu teuer der Flug. Das große Los hat mein Schwager da drüben auch nicht gezogen. Finanziell meine ich. Sonst schon, wie er schreibt. Ich meine, Glück mit der Frau und den Kindern.«

Die Wanduhr begann zu schlagen. Sie zeigte fünf Uhr nachmittags.

Frau Schmitt korrigierte die Uhrzeit: »Die geht vor, gut zwanzig Minuten, vielleicht aber auch nach. Ja, manchmal geht sie auch nach. Die macht eigentlich immer, was sie will. Genau wie meine Isabell, unsere Jüngste, kommt heim, wann es ihr gerade passt. Anders als mein Edgar. Der müsste jetzt bald da sein. Um fünf Uhr rum meistens. Oder wenn er länger bleiben musste, acht oder halb neun. Manchmal auch länger, wenn außerhalb der Dienststunden noch experimentiert wurde und der Abfall dann noch wegmusste. Da ist er dann erst spät am Abend heimgekommen. Hab ihm aber das Essen dann warmgehalten, und er hat die Überstunden ja bezahlt bekommen.«

»Kam das häufig vor?«

»Nö, das heißt ...« Frau Schmitt überlegte. »In diesem Jahr öfter als früher.«

Petra hakte nach: »Wie oft, Frau Schmitt?«

»Naja. Einmal die Woche schon, manchmal auch zweimal.«

»Und das war früher anders?«

»Einmal im Monat höchstens, wenn überhaupt.«

»Und wie hat er das begründet?«

»Überhaupt nicht. Das musste er auch nicht. Ich wusste ja, wie das läuft. Er musste ja hinterher den Dreck wegräumen, den Abfall, den verseuchten. Und Überstunden bekam er ja bezahlt.«

»Hatte Ihr Mann Hobbys?«

Frau Schmitt lachte auf und wiederholte das Wort, als müsste sie es üben.

»Nein«, sagte sie dann, »wenn man einmal davon absieht, dass er im Fernsehen immer nur Fußball gekuckt hat und sich geärgert hat, wenn die nicht so gespielt haben, wie er getippt hat. Aber sonst?« Die Witwe verneinte noch einmal kopfschüttelnd, dann sagte sie: »Zweimal im Jahr war der Edgar sonst nur weg. Auf dem Sommerfest und auf der Weihnachtsfeier an der Uni. Das hat er sich nicht nehmen lassen. Alles war da umsonst. Essen und Trinken. Wär er auch blöd gewesen, wenn er sich das hätte entgehen lassen.«

Frau Schmitt seufzte und schaute wieder auf die Uhr, obwohl sie nicht schlug.

»Das wäre jetzt seine Zeit gewesen, wenn er nicht Überstunden hat machen müssen.«

Petra Mai blieb noch einen Moment lang ruhig sitzen, dann stand sie auf, gab der Witwe die Hand und strich ihr dann noch über die Schulter.

»Frau Schmitt, ich wünsche Ihnen viel Kraft.«

An der Tür drehte sie sich noch einmal um und sagte: »Sollte Ihnen noch irgendetwas einfallen, was uns weiterhelfen könnte, rufen Sie mich bitte an.«

Sie griff aus ihrer Tasche eine Visitenkarte und reichte sie der Witwe.

Als sie wieder im Wagen saß, meldete sich die Zentrale: »Frau Mai, ich konnte Herrn Lott nicht erreichen, aber hier ist ein Anruf eingegangen, der wichtig zu sein scheint. Ein Herr Mirko Melcher ist als vermisst gemeldet worden. Die Anruferin klang sehr aufgeregt, sie glaubt, dass ihm etwas zugestoßen ist.«

12

»Die Beseitigung radioaktiver Stoffe wird zentral von der Abteilung V-5 Arbeits- und Umweltschutz organisiert und abgewickelt. Die Übergabe der Reststoffe findet nach einer Anmeldung direkt am Arbeitsplatz statt. Vor dem Abtransport zum Lager muss rechtzeitig ein Termin mit dem zuständigen Mitarbeiter der Abteilung V-5 vereinbart werden.«

Frau Burr erläuterte die Abläufe, und Lott notierte sich alles, was für die Ermittlung von Belang sein könnte.

»Wann werden die Abfälle abgeholt?«, fragte Lott.

»Am gleichen Tag. Zumindest in den überwiegenden Fällen.«

»Wer kontrolliert das?«

»Herr Schmitt hatte das immer gemacht. Oder auch Herr Dürr.«

»Wie ging das vor sich?«

»Bei der Übernahme der Abfälle wird zum einen die ordnungsgemäße Sortierung und Verpackung kontrolliert, zum anderen wird die Richtigkeit der Angaben durch Unterschrift des zuständigen Strahlenschutzbeauftragten der Abteilung bestätigt.«

»Müssen Sie oder eine Ihrer Kolleginnen bei jeder Übergabe anwesend sein?«

»Unbedingt! Ohne eine von uns ist eine Übernahme nicht statthaft.«

»Und das kann man nicht umgehen?«

»Unmöglich! Schließlich gibt es eine Strahlenschutzverordnung, in der das geregelt wird.«

»Die besagt was?«, hakte Lott nach.

»Paragraph 7 und Paragraph 8: Der Umgang mit radioaktiven Stoffen unterliegt oberhalb bestimmter Grenzen der Genehmigungspflicht. In dieser Genehmigung wird geregelt, mit welchen Nukliden und Aktivitätsmengen der Genehmigungsinhaber umgehen darf. Die bei diesem Umgang naturgemäß anfallenden radioaktiven Reststoffe müssen geordnet entsorgt werden.«

»Und für eine geordnete Entsorgung war Herr Schmitt zuständig«, konstatierte Lott.

»Oder Herr Dürr, seine Vertretung«, ergänzte Frau Burr.

»Wie könnten radioaktive Substanzen an den Kontrollen vorbeigeschleust werden, ohne dass dies auffällig wird?«

Frau Burr lächelte überlegen und sagte: »Das ist undenkbar, Herr Lott. Die Stammlösungen der nuklearen Substanzen oder auch andere Lösungen, die große Mengen von Radioaktivität enthalten, werden stets unter Verschluss gehalten und in einem Bleitresor aufbewahrt. Erst vor Beginn eines Experimentes werden sie vom Personal an die Nutzer ausgegeben. Da gibt es keine Selbstbedienung. Da wird alles genau kontrolliert.«

»Und danach? Nach dem Experiment? Gibt es da vielleicht ein Zeitfenster, in dem nur ein Teil des radioaktiven Materials zur Entsorgung weitergeleitet wird, ein anderer in einem dunklen Kanal verschwinden könnte?«

Wieder lächelte Frau Burr und sagte spöttisch: »Sie haben aber eine Phantasie«, und erklärte dann, wieder ernsthaft: »Radioaktives Material darf gerade so lange und nur in der Menge, wie es für den aktuellen Arbeitsgang erforderlich ist, am Arbeitsplatz abgestellt werden. Da gibt es kein Zeitfenster danach und auch keine dunklen Kanäle, in denen Substanzen verschwinden könnten. Zudem dürfen die Gefäße, in denen das radioaktive Material enthalten ist, nur während des Arbeitsganges und nicht länger als notwendig offen oder außerhalb der strahlenabschirmenden Schutzbehälter belassen werden.«

»Gibt es denn nicht eine Möglichkeit, außerhalb der normalen Arbeitszeit an die Substanzen zu gelangen?«

Frau Burr wiegte den Kopf hin und her. Bereitwillig erklärte sie dann aber weiter, wie die Dinge abliefen: »Eigentlich sollten ja alle radioaktiven Versuche im Kontrollbereich auf die normalen Dienststunden beschränkt sein. Aber es gibt, wie man so schön sagt, auch hier keine Regel ohne Ausnahme. Sollte das Experiment das Arbeiten außerhalb der Dienststunden dringend notwendig machen, so ist allerdings mit dem Strahlenschutzbevollmächtigten eine Sonderregelung zu treffen.«

Lott notierte sich Frau Burrs letzte Aussage und bedankte sich anschließend bei ihr. Als er sich verabschieden wollte, hielt sie ihn fest.

»Herr Lott, warum, glauben Sie, musste er sterben? Sie glauben doch, dass sein Tod etwas mit unserer Arbeit hier zu tun haben könnte?«

Lott antwortete mit einer Gegenfrage: »Haben Sie eine Veränderung bei Ihrem Kollegen in der letzten Zeit festgestellt?«

»Er wirkte manchmal etwas nervös. Das war er früher nicht. Die Ruhe selbst war der sonst. Aber vor ein paar Tagen hat er einmal unsere Frau Quast richtig angebrüllt.«

»Wissen Sie den Grund?«

»Eine Lappalie. Es ging um eine Unterschrift. In diesen Dingen ist meine Kollegin geradezu pedantisch. Aber das muss man bei unserer Arbeit eben auch sein.«

»Damit keine dunklen Kanäle entstehen können«, ergänzte Lott und grinste dabei.

Isolde Burr seufzte tief. Aber dem Seufzer folgte kein Kommentar. Wortlos ergriff sie Lotts grußbereite Hand und begleitete ihn zum Ausgang.

»Möglich, dass ich mich noch einmal bei Ihnen melde«, sagte Lott und winkte kurz, während die Tür hinter ihm ins Schloss fiel.

Draußen musste er sich erst wieder zurechtfinden. Er wusste nicht mehr genau, wo er seinen Wagen abgestellt hatte. Die Großbaustelle, auf der irgendwann die neue Chirurgie entstehen würde, war ein Anhaltspunkt. An der Skulptur *Der Dichter und seine Muse* von Niki de Saint Phalle war er vorbeigekommen, daran erinnerte er sich. Zwei Parkplätze dahinter wurde er dann fündig. Er atmete tief durch, stieg ein und fuhr geradewegs zum Neuen Bau.

Dort wartete bereits Petra mit finsterer Miene.

»Welche Laus ist dir denn über die Leber gelaufen?«, fragte Lott.

»Die Laus hat das BKA geschickt und sitzt jetzt bei Lander im Büro.«

* * *

Mirko Melcher war wie vom Erdboden verschwunden. Selbst Nadine, seine Freundin, wusste nicht, wo er sich aufhielt. Zumindest behauptete sie das. Und Egmont, sein Buchhändler, wusste es auch nicht. Das waren die beiden Personen, mit denen er sich zuletzt ausgetauscht hatte.

Das Fahrrad von Mirko Melcher hatte man an der Donaumauer, nahe dem Metzgerturm, gefunden. Es war nicht abgeschlossen gewesen. Es war aber auch nicht von der Art, dass sich ein Diebstahl lohnen würde. Einer der Künstler, Stefan Colmar, der eine Löwenmensch-Plastik in Arbeit hatte, hatte das Fahrrad entdeckt und zur Wache gebracht, wo die Vermisstenmeldung bereits vorlag.

»Wer hat ihn denn nun als vermisst gemeldet?«, war Lotts erste Frage.

»Eine Frauenstimme war's, hat aber ihren Namen nicht genannt«, antwortete Lina Bausch von der Datenstation, die das Gespräch entgegengenommen hatte.

»Jemand gibt eine Vermisstenanzeige auf und sagt seinen Namen nicht?«, wunderte sich Lott.

»Sie war irgendwie durch den Wind. Ich hab sie freilich nach ihrem Namen gefragt, aber da hat sie nur ins Telefon gefleht, dass wir ihn finden müssen, weil etwas passiert ist. Und dann hat sie aufgelegt.«

»Konnten Sie den Anruf nicht zurückverfolgen?«, fragte Lott genervt.

»Eben nicht. Aber Ilona hat bei Melchers Lebensgefährtin nachgefragt ...«

»Und?«

Lina Bausch musste den Satz nicht zu Ende bringen, denn im selben Augenblick tauchte Ilona Raab auf und übernahm.

»Nadine Ruß, Melchers Lebensgefährtin, wusste nicht, wo er sich derzeit aufhält«, berichtete Ilona, deren feuerrotes Pumuckl-Haar Lott für einen Moment gefangen hielt, »aber besonders besorgt schien sie mir nicht zu sein. Kann ja sein, dass bei denen gerade der Haussegen schief hängt. Und dann hat sie mir die Nummer seines Buchhändlers gegeben, mit dem er zurzeit, neben der Löwenmensch-Aktion, etwas in Planung hat. Aber der wusste auch nicht, wo Melcher sich aufhält.«

»Wir sollten den Anruf vielleicht nicht überbewerten«, meinte Lott ungehalten. Ihm schien das Verschwinden von Melcher im Augenblick noch zu nebulös, um der Sache ernsthaft nachzugehen. Zudem wartete Petra, die neben Lott verharrte, um endlich ihren Frust loszuwerden.

»Er ist bei Lander, sagtest du?«, hakte er bei Petra nach.

»Ja, ist er«, schnaubte Petra. »Der Schnösel vom BKA heißt Dominik Kammerzelt. Und so blöd wie der Name ist auch seine Erscheinung. Aber das wirst du ja selber gleich sehen. Aber um dich vorzuwarnen: Er will als verantwortlicher Sachbearbeiter der Soko *Löwenmensch* bei uns mitmischen. Etwas anderes komme für ihn nicht in Frage, weil alle Fäden bei ihm zusammenlaufen müssen. Er müsse über alle Details der Ermittlung verfügen können. Und was ihm besonders wichtig schien, die Presse! Er allein will darüber entscheiden, inwieweit die Öffentlichkeit über den Stand der Ermittlung informiert wird.«

»Und warum hat er dir das alles erzählt?«, wunderte sich Lott.

»Vielleicht, um Eindruck zu schinden«, mutmaßte Petra abschätzig.

»Oder er war der Ansicht, du leitest diese Soko.«

»Blödsinn!«

Petra lachte schrill auf, dann ging sie Lott voran und nahm die Treppe, die zu den Büros der Kriminalinspektion 1 führen.

Aber kaum waren sie oben, wurden sie auch schon wieder von der Wache zurückgerufen.

»Ein Herr Colmar, er ist der Mann, der Melchers Fahrrad gefunden hat. Soll ich ihn hochschicken?«

Lott überlegte kurz, dann entschied er: »Nein, sagen Sie ihm, wir kommen runter.«

Der Künstler stand vor der Schutzscheibe der Wache und wirkte äußerst nervös, als Lott ihn begrüßte.

»Stefan Colmar.« Er sagte seinen Namen vorsichtig, als würde sich dahinter weiß Gott welches Geheimnis verbergen. Seine Hände waren feucht, die Augenlider flatterten unruhig, und das lange, bis über die Schulter reichende weiße Haar versuchte er immer wieder aus dem Gesicht zu streichen.

Diese Künstler sind doch ein seltsames Volk, dachte Petra.

»Ich bin der, der Mirkos Fahrrad hergebracht hat«, erklärte der Künstler.

»Ich wurde darüber unterrichtet«, antwortete Lott steif.

»Haben Sie inzwischen etwas von Mirko gehört?«

»Nein.«

»Die Weidacher Malfrauen versammeln sich gerade auf dem Hans-und-Sophie-Scholl-Platz und warten auf Mirko Melcher. Sie haben zehn Löwenmenschen dabei und wollen sie aufstellen, wissen aber nicht genau, wo. Das weiß schließlich nur der Mirko Melcher. Jetzt hat sich schon ein Menschenauflauf um die Frauen herum gebildet.«

Stefan Colmar hatte sich schier außer Atem geredet. Jetzt stand er da und schaute wie ein hilfloses Kind auf Lott. Als der nur ein flüchtiges Achselzucken für ihn übrig hatte, wanderten seine hilfesuchenden Blicke zu Petra Mai.

»Gehen wir erst einmal rüber zum Platz«, schlug die Kommissarin vor.

»Es gab auch schon einen Tumult, weil ein paar Leute gegen die Skulpturen protestieren«, berichtete der Künstler und ging den beiden Beamten voran, Richtung Neue Mitte.

Der Hans-und-Sophie-Scholl-Platz ist Teil von Ulms Neuer Mitte und ehrt die während der Naziherrschaft hingerichteten Widerstandskämpfer, die ihre Jugendjahre in Ulm verbracht hatten. Im Augenblick wurde der Platz von den kopflosen Weidacher Malfrauen heimgesucht, die nicht wussten, wohin mit ihren Löwenmenschen. Zu ihnen hatte sich eine Anzahl Ulmer Bürger gesellt, die sich einerseits über die Skulpturen amüsierten, andererseits sich zu wüsten Beschimpfungen hinreißen ließen.

Unter den Letztgenannten erkannte Lott Zita Meerbusch. Sie dirigierte einen Chor, der schrill skandierte: *Die Würde des Löwenmenschen ist unantastbar.*

Petra konnte sich ein Schmunzeln nicht verkneifen.

Einige schüttelten die Köpfe. Auch die Presse war da und fragte in die Runde der Umstehenden.

»Sehr, sehr schön«, lobte ein Mann, der sich vorgedrängt hatte, begeistert. Und reckte als Zeichen seiner Anerkennung beide Daumen in die Höhe.

»A wa!«, widersprach eine Frau, die neben ihm stand. »Die sind halt bunt, die ganze Figur sieht aber doch eher komisch aus.« Und lachte.

»Kunscht isch Gschmacksach, wie's Hosascheißa«, polterte ein Urschwabe, sichtlich bemüht, die Auseinandersetzung im Gleichgewicht zu halten.

Inzwischen schob ein junger Mann schwere Betonsockel hin und her.

»Nicht so nah aufeinander, besser verteilen«, ordnete der emeritierte Kunstprofessor und langjährige Lehrer der Weidacher Frauen den jungen Mann an, wurde aber im nächsten Moment von der Redakteurin der Zeitung in Beschlag genommen.

»Anders als viele Künstler, die ihre Mitarbeit an Melchers Projekt verweigerten und es nicht nur boykottierten, sondern aktiv dagegen protestierten, haben Sie sich der Aufgabe gestellt. Fürchten Sie nicht, dass das Original dadurch lächerlich gemacht wird?«

Der Kunstprofessor lächelte gequält.

»Ich meine, Ihre Schülerinnen aus Weidach sind Hobbymalerinnen?«

»Wer weiß schon genau, ob der Löwenmensch wirklich ein Kunstwerk ist oder nur das Produkt heimwerkelnder Vorzeitfrauen«, lächelte der Kunstprofessor. »Vielleicht ist es Kunst, vielleicht aber auch nur das Produkt eines Bastelkurses, den die Höhlenfrauen unter Anleitung eines, wie ich, emeritierten Kunstprofessors absolvierten, während ihre Männer beim Jagen waren.«

»Das meinen Sie jetzt nicht im Ernst«, erwiderte die Redakteurin leicht empört.

»Und wenn es denn Kunst ist, haben wir den Kniefall vor der Kunst denn nicht längst abgelegt? Selbst wenn meine Malfrauen keine bleibenden Kunstwerke damit geschaffen haben, angenehme Farbflecke vor den nüchternen Glasbetonbauten der Ulmer Mitte sind es doch allemal. Und sie mildern ein klein wenig diese neuen, scharfkantigen Monumentalbauten, die keinen Zweifel daran lassen, wer hier die Macht im Lande hat.«

Während die Redakteurin der Lokalzeitung noch fleißig notierte, was der Experte eben von sich gegeben hatte, fügte der nun ganz versöhnlich hinzu: »Mit dem Bemalen dieser geradezu übermannshohen Löwenmenschen wird doch keinesfalls das Original in Frage gestellt.«

»Wie haben Sie Ihre Malfrauen auf dieses Projekt eingestimmt? Gab es ein Motto?«

»*Vergangenheit und Gegenwart!* Das war das Motto, das sollten sie bildnerisch auf diesen Figuren umsetzen. Als die bei uns ankamen, sahen die Figuren – wie sie so bei uns im alten Garten der Weidacher Schule lagen – wie gestrandete weiße Wale aus. Wir haben die Figuren dann abgeschliffen und mit der Farbe Sepia grundiert, und dann durfte jede der Malfrauen ihrer eigenen Inspiration freien Lauf lassen.«

Die Redakteurin bedankte sich schon, als der Kunstprofessor noch einmal nachlegte: »Allein dass die Bürger über Melchers Projekt diskutieren, ist doch ein Gewinn für die Stadt. Sie wird dadurch belebt, kommt ins Gespräch …«

Plötzlich unterbrach der Kunstprofessor sein Statement und rief dem jungen Mann, der noch immer mit den Betonsockeln hantierte, zu: »Nein, nicht so nahe an der Kunsthalle Weishaupt, das haben die nicht so gerne.«

Während die ersten Figuren auf die Sockel montiert wurden, skandierte Zita Meerbusch nun erneut und ließ auch ihren Chor skandieren: *Die Würde des Löwenmenschen ist unantastbar!*

Als sie Lott erkannte, lächelte sie. Lott lächelte zurück. Dann wandte er sich ab. Geraume Zeit später beobachtete er, verdeckt vom schaulustigen Publikum, wie Zita Meerbusch ihre Aktion vorantrieb. Aber irgendetwas stimmte nicht. Sie war nicht bei der Sache. Sie stand nicht hinter dem, was sie da propagierte. Sie lieferte ein Schauspiel. Und Lott fiel auf: *Sie ist eine schlechte Schauspielerin.*

13

Dominik Kammerzelt war, wie Lott gleich feststellen musste, eine, zumindest für ihn, gewöhnungsbedürftige Erscheinung. Aus den Personalien konnte Lott entnehmen, dass Kammerzelt am 3. April gerade 38 Jahre alt geworden war, ein Widder also, und dass er seit acht Jahren dem BKA angehörte. Trotz des noch relativ jugendlichen Alters hatte er bereits eine Vollglatze. Die grünblauen Augen lagen ziemlich dicht beieinander, der Mund war schmal, die Lippen kaum vorhanden. Im Augenblick, da seine Aufmerksamkeit auf den Bildschirm gerichtet war, hielt er diese dermaßen zusammengepresst, dass Lott schon fürchtete, dass sie sich so ohne weiteres nicht mehr öffnen würden. Das Gesicht hatte Sonnenstudiobräune, wie Lott vermutete, und in beiden Ohrläppchen steckten goldene Ringe, dünn und von geringem Durchmesser.

Kammerzelt saß an Brauchles Schreibtisch. Als er Lott wahrnahm, stand er gleich auf, ging ihm grußbereit entgegen und bewies einen festen Händedruck.

»Ich bin der Mann vom BKA, Dominik Kammerzelt.«

»Klaus Lott, LPD Tübingen, herzlich willkommen.«

Lott schaute zu ihm hoch. Dieser Mann maß über zwei Meter. Eine Begegnung auf Augenhöhe war also allenfalls sitzend möglich.

»Sie haben mich sicher schon erwartet«, fuhr der Mann vom BKA fort.

»Und nun sind Sie hier«, ergänzte Lott schmunzelnd.

»So ist es. Und ich habe mich bereits in die Ermittlung eingelesen.«

»Schön«, sagte Lott etwas geistesabwesend, denn er dachte in diesem Moment an seinen Kollegen, der jetzt tot war, und es war ihm, als hätte Brauchle die Jahre, in denen er hier im Neuen Bau war, einfach mitgenommen. Ein Wust von Erinnerungen kam hoch, die Jahre purzelten durcheinander. Er dachte an die *Wolfsnächte* und an Brauchles Wut darüber, dass in jenem Fall vor nunmehr neun Jahren die wahren Täter straffrei davongekommen waren. Brauchles Schreibtisch, der Schreibtisch des verantwortlichen Sachbearbeiters der Soko 2412 und vieler Ermittlungen danach, spukte in den Erinnerungsfetzen, die wie kleine Wölkchen im Raum kreisten. Nun saß ein anderer dran, wenn auch nur für eine kurze Zeit. So lange eben, bis die Arbeit der Soko beendet war und Klarheit darüber herrschte, ob Artur Schwinn jemanden im

Visier für seinen Tötungsauftrag hatte, und wenn ja, wen. Doch es würde für alle Zeit Brauchles Schreibtisch bleiben. Zumindest für Lott.

»Ich habe eine Dienstbesprechung angesetzt, dann lernen Sie alle Kolleginnen und Kollegen kennen«, sagte Lott und schaute dabei auf die Uhr. »In fünf Minuten wäre das schon. Ist das für Sie in Ordnung?«

»Natürlich«, sagte Kammerzelt, setzte sich wieder und schaute auf den Computerbildschirm.

»Was bedeuten diese Attrappen, die uns radioaktive Substanzen vorgaukeln wollen?«, fragte er, ohne den Blick vom Bildschirm zu wenden. »Ich habe bereits recherchiert, finde aber noch keinen Hinweis auf eine Firma, die derartige Scherzartikel produziert hat.«

»Die wurden vermutlich unter der Hand, vielleicht zu einem bestimmten Anlass, hergestellt und vertrieben«, meinte Lott.

»Gut möglich«, stimmte ihm Kammerzelt zu, ohne aufzuschauen.

Die Münsterglocken schlugen. Lott sah auf seine Armbanduhr.

Er forderte den neuen Kollegen auf, mit ihm in den Konferenzraum zu gehen, und ging ihm voran, eine Treppe höher und bis zum Ende des Flurs. Die Tür zum Zimmer stand offen. Petra Mai, Ilona Raab, Harald Lohner, Marlies Kaupper sowie Chef Lander saßen bereits am oberen Ende des langen Tisches, an dem gut zwölf Personen Platz hatten. Kaum hatten Lott und der Mann vom BKA den Raum betreten, kam auch Karl Kurfeß vom Dezernat für Wirtschaftsdelikte, die seit der Jahrtausendwende in Kriminalinspektion 3 umgetauft worden war, dazu. Während die meisten der ehemaligen Dezernate damals zusammengelegt wurden, hatte das Dezernat für Wirtschaftsdelikte keine weiteren Aufgabenbereiche dazubekommen. Neben den traditionellen Betrugsdelikten, Fälschungen, Ausweisfälschungen, illegalem Glücksspiel und Falschgelddelikten hatte das Internet neue, inzwischen grassierende Betrugsmethoden möglich gemacht. Und weil es bei fast jedem Verbrechen immer auch ums Geld geht, wurde Kurfeß in diese Soko berufen.

Gerade als Petra Mai sich aufmachte, um die Tür zum Konferenzzimmer zu schließen, kam Adrian Mollenkopf, Oberstaatsanwalt am Ulmer Landgericht, dazu und komplettierte die Runde.

Lander ergriff das Wort, begrüßte den Kollegen vom BKA und stellte ihn den neuen Kollegen vor, dann übergab er an Lott.

Der räusperte sich, wie so oft, wenn er zum Dozieren ansetzte, und begann: »Als wir zum ersten Mal hier in dieser Sache zusammengekommen waren, um eine Soko zu besetzen, haben wir alle eine Art Neuland betreten, denn wir sollten in einem Mordfall ermitteln, der noch gar nicht stattgefunden hatte. Das hat sich meiner Meinung nach inzwischen geändert, und zwar aufgrund des Mordes an Edgar Schmitt. Obwohl berechtigte Zweifel bestehen, dass Schmitt das Opfer war, das im Visier des professionellen Auftragsmörders Schwinn stand. Eine Verbindung zwischen den beiden ist für mich naheliegend. Immerhin wurde bei beiden diese ominöse Attrappe eines radioaktiven Behälters gefunden, der uns alle aufgescheucht hat. Vielleicht stehen wir aber auch vor zwei völlig getrennten Ermittlungen, die lediglich eine zeitliche Parallelität aufweisen. Ein Mord an einem Mitarbeiter der Universität Ulm, zuständig für das Einsammeln und den Abtransport radioaktiver Abfälle. Und möglicherweise ein bestellter Mord, der nicht zur Ausführung gelangte, weil das ausführende Organ zuvor einem Herzversagen zum Opfer gefallen war. Die Art der Waffen, die wir bei ihm gefunden haben, sowie die Vita von Artur Schwinn lassen jedoch vermuten, dass hier ein Attentat geplant war, ein Mord an einer, sagen wir *höher gestellten Person* aus der Politik oder der Wirtschaft. Dazu kommt für mich – im Theater würde man es als Nebenhandlung bezeichnen – die Vermisstmeldung des Aktionskünstlers Mirko Melcher, der mit seinen übermannshohen Plastiken des Löwenmenschen für Kontroversen in der Stadt gesorgt hat. Und auch hier gibt es Überschneidungen. Artur Schwinn hatte eine Postkarte mit der Abbildung der Löwenmenschen-Statuette bei sich, als vielleicht einzigen Hinweis auf einen möglichen Auftrag. Und er wollte sich mit Zita Meerbusch treffen, die geradezu einen Feldzug gegen Melcher und *seine* Löwenmenschen führt.«

Lott unterbrach. Lohner nahm das als Aufforderung und entgegnete aufgebracht: »Was hat nun der Melcher mit Schwinn oder dem zuständigen Mitarbeiter für den Abtransport radioaktiver Abfälle zu tun? Nur weil ein paar Dinge zeitgleich ablaufen? Das ist doch wirklich weit hergeholt.«

Petra mischte sich ein: »Findest du? Ich halte es für durchaus möglich, dass Melcher im Visier von Schwinn gestanden hat. Mir scheint es eher unwahrscheinlich, dass die ganzen Ereignisse nicht in irgendeiner Form zusammenhängen.«

»Unsinn«, protestierte Lohner. »Schwinn, Edgar Schmitt und die beiden radioaktiven Schnapsbehälter, gut, da kann es, aber bestimmt ganz am Rande, einen Zusammenhang geben. Aber lasst mir doch bitte den guten Mirko Melcher aus dem Spiel. Das ist ein Zank unter Kulturschaffenden, nicht mehr und nicht weniger.«

Lott erwiderte ruhig: »Mag ja sein, aber was schadet es, wenn wir eine Spur mehr verfolgen, eine Version mehr in unseren Ermittlungsplan mit aufnehmen, zumindest in eine vorläufige Ermittlungsplanung.«

Lohner zuckte die Achseln und ersparte sich weitere Bemerkungen.

»Welche Rolle spielt das BKA in der Ermittlung?«, fragte Mollenkopf plötzlich und schaute dabei in Richtung Kammerzelt.

Lott antwortete an Stelle des Gefragten: »Er wird als verantwortlicher Sachbearbeiter die Soko *Löwenmensch* begleiten. Er wird dafür sorgen, dass wir alle auf dem gleichen Wissensstand stehen. Bei ihm laufen alle Ermittlungsergebnisse zusammen. Also hat er über alle Detailkenntnisse zu verfügen. Und er soll sich mit unserem Pressesprecher über die Einbeziehung der Öffentlichkeit absprechen. Sind Sie damit einverstanden, Herr Kammerzelt?«

»Das genau war die Vorstellung meiner Chefs«, antwortete der Mann vom BKA.

»Brauchles Schreibtisch haben Sie ja bereits in Beschlag genommen«, bemerkte Petra zynisch.

»Ich hoffe, ich entweihe ihn nicht«, entgegnete Kammerzelt lächelnd.

Lott hielt sich mit seinen eigenen Befindlichkeiten zurück. Stattdessen fragte er den BKA-Kollegen: »Sie haben sich einen groben Überblick über die bevorstehende Ermittlung verschafft. Was ist Ihr, sagen wir: gefühlsmäßiger Eindruck?«

Kammerzelts Blick wanderte zu den Kolleginnen und Kollegen, die um ihn saßen. Niemanden ließ er dabei aus, und alle erwiderten erwartungsvoll diesen Blick.

»Ich habe nur einen einzigen Satz dafür«, sagte er, beinahe schüchtern.

»Und der wäre?«, platzte es aus Ilona Raab heraus.

»In der Asche schläft die Glut.«

14

Mirko Melcher hatte das Meer wohl als Erster gesehen. Die anderen Fluggäste, so schien es, waren auch hier, in fünftausend Meter Höhe, an ihren Alltag gekettet. Kaum einer unter ihnen riskierte einen Blick aus dem Fenster, als hätten sie Angst, das Meer könnte ihrer Konzentration abträglich sein.

Es waren durchweg Geschäftsreisende, die in dem Flieger saßen. *Ich bin der einzige Tourist. Oder auf der Flucht.*

Er schaute auf das Meer und in den Himmel. Und darauf, wie beide ineinanderflossen. Sooft er auch nach Griechenland flog, es war ihm jedes Mal aufs Neue, als wäre er losgezogen, um Ithaka neu zu entdecken.

Diesmal aber war die Abreise eine Flucht gewesen, von der niemand etwas wissen durfte.

Keine Spuren hinterlassen. Ein Satz, der wie ein Mantra in seinem Kopf spukte. Über Melchers Lippen huschte plötzlich ein Lächeln: *Die Ulmer sind in die Altsteinzeit zurückgekehrt und haben den Geist von Neandertalern angenommen. Sie vollziehen Götzendienste und dies, wie bei Götzendiensten üblich, ziemlich humorlos. Der Löwenmensch. Mein Gott! Warum nur diese Bierernstigkeit!*

Aus Melchers Gesicht schwand mit einem Male dieser Anflug von Heiterkeit. Er schaute zurück, wie auf ein früheres Leben. Diesen Faden wollte er jetzt selbst abschneiden und auf ein neues Leben warten, bestehend aus Himmel und Meer. Und aus seinem Freund Anthimos, der ihn zu einem Griechen machen würde: Schafskäse, Oliven, Wein und Ouzo. Und immer das Meer, das wie ein Teppich vor der Haustür lag.

Plötzlich war die Begebenheit, die mit ein Anstoß für seine Flucht gewesen war, wieder da: Die beiden jungen Männer, die mit Baseballschlägern auf ihn zugekommen waren. Sie hatten ihn in Todesangst versetzt. Dabei hatten sie nichts von ihm gewollt. Nicht einmal Angst einjagen wollten sie ihm mit ihren Keulen. Ja, nicht einmal zur Kenntnis genommen hatten sie ihn, so sehr waren sie mit ihrer eigenen Auseinandersetzung beschäftigt gewesen. Ihn aber hatte eine plötzliche Furcht gepackt, eine grundlose Panik, die er bislang so nicht gekannt hatte. Die Angst war ein Zeichen gewesen. So zumindest hatte er die Situation gedeutet: Er war in Gefahr, und er musste auf dieses Zeichen reagieren. Im selben Augenblick noch hatte er sein Rad gewendet und dann irgendwo stehenlassen. Warum er die letzten zweihundert Meter zu Fuß in seine Wohnung geflohen war, konnte er jetzt nicht mehr nachvollziehen. Er wusste nur noch, dass er von dort aus seinen Freund Anthimos angerufen und dann einen Last-Minute-Flug gebucht hatte.

Nun saß er im Flieger und schaute auf das Meer und in den Himmel.

Und horchte auf die Durchsage der Flugbegleiterin in griechischer, dann in englischer Sprache. Nach knapp zwei Stunden Flugzeit tauchte unter ihm der Flughafen Eleftherios Venizelos auf. Er ging über die Gangway und war von Neuem beglückt, wie überschaubar dieser Flughafen war.

An den Bushaltestellen hielt er Ausschau nach der Linie X93, die nach Kifissos, zum zentralen Busbahnhof der Fernlinienbusse, führt.

Von dort aus erreichst du jeden Landesteil.

Er stieg ein, steuerte einen Platz im vorderen Drittel des Busses an und setzte sich neben eine junge Frau, die ihn kurz anlächelte, sich dabei noch näher ans Fenster zwängte, um ihm Platz zu machen oder um ihm zu zeigen, dass sie darauf achtete, Distanz zu wahren. Während der Fahrt schaute Melcher ständig nach draußen und betrachtete dabei ihr Profil.

Er kannte die Namen der Haltestellen vom letzten Mal: Isthmo, Fichti und Argos. In den folgenden Stunden durchwanderte er mit den Augen die griechische Antike und Mythologie: Megara, Korinth, Nemea, Mykene und Argos. Was für wohlklingende Namen.

Zwei ältere Frauen saßen vor ihm, die schnatterten unentwegt miteinander. Kaum aber, dass eine Kirche auftauchte, verstummten beide und bekreuzigten sich dreimal, um dann weiter draufloszupalavern. Ganz anders der Mann, der neben ihm auf der anderen Seite des Gangs saß. Während der gesamten Fahrt döste der starr vor sich hin. Nur wenn eine Kirche auftauchte, schlug auch er seine drei Kreuzeszeichen. Danach setzte die Starre wieder schlagartig ein.

Nachdem die Reisenden Argos hinter sich gelassen hatten, war Mirko Melcher klar, dass nun erst einmal Schluss war mit Antike und Mythologie. Der Bus hielt in Lerna. Und danach in jedem kleinen Dorf, manchmal auch auf offener Strecke, weil jemand aus- oder einsteigen wollte.

Die Straße führte jetzt entlang der Felsen. Melcher blickte aufs Meer. Bald würde er da sein, bald würde sein Freund ihn erwarten.

Er ging durchs Dorf, an dem Dorfladen vorbei, aus dem die Inhaberin ihm zuwinkte, obwohl sie gerade bediente.

Mit tiefen Atemzügen sog er die Seeluft in sich auf.

Sein Handy klingelte, eine Frauenstimme meldete sich. Nur sie kannte die Nummer dieses Mobiltelefons.

»Ja, ich bin gut gelandet.«

Sie war die Einzige, die wusste, wo er war. Und sie hatte ihn gewarnt.

»Bleib, wo du bist – ich kann hier nichts für dich tun.«

15

So viel war klar: Thürheimer schrieb diesen Artikel nicht gerne. Da hätte er lieber noch mit der Kollegin Zacherle getauscht, die über Flocke, ein Eisbärenkind im Nürnberger Tiergarten, berichten durfte. Sie gehörte zu den 360 Journalisten, die auserwählt waren, den ersten, öffentlichen Fernsehauftritt des vier Monate alten Eisbärenmädchens live miterleben zu dürfen. Bis dahin gab es nur Aufzeichnungen aus der für die Öffentlichkeit nicht zugänglichen Bären-Kinderstube. Nun aber wurde Flocke ins Freigehege entlassen. Unter den Blicken von Millionen Fernsehzuschauern. Das Bayerische Fernsehen und das ZDF widmeten der kleinen Flocke Sondersendungen, andere ließen ihre Beiträge in ihre Nachrichtensendungen einfließen. Selbst CNN und ein

Team des japanischen Fuji-TV waren vor Ort. Und unter ihnen die Kollegin Birgit Zacherle.

Obwohl Thürheimer der Rummel um diesen Eisbären auf die Nerven ging, er hätte gerne getauscht. Richtig neidisch aber war er auf den Kollegen Miersbach, der aus dem lokalen Mordfall Edgar Schmitt, verbunden mit dem Fund des toten Auftragsmörders Schwinn, eine überregional bedeutende Sache machte und damit die Story an sich riss.

Und was blieb Thürheimer, immerhin Chef der Lokalredaktion? Er musste über eine Interessengemeinschaft berichten, die gegen die Melcher-Aktion aufbegehrte und sich IG Löwenmensch e. V. nannte.

Thürheimer saß am Computer und gab seine Notizen ein: Gegen diese oberflächliche Zurschaustellung und Kommerzialisierung der eiszeitlichen Löwenmensch-Skulptur wenden sich 74 Unterzeichner, die eine bereits erschienene Anzeige mit der Schlagzeile »Kulturerbe! Löwenmensch« finanzierten. Ein zweites Inserat sollte nun folgen, diesmal unterstützt von mehr als hundert Personen. Künstler, Kulturinteressierte, Historiker, Archäologen und Pädagogen. Das Motto diesmal: Nicht alles ist Kunst, was sich Kunst nennt.

Und dazu brauchte es einen Verein?, fragte sich Thürheimer. Mit Satzung, Eintragung ins amtsgerichtliche Vereinsregister, mit Vorstand und Kassenwart, Kassenprüfer und mit zwei Beisitzern und allem Drum und Dran, was zu einem ordentlichen deutschen Verein gehörte.

Wir wollen verhindern, dass kommerzielles Schindluder getrieben wird mit eiszeitlichen Kleinplastiken aus Mammutelfenbein, wie der Löwenmensch eine ist.

Mein Gott! Er dachte an dieses Interview mit Zita Meerbusch, dem Löwenmenschle. Thürheimer musste grinsen. Er selbst hatte diesen Begriff ja in die Welt gesetzt, nachdem Meerbusch gegen ihre lauthals verkündete These »Der Löwenmensch ist weiblichen Geschlechts« keinen Widerspruch mehr gelten ließ. Gott, ach Gott, dieses unsägliche

Interview, dachte Thürheimer noch einmal. Und dann auch noch mit dem Kassenwart des Vereins, der irgendwann das Wort ergriffen hatte und sich dahingehend ausließ, dass man als Verein eine eigene Öffentlichkeitsarbeit auf die Beine stellen, Vorträge, Führungen und archäologische Wanderungen zu den Ausgrabungsstätten organisieren wolle.

Ein weiterer Protagonist des Vereins, der zweite Vorstand, wie sich Thürheimer notiert hatte, wurde dann auch noch gesprächig und hatte proklamiert: »Es geht der IG Löwenmensch aber vor allem darum, öffentlich Sensibilität für ein besonderes Kulturerbe zu wecken. Dies schafft man nicht mit kultureller Respektlosigkeit, sondern nur, wenn man einem urzeitlichen Kunstwerk seine Botschaft, Ausdruckskraft und historische Bedeutung lässt.«

Und dann diese Meerbusch wieder: »Wir treten ein für einen angemessenen, respektvollen Umgang mit diesem Kunstwerk. Die Würde des Löwenmenschen ist unantastbar!«

Thürheimer starrte auf seinen Computerbildschirm und seufzte. Er hatte Hunger auf etwas Süßes. Eine Eierschecke vom Zuckerbäcker vielleicht, die wäre jetzt recht. Und er fragte sich plötzlich: Haben die Mozartkugeln dem Ansehen des Komponisten geschadet? Wurde Mozarts Würde mit diesen Pralinen angetastet, und wurde dadurch seiner grandiosen Musik mit kultureller Respektlosigkeit begegnet? Wurde gar Schindluder mit dem Namen Mozart getrieben? Thürheimer war sich im Klaren darüber, dass er diesen Vergleich nicht öffentlich machen durfte. Sonst wäre der nächste Streit schon vorprogrammiert.

Thürheimer zog aus seiner Schreibtischschublade einen Schokoriegel. Während er das Stanniolpapier abfieselte, dachte er: Ich hasse diesen Miersbach. Warum konnte der nicht darüber schreiben, warum hatte er diese IG Löwenmensch nicht zu einer überregionalen Sache erklärt und ihm den Mord und den ominösen Leichenfund überlassen?!

Thürheimer las noch einmal seine für den Artikel wichtigen Notizen durch. Montags trifft sich der Verein wieder, in der Goldenen Traube in Witzighausen, pünktlich um 20.30 Uhr.

Und er hatte zugesagt.

Scheiße, dachte Thürheimer. Montags hab ich doch frei.

16

Lott hatte das Wort Attentat in den Raum geworfen. Dort schwebte es nun über den Köpfen der Kollegen, bis Petra Mai ein Einsehen hatte und es, bevor es völlig von wirren Gedanken darüber eingenebelt wurde, für sich in Anspruch nahm und von den Köpfen der übrigen Mitarbeitern pflückte.

Wen wollte Schwinn beseitigen?

»Ich habe mit Stefan Colmar gesprochen. Mirko Melcher hatte wirklich Angst. Seiner Aussage nach hat Melcher Drohbriefe erhalten. Plumpe zwar, aber doch in der Art, dass sie Melcher einen Schreck eingejagt haben.«

Lohner widersprach mit vehementem Kopfschütteln: »Petra, ein Auftragskiller schickt keine Drohbriefe. Er verrichtet seinen Auftrag cool und ohne jede Emotion.«

»Weil du ja täglich mit dieser Sorte von Kriminellen zu tun hast«, antwortete sie sarkastisch.

»Um den Verdacht in eine andere Richtung zu lenken ...«, mischte sich Ilona ein und unterstützte damit Petras Standpunkt. »Vielleicht ist das Motiv ja ein vollkommen anderes.«

»Ich kann mir nicht vorstellen, dass die Löwenmensch-Monster ein Mordmotiv sein sollen«, ereiferte sich Lohner weiter.

»Aber welche Spur haben wir denn?«, gab nun Marlies zu bedenken. »Eine Postkarte der Löwenmensch-Statuette, falsche Papiere und ein hübsches Sümmchen Bargeld. Kein Hinweis sonst.«

Lohner wechselte das Thema: »Ich habe Nachricht von der KTU der LPD Tübingen, die die beiden Waffen beschossen haben. Die Projektile mit den Individualspuren des Laufes der jeweiligen Waffe wurden an den Schusswaffen-Erkennungsdienst des BKA geschickt und dort mit den Hülsen und Projektilen aus Straftaten bundesweit verglichen. Und nun kommt es: Im August 1989, ein paar Wochen vor der Wende, wurde mit dieser Take-down-Waffe eine Zielperson der Stasi ermordet. Man hat die Geschichte damals nicht an die große Glocke gehängt, sondern den Ball eher flach gehalten. Es handelte sich bei dem Opfer wohl um einen Agenten, der für beide Seiten gearbeitet hatte. Weitere Opfer, die mit dieser Waffe getötet wurden, sind nicht bekannt. Womöglich hat er sie außerhalb von Europa eingesetzt. Bei der Českà sieht das schon ein wenig anders aus. Dieses tschechische Fabrikat hat eine blutige Spur durch halb Europa hinterlassen. Alle Morde geschahen deutlich später, zwischen 1995 und 2005.«

»Dann war Schwinn die letzten Jahre nicht aktiv«, konstatierte Ilona.

»Oder die Geschäfte wurden flau«, meinte Marlies.

Petra lächelte bitter. »Das alles hilft uns nicht wirklich weiter. Dass er bei der Stasi war, ist genauso bekannt wie sein Job danach. Welchen Auftrag hatte er jetzt? Und gibt es eine Verbindung zu Edgar Schmitt?«

Lott dachte laut nach. »Ich will es nicht glauben, dass der Löwenmensch eine Schlüsselfigur im Falle eines geplanten Attentats ist, aber wir können es auch nicht ausschließen. Irgendeine Rolle muss er spielen, sonst passt er nicht ins Bild. Schwinns falsche Papiere, das Geld, das kann über seine Tätigkeit ganz allgemein etwas aussagen, aber das Foto des Löwenmenschen ist doch ein Hinweis, der uns zum geplanten Opfer führen könnte.«

»Direkt mit dem Löwenmenschen haben in Ulm nur Melcher und Zita Meerbusch zu tun. Zumindest, was die öffentliche Aufmerksamkeit betrifft«, warf Petra ein.

»Und keine anderen Persönlichkeiten?«, fragte Marlies hastig.

Kurfeß vom Wirtschaftsdezernat meldete sich zu Wort. »Vom Oberbürgermeister bis zum Präsidenten des Sportvereins kämen doch letztlich alle in Frage. Oder mehr noch die Firmenchefs und vor allem natürlich jene Banker, durch die einige Leute in den letzten Wochen und Monaten viel Geld verloren haben.«

»Die haben jetzt aber keines mehr, um einen Auftragsmörder zu beauftragen«, witzelte Dominik Kammerzelt und erntete einiges Schmunzeln damit, ehe er fortfuhr: »Das riecht nicht nach Rache. Das, was hier durch Schwinn vollstreckt werden sollte, war exakt geplant.«

»Ach nee, wie riecht denn Rache?«, motzte Petra.

»Rache, liebe Kollegin, riecht nach Schweiß«, konterte der Mann vom BKA, »nach Hektik, nach übertriebenem Eifer und nach Wut. Das alles im übertragenen Sinne natürlich. Aber das, was Schwinn vorhatte, ist so eiskalt wie Gefrierfleisch.«

Lott pflichtete ihm bei. »Ich kann mir beim besten Willen auch nicht vorstellen, dass ein Finanzgeschädigter, wie hoch sein Verlust auch immer gewesen sein mag, zum Telefonhörer greift und einen Auftragsmord wie eine Pizza bestellt. Es geht auch weniger um Schwinn, sondern um seinen Auftraggeber.«

Lotts Ausspruch schien zu überzeugen, denn keiner brachte einen Einwand vor, und so machte sich eine ganze Weile lang hilfloses Schweigen breit, ehe Ilona die Frage in den Raum stellte: »Und wie passt Edgar Schmitt in dieses Bild?«

Dabei schien ihr rotes Haar, bedingt durch den Sonneneinfall, zu leuchten.

»Wenn wir das wissen, ist die halbe Miete im Kasten«, antwortete Kammerzelt. »Man könnte ein Raster erstellen, ähnlich wie bei der Rasterfahndung, nur umgekehrt. Wir suchen nicht den Täter, sondern das mögliche Opfer.«

»Es gibt einige namhafte Persönlichkeiten, die ausschließlich an diesem Wochenende in Ulm sind«, sagte Kurfeß und las das Ergebnis seiner Recherche der Soko vor.

»Der Schriftsteller Martin Walser zum Beispiel wird im Stadthaus lesen; Urban Priol, ein Kabarettist, tritt im Roxy auf, dazu empfängt der OB eine Delegation aus Neu-Guinea, und die Bankdirektoren einiger Raiffeisenfilialen treffen sich zwecks Fusionierung im Haus der Wirtschaft. Alles potentielle Opfer für einen Auftragsmord. Dazu gibt es an der Uni ein Symposium über Operationen an Hüfte und Knie.«

Lott horchte kurz auf, als fühlte er sich angesprochen, während der Kollege Kurfeß fortfuhr. »Ja, und zuletzt noch gibt es eine Gala im CCU mit Florian Silbereisen.«

Über Ilonas Gesicht huschte ein Lächeln. »Den Auftrag würde ich glatt übernehmen«, sagte sie.

17

Das Stadthaus war gut gefüllt, der Eintritt frei, aber Spenden waren durchaus willkommen. Sie sollten, wie Melchers Erlöse mit seinen Skulpturen, ebenfalls dem Museum zufließen, als eine Art wohltätige Gegenveranstaltung. Dabei ging es aber diesmal nicht um die buntbemalten Melcher-Figuren, gegen die Zita Meerbusch vor wenigen Stunden noch lauthals gewettert hatte, sondern um das Original selbst.

Ihr Vorredner brachte die Geschichte des Löwenmenschen, beginnend mit dem vorletzten Grabungstag, dem 25. August des Jahres 1939, als die Grabungshelfer in der Lonetal-Höhle Hohlenstein-Stadel etliche Splitter aus Mammutelfenbein fanden, der Krieg ihnen dann aber einen Strich durch die archäologische Rechnung machte, bis hin zur Präsentation der inzwischen zusammengebastelten Statuette im Ulmer Museum. Geradezu spannend berichtete er, wie Krieg und Nachkriegszeit den sensationellen Fund bis in die sechziger Jahre hinein verdrängt hatten und wie der Löwenmensch in einer Zigarrenkiste als Elfenbeinpuzzle auf dem Dachboden des Ulmer Museums unerkannt auf seine Entdeckung harrte.

Er zitierte aus Fundberichten, aus den Notizen der Elisabeth Schmid: Ich halte das Stück vor den Zapfen mit dem rechten Kopfteil, die Vermutung bestätigt sich: Es ist über die Hälfte des linken Schnauzenteils, oben der linke Nasenteil, vor der Mitte abgebrochen, darunter die Mundspalte, am Übergang zum seitlichen Mundwinkel stärker geöffnet. Die Höhe passt gut zum Halsteil auf dem Zapfen. Der Kopf der Figur kann nun eindeutig als Kopf eines Löwen erkannt werden.

Unter Beifall verließ der Redner das Podium, das er Zita Meerbusch überließ, die den anhaltenden Beifall für sich buchte, ehe sie, die Zuhörer musternd, mit ihrem Vortrag begann. Sie schaute über die Zuschauer hinweg, als müsste sie erst die Weite des Saales messen, und begann dann leise zu sprechen.

»Lauter!«, rief sofort eine Stimme aus einer der hinteren Reihen.

Zita Meerbusch räusperte sich, dann begann sie ihren Vortrag: »Höhlen sind in allen Kulturen der Erde ein sichtbares Zeichen für unsere Menschwerdung im Zyklus der irdischen Inkarnationen. Sie sind sowohl ein Bild für den Urschoß, aus dem alles Leben wieder entsteht, als auch das Tor zur Anderswelt für die Seelenreise bei schamanischen Erfahrungen oder nach dem Tod.«

Sie machte nach diesem ersten Satz eine kleine Kunstpause, dann fuhr sie gestärkt an Haltung und Stimme fort: »Im Namen Höhle wird die Göttin der Unterwelt geehrt: So entscheidet die germanische Hel in der Edda über Leben und Tod. Holla, als Frau Holle aus unserem Märchengut bekannt, spinnt den Lebensfaden und führt ins magische Wissen und zur matriarchalischen Schöpfungsmacht.«

Wieder legte Zita Meerbusch eine Pause ein, in der sie beobachtete, welchen Eindruck die ersten Sätze ihres Vortrags bei den Hörern gemacht hatten. Sie streifte mit ihren Blicken über die Hörerschar, ehe sie, zufrieden vom Ergebnis, ihre Rede fortsetzte.

»Schon in der Eiszeit dienten Höhlen als Kultplätze. Im Kult findet die Verbundenheit zwischen den Menschen und der höchsten göttlichen Kraft einen sichtbaren Ausdruck. Es ist deshalb anzunehmen, dass die Menschen zu allen Zeiten daraus Kraft und Führung für ihr Leben bezogen haben. In den Pyrenäen bei Tautavel wurde ein sakraler Höhlenraum der Vor-Neandertaler, der zirka 340 000 Jahre alt ist, entdeckt. Dort fand man einen runden Schädel, der in der Mitte der Höhle sorgsam platziert war. Und ein weiterer Beweis für die Symbolsprache aus den Kulthöhlen: Vor zirka 50 000 Jahren haben die Neandertaler ihre Toten in Blumen gebettet, nach Ost-West ausgerichtet und mit Ockerfarbe bedeckt in Höhlen begraben. Die berühmten eiszeitlichen Felsenmalereien aus der spanischen Höhle Altamira und der französischen Höhle Lascaux sind zirka 20 000 Jahre alt. Ihre Entdeckung hat den Blick dafür geöffnet, dass überall auf der Erde die Kulthöhlen der Frühzeit mit Malereien und Felsritzungen beredtes Zeugnis von den Menschen der Urgeschichte abgeben.«

Wieder unterbrach Zita Meerbusch. Ein Hörer hatte eine vulgäre Bemerkung in den Raum geworfen, dafür aber nicht die von ihm erhofften Lacher, sondern einige Zurechtweisungen der Frauen, die links und rechts, vor und hinter ihm saßen, geerntet, was ihn veranlasste, aufzustehen und den Saal zu verlassen, wofür er nun wirklich Beifall bekam. Zita Meerbusch verabschiedete ihn mit einem triumphierenden Lächeln. Als wieder Ruhe eingekehrt war, las sie in den Gesichtern, vor allem ihrer Zuhörerinnen, dass diese gespannt auf die Fortführung des Vortrags harrten. Zita ließ sie nicht lange warten und erzählte weiter: »Auf der Schwäbischen Alb fand man bei Ausgrabungen Kultgegenstände aus Mammut-Elfenbein wie Flöten, eiszeitliche Tiere und, so höre und staune man: eine Löwenfrau.«

Der Beifall nach dieser gewagten These fiel prächtig aus. Frauen trommelten mit ihren Füßen und gaben Töne von sich, wie Rockmusiker sie sich wünschen. Zita badete einige Sekunden darin, ehe sie den gesponnenen Faden wieder aufnahm: »Ja, Sie alle haben richtig gehört: eine Löwenfrau. Und nicht, wie uns die männliche Arroganz weismachen will, dass dieses kostbare Kleinod männlichen Geschlechts wäre. Die Löwenfrau, die in unserem Museum geschützt in einer Vitrine steht, erinnert pfeilgenau an die ägyptische Göttin Sekhmet, deren Abbild, ebenfalls 32 000 Jahre alt, uns eine kleine Relieffigur in der Haltung einer Priesterin bei der Anrufung der höchsten Kraft zeigt.«

Abermals folgte eine kleine Gedankenpause, nach der sie, gesammelt und sich nun eines ganz und gar wissenschaftlichen Tones bedienend, von Neuem ansetzte: »Berühmt sind auch die altsteinzeitlichen Venusfiguren, zum Beispiel die 27 000 Jahre alte Venus von Willendorf. Sie alle zeigen, wie wichtig das Weibliche damals war. Und noch ein Fund, der unser Wissen erweitert hat: Das Musizieren mit der Nachbildung einer mindestens 32 000 Jahre alten Flöte aus Schwanenknochen aus dem Geißenklösterle bei Blaubeuren entlockt wunderfeine Sphärenklänge und erschafft einen magischen Klangraum. Neue Erkenntnisse über die Neandertaler beschreiben, dass ihr Kehlkopf so geformt war, dass er weibliche melodische Töne hervorbrachte. Auch damit wurde erneut ein archäologischer Beweis erbracht, dass die alten Kulturen ausschließlich Frauengesellschaften waren.«

Die Frauen klatschten Beifall, und das heftig. Einige Männer verließen demonstrativ das Stadthaus, andere grinsten überheblich, weil sie meinten, es besser zu wissen, und wieder andere hörten desinteressiert zu, waren aber von der

Erscheinung des Löwenmenschle derart gefangen, dass sie das Spektakel eher hormongesteuert betrachteten.

»Die Schamanin ist eine Reisende zwischen den Welten. Sie kann ins Schattenreich eintauchen und findet, um mitzuteilen, was sie dort erfahren konnte, wieder zurück, um nun wieder in jenem Bewusstseinszustand zu verweilen, den sie mit allen gewöhnlich Sterbenden teilen kann. Die Schamanin ist eine Auserwählte. Ihr Wissen gibt sie an diejenige, die ihr folgen wird, weiter. Es wird von Generation zu Generation weitergegeben. Die Schamanin kontaktiert die Welt der Ahnen, besucht auf ihren Reisen, die ihr Trancezustand erst möglich macht, den Geist der Verstorbenen. Bei diesen Reisen ins Schattenreich steht der Schamanin ein Krafttier zur Seite. Mein Krafttier war und ist von jeher die Löwin. Und mein Reich die Höhle. Denn Höhlen sind ein sakraler Raum für den Zyklus von Leben, Tod, Seelenreise und Wiedergeburt, Kultstätte für spirituelle Erfahrungen, für Initiationen und schamanische Handlungen, für den Kontakt mit der Göttin und der geistigen Führung, für die Begegnung mit der Essenz des eigenen Seins im Dunkeln und für die Wiedergeburt ins Licht und auf der Erde, für die Urerfahrung der Geborgenheit und des Schutzes im Schoß von Mutter Erde, für Heilung, Übergangsrituale, Geburten und Feste, für den Dienst im Sinne des Großen Ganzen. Höhlen dienten vor allem den Frauen als Kultstätten. Es waren die Frauen, die in all den Jahrtausenden vor dem Beginn des Patriarchats die Repräsentantinnen der höchsten Schöpfungskraft waren.«

Als Zita Meerbusch ihren Vortrag beendet hatte, ließ sie sich weder feiern noch war sie bereit, irgendwelche Fragen zu beantworten. Sie holte aus der Umkleide ihre Jacke, verließ das Stadthaus und ging geradewegs zu der Wohnung in der Pfluggasse, die sie, als sie nach Ulm gezogen war, angemietet hatte. Sie lag im ersten Stock, und die Wände waren, um das rustikale Fachwerk hervorzuheben, grob verputzt worden.

Ihre derzeitige Mitbewohnerin, die nach Zitas Auftritt gleich in die Wohnung vorausgegangen war, erwartete die Freundin mit einer kleinen, in aller Eile zubereiteten Mahlzeit.

Kleine Luna nannte Zita Meerbusch die viel jüngere Frau, die seit einigen Wochen Tisch und Bett mit ihr teilte.

Beim Eintreten küsste Zita die kleine Luna auf die Stirn, um dann für eine Viertelstunde im Bad zu verschwinden. Nur mit einem Bademantel bekleidet kam sie wieder heraus und peilte schnurstracks den mit rotem Samt überzogenen Ohrensessel an, der ziemlich genau in der Mitte des Zimmers stand und bei Zitas Ritualen mehr als Thron denn als Sitzgelegenheit herhalten musste.

Sie nahm darauf Platz, spreizte leicht ihre Beine, die sie von sich streckte, und dabei ihr Gesäß anhob wie zum Auftakt einer Beckenbodengymnastik. Mit zu Schlitzen verengten Augen suchte sie jetzt den Blick ihrer Zimmergenossin. Als sich ihre Blicke trafen, fragte Zita ebenso suggestiv wie fordernd: »Wie erweist man einer Göttin die Ehre?«

»Man küsst ihr die Füße«, hauchte die kleine Luna devot.

»Also!« Zitas Forderung duldete keinen Widerspruch. Und so kniete sich Luna vor ihre Meisterin und benetzte mit ihrem Speichel Zitas rechten Fuß, schaute danach zu ihr hoch, um ein Lob dafür zu ernten, dass sie alles so richtig machte und jetzt auch für weitere Befehle bereit war. Sie musste nicht lange warten, denn Zitas folgende Frage beinhaltete bereits die nächste Aufforderung.

»Wie viele Füße hat die Göttin?«

»Zwei«, stöhnte Luna, die – erregt von diesem immer wiederkehrenden Ritual – ihren Kopf senkte, um nun auch Zitas zweiten Fuß zu lecken.

Zita Meerbusch öffnete ihren Bademantel und befahl der kleinen Luna mit einem einzigen Blick, ohne ein Wort dabei sagen zu müssen, den nächsten Schritt ihres Unterwerfungsrituals anzugehen. Dabei packte sie die ihr Unterworfene am Blondhaar und zog sie schenkelaufwärts, um sie dann mit nun ausgesprochenen kleinen Befehlen zu demütigen und zu Handlungen zu zwingen, denen die kleine Luna nur allzu gern nachkam, dabei aber glaubhaft die Sklavin mimte.

Nachdem es Zita gekommen war, zog sie die jüngere Frau ins Schlafzimmer. Dort warf sie Luna aufs Bett. Und gab ihr zurück, was sie bekommen hatte. Als beide gesättigt voneinander abließen, stand Luna auf und brachte das Essen ans Bett.

»Noch ein Ritual?«, fragte Zita halb scherzend, während sie eine halbe Stunde später die Teller auf dem Bord abstellte.

»Warum nicht?«, hauchte Luna und räkelte sich.

Ein dünner Mond schielte dabei durchs Fenster, und Luna fragte: »Darf ich jetzt die Göttin sein?«

»Das meinst du jetzt nicht wirklich!«, zischte Zita halb ernst, halb im Spaß, und ihre Mimik nahm einen Tick weit finstere Züge an.

»Nur ein einziges Mal«, flehte Luna.

Zita überhörte geflissentlich den Wunsch der Gefährtin, ja, sie ignorierte ihn förmlich, und als Luna ein weiteres Mal ihre Bitte vorbrachte, wischte Zita ihr einen angedeuteten Schlag ins Gesicht.

»Du wolltest eine Antwort«, sagte sie in geschäftsmäßigem Ton.

Luna biss sich erregt auf die Unterlippe und spürte den metallenen Geschmack ihres eigenen Blutes. Eine Goschenwelle zaghaften Zornes kam über sie, die sich alsbald aber im Irrgarten ihrer eigenen Lust wieder verlor. So in ihre Schranken verwiesen, blieb ihr allein das trotzige Schweigen einer Märtyrerin, und aus ihrer Schmollecke heraus betrachtete sie die Göttin, wie sie ihre Vorbereitungen für das folgende Ritual traf.

Eine Reitgerte, ein Klebeband, eine brennende Kerze.

Die kleine Luna wusste, was nun kommen würde, und über ihre Lippen huschte ein verschämtes Lächeln.

* * *

Währenddessen saßen im Foyer des Stadthauses noch immer der Gastredner sowie einige Mitarbeiterinnen aus den Werkstätten des Württembergischen Landesmuseums mit dem Lokalreporter Thürheimer zusammen, um über Zita Meerbusch und ihre These, der Löwenmensch sei weiblich, zu diskutieren.

Als die Runde sich gerade im Aufbruch befand, fragte Thürheimer: »Wie war Zita Meerbusch denn so als Kollegin während der Restaurierungsarbeiten?«

Der Gastredner, wie auch die Frauen, die ihn begleitet hatten, schauten sich fragend an, ehe eine von ihnen sagte: »Das muss ein Missverständnis sein, Frau Meerbusch hat nie bei uns gearbeitet und nie bei der Restaurierung des Löwenmenschen mitgewirkt.«

18

Das Wetter empfand Lott an diesem Tage als äußerst angenehm. Polare Kaltluft hatte die Temperatur auf 11 Grad heruntergedrückt, die zahlreichen Wolken hielten das bisschen Sonne stets im Griff. Und es blieb trocken. Ein schwacher Ostwind, der einen mäßigen Flug von Birken und Erlenpollen verursachte, hätte vielleicht Brauchle, der da anfällig gewesen war, aus dem Gleichgewicht gebracht, nicht aber ihn. Es war ein Wetter ganz nach seinem Geschmack. Ein Wetter, das ihn zur Arbeit antrieb. Sein Kopf war klar, seinen Gedanken konnte er Struktur geben. Er konnte sie fokussieren. Und im Augenblick hatten sie Zita Meerbusch im Visier.

Welche Rolle spielte sie in diesem Kasperltheater, in dem der Tod bereits zweimal die Hauptrolle an sich gerissen hatte? Und war er der dumme Polizist, hinter dessen Rücken das gesamte Personal Unfug treiben konnte? Allen voran Herr Kammerzelt, der Schnösel vom BKA, wie ihn Petra, vermutlich seiner Jugend wegen, bezeichnet hatte, oder weil er ihr gleich bei der ersten Begegnung unmissverständlich hatte klar machen wollen, dass allein er als verantwortlicher Sachbearbeiter der Soko *Löwenmensch* in Frage kam.

Petras Schimpftirade klang in Lott noch nach, als er bereits den Parkplatz im Hof des Neuen Baus anvisierte. Beim Aussteigen spürte er einen stechenden Schmerz im Adduktorenbereich. *Die Hüfte*. Da war es wieder, das alte Problem, mit dem er sich seit Jahren herumschlug. Eine einzige unachtsame Bewegung, und schon meldete sie sich zurück, die generativ-arthrotisch bedingte Kapselverdickung, die Gelenkspaltverschmälerung und Pfannenrandusur im Bereich des rechten Acetabulumdaches. Der Befund war noch immer derselbe, nur der Prozess ein wenig fortgeschrittener. Jetzt waren die Schmerzen wieder in ihrer ganzen Tragweite da, besetzten bald nicht mehr nur den Hüftbereich, sondern zogen die Ischias-Linie entlang Richtung Knie und annektierten bald Fessel und Wade. Und das alles innerhalb weniger Sekunden. Wie oft hatte ihm Brauchle nicht zu einer neuen Hüfte geraten. *Zweite verbesserte Auflage.* Einer der wenigen Halbsätze, bei dem er sich des Hochdeutschen bediente.

Lott aber musste erst einmal dem rechten Bein aus dem Wagen helfen, dann stehend den ursächlichen Schmerzpunkt finden und drücken und dann das Bein schwenken, einen Achter noch drehen, bis das Gehen wieder möglich wurde. *Altwerden ist nichts für Feiglinge. Und nichts für Weicheier.* Mein Gott, auf diese Weisheiten konnte er wirklich verzichten. Lott riss sich zusammen und versuchte, nicht zu hinken, als er durch die Tür der Polizeidienststelle ging. Er grüßte die Kollegen an der Wache und nahm diesmal, ganz gegen seine Gewohnheit, den Aufzug. Der Hüfte durfte nichts aufgebürdet werden. In diesem Zustand war es auch ratsam, als Erster im Konferenzraum zu sein. Das würde ihm die mitleidigen Fragen nach seinem Gesundheitszustand ersparen.

Kammerzelt aber saß schon da. An der Kopfseite. Als er Lotts unwilligen Blick darüber bemerkte, stand er auf und setzte sich einen Stuhl weiter. Sie begrüßten sich. Kammerzelt grinste. Lott wusste nicht recht, wie er das einzuordnen hatte.

In der Asche schläft die Glut. Lott musste an Kammerzelts Bemerkung denken.

War der Mann vom BKA denn ein Philosoph? Oder wie durfte er den Satz verstehen? Lott wurde nicht schlau aus dieser Formulierung.

»Es ist die Hüfte, nicht wahr?«, stellte Kammerzelt fest und riss Lott damit aus seinen Gedanken.

»Ja«, antwortete Lott knapp. Er wollte aber nicht unhöflich sein und fügte hinzu: »Manchmal plagt sie mich mehr, manchmal weniger, im Moment eher mehr.«

»Es ist der Kopf, der schmerzt, nicht die Hüfte«, diagnostizierte Kammerzelt.

Lott schaute ihn verständnislos an.

»Die Gedanken darüber verursachen den Schmerz, also der Kopf.«

Lott nickte verdrießlich und setzte damit ein Zeichen, dass er das Thema jetzt wechseln wollte.

»In der Asche schläft die Glut – was meinten Sie damit?«

»Alles, was jetzt passiert ist, der Mord an Edgar Schmitt und auch der Mordauftrag, wenn es denn einen gab, sind vermutlich Folgen längst vergangener Geschehnisse.«

Lott nickte wieder, diesmal nicht verdrießlich, sondern erstaunt über Kammerzelts Ausdrucksweise. »Sie glauben, irgendetwas, das einmal lichterloh gebrannt hat, liegt heute in der Asche begraben. Die Glut aber ist noch vorhanden. Sie schläft, und jemand ist daran interessiert, sie zu wecken, um sie neu zu entfachen.«

»Bingo«, antwortete Kammerzelt jetzt lapidar.

»Aber ist das nicht bei den meisten Kapitalverbrechen der Fall?«

Diesmal war es Kammerzelt, der für Lotts Äußerung nur ein Schulterzucken übrig hatte.

»War auch nur so ein Bauchgefühl«, gestand der neue Kollege.

»Seit wann hört man beim BKA auf den Bauch?«

Lott sagte das lächelnd und nicht herausfordernd.

Kammerzelt antwortete deshalb ebenso lächelnd wie analysierend: »Vielleicht hängt ja alles mit diesem Löwenmenschen zusammen.«

»Sie meinen, das Motiv liegt bereits seit 32 000 Jahren in der Asche ...«

»... und jetzt weckt einer die Glut darin«, führte Kammerzelt den Gedanken zu Ende.

Lott und Kammerzelt schauten einander an, dann lachten beide los.

»Dennoch!« Der BKA-Mann beharrte, nachdem sein Lachen verklungen war, auf seiner ursprünglichen These: »Schwinn war bei der Stasi, bevor er sich dieser Security angeschlossen hat. Und das ist ja mittlerweile auch schon eine Weile her. Vielleicht liegt ja darin der Hund begraben.«

»Ich sehe da keinen Zusammenhang«, erwiderte Lott jetzt ebenfalls ernsthaft. »Schwinn stand bereits Anfang der Neunziger im Visier der Ermittler. Und da war er bereits sozusagen selbständig. Die Akte kennen Sie ja.«

»Das eine muss das andere ja nicht ausschließen. Diese Security-Firma, vielleicht gibt es die ja noch«, mutmaßte der Mann vom BKA.

Lott kamen plötzlich wieder die Metallbehälter in den Sinn, deren Piktogramme vor radioaktivem Inhalt warnten und die sowohl bei Schwinn wie auch bei Edgar Schmitt gefunden worden waren. Und beide waren tot. Was war es, was die beiden außerdem noch miteinander verbunden hatte?

»Alles hat mit Vergangenheit zu tun«, sagte Kammerzelt noch einmal.

Lott hörte es, war aber so in seine Gedanken versunken, dass ihm die Worte des Kollegen wie durch eine dichte Nebelwand gesprochen klangen.

Die Postkarte des Löwenmenschen. Artur Schwinn, ein Stasimann. Und wer ist Zita Meerbusch wirklich?

Erst als die Tür zum Konferenzraum geöffnet wurde und Petra Mai, Lohner und die anderen Mitglieder der Soko nebst Chef Lander hereinströmten, war Lott wieder im Hier und Jetzt.

Lander hatte die Soko mit den drei Ermittlern aus Göppingen aufgestockt, die bereits im Fall der beiden ermordeten Vereinspräsidentinnen die damalige Soko verstärkt hatten. *Das Göppinger Kleeblatt.* Lott freute sich, die drei wieder dabeizuhaben.

Als sich alle gesetzt hatten und Lander sein Grußwort losgeworden war, übernahm Lott das Reden. Wie immer bei Ermittlungen in der Phase des ersten Angriffs griff er dabei auf die bewährte Methode der Bildung von kriminalistischen Versionen zurück. Dabei achtete er darauf, stets mehrere, alternativ nebeneinanderstehende Versionen aufzustellen, die überprüft und im Laufe der Ermittlung ausgeschlossen oder bestätigt werden konnten.

Doch der Leiter der Soko *Löwenmensch* kam nicht wirklich ins Dozieren, denn nach der ersten gedanklichen Pause, die er einlegte, meldete sich Ilona zu Wort. Sie, die mit ihrem Henna-Rot etwas Farbe in die ansonsten – farblich betrachtet – zurückhaltende Runde brachte, hatte über die launigen Himbeergeistbehälter mit dem verwirrenden Piktogramm, das vor radioaktiven Substanzen warnte, recherchiert.

»Die Firma, die das vor einigen Jahren hergestellt hat, gibt es nicht mehr«, begann sie ihren Bericht und fuhr fort: »Die Firma ist in Konkurs gegangen. Denn auch die anderen, nicht weniger geschmacklosen Scherzartikel waren so ziemlich alle Flops. Und was unsere kleinen Atombehälter betrifft, die fanden weder die Befürworter noch die Gegner der Kernkraft sonderlich witzig. So wurde das Ganze an einen

Resteaufkäufer verscherbelt, der solche Geschäfte im großen Stil betreibt. Den allerdings habe ich nicht ausfindig machen können. Er ist eine Art fahrender Händler, der mit seiner Ramschware von Stadt zu Stadt zieht.«

»Kennst du den Namen?«, hakte Lott nach.

»Ja«, sagte Ilona.

»Dann kriegen wir den auch«, war sich Lohner sicher und gab Ilona den Rat: »Bleib am Ball, das ist eine Spur, die uns zum Täter führen kann.«

Lott verteilte die Arbeit. Petra wurde eingesetzt, sich in der Abteilung von Edgar Schmitt umzuhören. Lohner und Marlies waren noch immer mit der Spurenauswertung zugange. Kurfeß sollte, soweit es die Gesetzeslage erlaubte, die Finanzen des Opfers erfragen, und das Göppinger Kleeblatt wurde darauf angesetzt, Artur Schwinns Spur, die ihn nach Ulm geführt hatte, zurückzuverfolgen, während Kammerzelt die Aufgabe zufiel, Knotenpunkte und Schlüsselfragen im Fall der Ermordung von Edgar Schmitt anhand des Ermittlungsverfahrens zu erkennen. Dabei würde er sich an ViCLAS halten, das Violent Crime Linkage Analysis System, das von der Royal Canadian Mounted Police entwickelt worden war und dessen Ausgangspunkt die genaue Rekonstruktion und Interpretation des Täterverhaltens ist. Denn allein durch logisches Schlussfolgern aus dem vorhandenen Material entstehen Hypothesen oder Versionen, Grundlagen für die folgenden Ermittlungsaufgaben.

Bald wussten alle, was sie zu tun hatten. Lott würde sich um Zita Meerbusch kümmern. Der Tag war noch jung. Und bei dieser polarer Kaltluft war selbst das Wetter auf seiner Seite, denn es trieb ihn zur Arbeit an. Auch wenn die Hüfte schmerzte, sein Kopf war klar, seinen Gedanken konnte er Struktur geben, er konnte sie fokussieren. Und die einzige Person in diesem Fokus war für ihn im Augenblick das *Löwenmenschle.*

* * *

Er ließ Zita Meerbusch nicht vorladen, er lud sie zum Kaffee ein. Ins Stadthaus, einen Steinwurf vom Neuen Bau entfernt. Also keine Zeugenbefragung auf der Dienststelle in der Sache Artur Schwinn, den sie, ihrer Aussage nach, ohnehin nur unter dem Namen Konstantin Adler kannte und mit dem sie allenfalls das Interesse an der Höhlenforschung teilte.

»Ein Plausch, mehr nicht«, hatte Lott seine telefonische Einladung begründet, dann aber doch hinzugefügt: »Es ist der Wirbel um den Löwenmenschen, der mich beschäftigt.«

»Nicht das Löwenmenschle?«, hatte sie herausfordernd zurückgefragt.

Und Lott hatte ihre Vermutung zum Grinsen gebracht. Nun war er unterwegs zu seinem Date.

Sie saß bereits, mit Blick auf das Münster, an einem der Zweiertische. Als Lott zu ihr an den Tisch trat, reichte sie ihm aristokratisch die Hand, als bliebe ihm nichts anderes übrig, als diese huldvoll zu küssen. Er hauchte den Kuss charmant so hin, halb im Scherz und doch ernst gemeint.

Lott bestellte koffeinfreien Kaffee und eine Sachertorte. Zita Meerbuschs Bestellung war schon serviert worden, ein Kännchen Mokka und ein Stück Obstkuchen ohne Sahne. Beides stand noch unberührt auf dem Tisch.

»Schön, dass Sie mich nicht vorgeladen haben«, sagte Frau Meerbusch. »Nicht dass mich die Umgebung eingeschüchtert hätte, aber hier spricht es sich doch leichter.«

»Das Stadthaus war anfänglich ja sehr umstritten bei den Ulmern, aber heute ist es aus dem Stadtbild nicht mehr wegzudenken.«

Ein Smalltalk war eigentlich nicht Lotts Sache, doch es folgten noch ein paar Floskeln über das Aprilwetter, bevor er sich an das Thema wagte, weshalb er Zita Meerbusch um dieses Gespräch gebeten hatte.

»Warum dieser Wirbel um die Statuette?«, begann er und fügte gleich hinzu: »Und um die überdimensionalen Melcher-Plastiken?«

Zita Meerbusch antwortete, als zitierte sie aus einem ihrer Vorträge: »Der Löwenmensch ist eines der wichtigsten Kunstwerke in der Geschichte der Menschheit. So zumindest hat es Jill Cook vom British Museum in London erklärt. Und ich schließe mich ganz und gar ihrer Definition an. Aus ihrer Sicht spiegelt die Skulptur große Originalität und Kunstfertigkeit wider. Ich denke, das ist Anlass genug, sie zu schützen und ihren Ruf zu wahren.«

»Und Melchers Plastiken schaden dem Ruf des Kunstwerks?«

»Sie sind eine Frechheit. Eine Verkitschung des Originals. Der Löwenmensch entspringt doch menschlicher Kreativität und nicht dem Reich der Fabel, wie der Ulmer Spatz beispielsweise, mit dem Melcher ja bereits die Stadt zur Genüge bestückt hat. Es zeugt von Kenntnis und Gespür, dass aus der Bürgerschaft Respekt für den Bedeutungsgehalt der altsteinzeitlichen Figur und für deren Schöpfer gefordert wird. So formulierte es neulich eine Redakteurin der Lokalzeitung. Und sie hat wohl recht, denn derart aufgeblasen will sich doch keiner die archaische Figur vorstellen.«

Lott wagte nicht zu widersprechen. Ihm kam die Diskussion vor allem kurios vor. Also nickte er nur und ließ die Paläontologin weiterreden, während er sich mit kleinen Gabelstichen an die Sachertorte wagte.

Zita Meerbusch griff zur Mokkatasse, nippte einen winzigen Schluck, und während sie die Tasse wieder absetzte, bemerkte sie wie beiläufig: »Es geht mir auch um eine bessere Dauerpräsentation meiner Löwenfrau.«

»Für Sie gibt es also keinen Zweifel, dass der Löwenmensch weiblich ist?«

»Das hat bereits die Baseler Paläontologin Elisabeth Schmid bestätigt. 1987. Sie hat keinen Zweifel daran aufkommen lassen, dass die Figur eine weibliche ist.«

Plötzlich lächelte Zita Meerbusch. Lott schaute sie fragend an. Und Zita gab preis, welcher Gedanke ihr dieses Lächeln ins Gesicht gezaubert hatte.

»Derzeit wird nach neuen Funden von Mammutelfenbein in der Stadelhöhle im Lonetal geforscht. Ich denke, die finden dort ein entsprechendes Stück, mit dem sie das Geschlecht als männlich bestimmen werden. Irgendetwas Hervorgehobenes, ein dreieckiges Plättchen vielleicht, allseitig beschnitzt und vom Schambereich eindeutig abgesetzt. Auch bei unserem Geschäft ist alles möglich.«

Lott erwiderte ihr Lächeln komplizenhaft. Zita machte sich endlich über ihren Obstkuchen her und trank den Mokka, der nicht mehr heiß sein konnte.

In diese vertraute Stimmung platzte er mit der Frage: »Glauben Sie, dass Schwinns Mordauftrag Mirko Melcher gegolten haben könnte?«

»Es gibt gewiss niederere Beweggründe für einen Auftragsmord«, antwortete sie und schaute dabei Lott ernst ins Gesicht. Dann lachte sie plötzlich und prustete los: »Quatsch! Der war zwar sehr verärgert über Melchers Monster, aber deshalb einen Mord begehen …«

»Es sei denn, er würde dafür bezahlt«, warf Lott ein.

»Hinter einem solchen Auftrag kann ich mir keinen Auftraggeber vorstellen«, erwiderte Zita. »Aber ich kenne ja diesen Mann nur vom Telefon. Und da hieß er Konstantin Adler und wollte mich zu einem Ausflug ins Lonetal überreden.«

»Sie haben zugesagt?«

»Gewiss doch. Aber dann hat er es vorgezogen zu sterben.«

Lott hatte nicht bemerkt, wie sich der Himmel inzwischen verdunkelt hatte. Das Wetter spielte verrückt. Ein Frühlingsgewitter drohte. Zita Meerbusch amüsierte sich über Lotts Blick, den sie als ängstlich interpretierte.

»Sie tappen doch, was Ihren Fall betrifft, auch im Finstern herum«, sagte sie, noch immer lächelnd.

Im nächsten Moment prasselten Hagelkörner auf den Platz und schlugen Purzelbäume. Menschen rannten dem Münster zu, um darin Schutz zu suchen.

»Dafür ist die Kirche noch immer gut genug«, bemerkte Lott.

»Glücklicherweise haben wir eine Alternative«, sagte Zita und klimperte ein wenig mit ihren Augenwimpern.

Aber ihr Flirt war so wenig glaubhaft wie die Drohgebärde des Wetters. Kaum war der Hagelregen gestoppt, zeigte sich bereits die Sonne wieder. Lott rief die Kellnerin, bezahlte und verabschiedete sich höflich von der bemerkenswerten Frau.

* * *

Im Neuen Bau kam ihm Ilona entgegen. Und wie es nun einmal ihre Art war, hielt sie mit ihren Neuigkeiten nicht hinterm Berg.

»Die Meerbusch hat uns angelogen«, triumphierte sie. »Die hat den Schwinn seit längerer Zeit schon gekannt.«

Um dies zu dokumentieren, zog sie die Kopie eines Zeitungsberichts hervor und zeigte ihn Lott. »Eine Vernissage im Ulmer Museum vor gut einem Jahr.«

Lott nahm ihn in die Hand, und Ilona zeigte mit dem Finger auf die beiden Personen, die sie darauf ausfindig gemacht hatte. »Das ist Schwinn, und das ist die Meerbusch. Und es sieht nicht so aus, als würden die beiden sich nicht kennen.«

Lott schaute genauer hin. »Tatsächlich! Zita Meerbusch und Artur Schwinn.«

»Da hat sie uns aber ganz schön angelogen«, knurrte Petra, die im selben Augenblick dazugestoßen war und nun ebenfalls das Zeitungsfoto betrachtete.

»Aber warum?«, fragte sie laut. »Sie hätte uns doch ruhig sagen können, dass sie Schwinn kennt. Es hätte sie doch nicht verdächtig gemacht.«

»Wenn sie uns das verheimlicht hat, dann ist sie uns erst einmal eine Erklärung schuldig«, sagte Lott und fügte sichtlich verärgert hinzu: »Also laden wir sie vor.«

»Ich informiere Kammerzelt«, sagte Ilona.

Lott nickte, seufzte und gestand den Kolleginnen: »Dabei war ich gerade noch Kaffee trinken mit ihr, um eine offizielle Ladung erstmal überflüssig zu machen. Na gut, sie hat es nicht anders verdient.«

Er schaute auf die Uhr. Es war kurz vor 14 Uhr.

»Lass uns in den Konferenzraum gehen«, sagte er zu Petra. Auf dem Weg dorthin blickte er in Kammerzelts Büro und bat den Mann vom BKA, der vor seinem Computer saß: »Sie kommen bitte nach, wenn Sie mit Ihren Notizen fertig sind.«

»Fünf Minuten«, signalisierte Kammerzelt, indem er die fünf Finger seiner linken Hand in die Höhe reckte, während die andere über die Tasten seines Computers flatterte.

Die übrigen Mitglieder der Soko Löwenmensch hatten sich bereits eingefunden und plauderten über Privates, auch noch, als Petra Mai, Ilona und Lott sich dazugesellten. Erst als Kammerzelt dazukam und die Soko vollzählig war, wurden die einzelnen Ermittlungsschritte erörtert.

Lott begann gleich mit Ilonas Recherche und reichte das besagte Zeitungsfoto an Lohner weiter, der es an den Nächsten weitergab.

»Das Foto beweist gar nichts«, meinte Lohner, »die lachen beide und schauen sich dabei an. Aber das kann auch Zufall sein. Jemand hat etwas Lustiges gesagt, und beide lachen.«

»Das wäre aber schon ein arger Zufall«, korrigierte Marlies ihren Kollegen.

»Ich habe auch noch etwas herausbekommen, was vielleicht wichtig ist«, sagte Petra und schaute in Kammerzelts Richtung.

»Dann leg los«, motivierte Lott und horchte.

»Edgar Schmitt war ein Spieler!«

Petra platzte mit ihrer Aussage heraus, bevor Kammerzelt auch nur aufschauen konnte: »Fußball-Wetten, das ganze Programm. Nicht nur die staatlichen Lotterien wie Toto, Auswahlwette und Oddset. Er war Stammgast bei allen acht Sportwettbüros, die es in Ulm gibt.«

»Von wem wissen Sie das?«, fragte Kammerzelt.

»Edgar Schmitts Frau hatte schon Andeutungen in dieser Richtung gemacht, die mir sein Arbeitskollege Dürr dann bestätigt hat. Mit Schmitts Foto habe ich dann die Wettbüros abgeklappert, und die hatten mir allesamt bereitwillig bestätigt, dass Edgar Schmitt bei ihnen Kunde war.«

Kammerzelt lächelte. »Die wollen es sich mit der Polizei nicht verscherzen. Die privaten Wettbüros stehen immer irgendwie im Visier der Ordnungshüter.«

»Aber verboten sind die doch nicht«, entgegnete Petra.

»Ursprünglich wollte der Staat privaten Wettanbietern das Geschäft verbieten und sich selbst als Monopolisten einsetzen«, erklärte Kammerzelt. »Das jedoch hat der Europäische Gerichtshof verhindert. Angeblich wegen Wettbewerbsverzerrung. Zumal es in der EU Länder gibt, in denen das private Glücksspiel erlaubt ist. Ich sage nur Österreich.«

Lott, der sowohl Petras Ermittlungsergebnis wie auch Kammerzelts Äußerungen dazu hellhörig verfolgt hatte, griff Kammerzelts letzten Satz auf und kommentierte ihn: »Der Staat fürchtet um die Pfründe, die ihm dadurch verloren gehen. Es ist schon doppelzüngig. Einerseits warnen sie, dass Glücksspiel süchtig mache, andererseits werben sie großflächig dafür.«

Petra nickte zustimmend.

»Ein Spieler verliert immer, selbst wenn er gelegentlich gewinnt«, meinte Kammerzelt, während er schon Petras Aussage protokollierte. »Er vertrödelt und verspielt damit kostbare Lebenszeit.«

Plötzlich hatte Petra Mais Aussage, dass Edgar Schmitt dem Glücksspiel verfallen war, Priorität und rückte das Zeitungsfoto in die zweite Reihe.

»Hast du etwas über die Höhe der Einsätze erfahren?«, fragte Lott.

»Da waren alle etwas zurückhaltend. Aber ein Tausender in der Woche wird es schon gewesen sein«, mutmaßte die Kollegin.

»Wie hat er das wohl finanziert?«, fragte Lott laut in die Runde. »So viel verdient der an der Uni doch nicht.«

»Ein Spieler verliert immer«, wiederholte der Mann vom BKA. »Und Spieler sind verführbar.«

»Damit hätten wir ein mögliches Motiv, wie Schmitt in die Sache verwickelt sein könnte«, kombinierte Lott. »Er hat radioaktive Substanzen aus der Abteilung V-5 geschmuggelt und dafür kassiert. Möglicherweise gibt es ja einen Markt für radioaktive Abfälle.«

»Den gibt es sicher«, gab ihm Kammerzelt Recht. »Nukleare Substanzen tauchen immer häufiger in der Welt des Verbrechens auf. Es scheint so, als blühte uns da ein neuer Markt.«

»Es gibt aber noch ein anderes, ganz profanes Motiv für den Mord.« Petra machte es spannend und ließ den Satz eine Weile im Raum hängen.

»Jetzt red schon«, drängte Ilona.

»Schmitts Kollege Dürr hat behauptet, Elke Quast und Edgar Schmitt hätten ein Verhältnis gehabt.«

»Ach du meine Güte!«, rief Marlies aus, und Lohner stöhnte: »Jetzt kriegen wir auch noch eine Love Story dazu!«

»Ein Mord aus unerwiderter Liebe im sterilen Isotopenlabor«, feixte Ilona.

»Wie tragfähig ist die Aussage des Kollegen Dürr?«, fragte Lott ernsthaft nach.

»Mein Eindruck war, dass Niklas Dürr mehr weiß, als er sich zu sagen traut.«

»Hatte er Angst?«

»Mir schien das so.«

»Dann werden wir ihn doch vorladen müssen«, hielt Lott fest und notierte das.

Lohner und Marlies gaben nun darüber Auskunft, welche Erkenntnisse die operative Spurenauswertung bisher gebracht hatte und inwieweit Vergleichsmaterial gesichert werden konnte. Auch Banzhafs erster Bericht lag vor, den Lohner wie folgt kommentierte: »Die Tatwaffe war von der Art, dass sie mit wenig Kraft bis ins Herz des Opfers dringen konnte. Ein derart spitzes, scharfes Messer könnte auch einer eher zarteren Frau einen erfolgreichen Mordversuch ermöglichen.«

Lott grinste. Das war typisch Banzhaf.

»Über die Schwere der Kontamination konnte er allerdings noch kein Ergebnis vorlegen. Da braucht selbst er noch die Hilfe von Fachleuten. Aber davon gibt es ja, so Banzhaf, jetzt bald immer mehr.«

Jetzt schmunzelten auch Petra und Ilona. Und Kammerzelt meinte, Martin Luther zitierend: »Wenn Gott keinen Spaß verstünde, so möchte ich nicht im Himmel sein.«

19

Wieder klingelte Melchers Handy. Der Klingelton war der Weckruf eines Hahns, und dieser Schrei riss ihn jetzt aus seinen Gedanken.

»Es hat einen Toten gegeben«, sagte die Frauenstimme. »Edgar Schmitt.«

»Wer ist das?«

»Er war der zuständige Mitarbeiter für das Einsammeln und den Abtransport radioaktiver Abfälle an der Uni Ulm.«

Mirko Melcher ging ein paar Schritte auf und ab.

»Und warum erzählst du mir das?«

»Ich mach mir Sorgen um dich.«

Eine Weile lang schwiegen beide. Dann hörte er die Frauenstimme sagen: »Zum Glück bist du dort in Sicherheit. Dorthin kommt der Tod nicht.«

Sie legte auf und hörte nicht mehr, wie Melcher leise vor sich hin sagte: »Den Tod gibt es auch hier. Nur die Kulisse ist schöner.«

Anthimos kam zur Haustür heraus, um Wäsche aufzuhängen.

»Mein Vater hat wieder alles vollgeschissen«, sagte er. »Jeden Tag habe ich jetzt drei Maschinen. Ich hoffe, sie fällt nicht aus, sonst bin ich am Arsch.«

Er klammerte die Bettwäsche an die Nylonschnur, die zwischen zwei Obstbäumen gespannt worden war. Als er damit fertig war, ging er ins Haus und brachte kurze Zeit später eine Flasche Ouzo und zwei Gläser mit nach draußen.

Ich trink Ouzo – was trinkst du so.

Abwechselnd hatten sie einander aus dem Buch vorgelesen und darüber gelacht. Damals, als sein Vater noch gesund war.

»Ich bin ja mehr Deutscher als Grieche«, sagte Anthimos. »Aber jetzt, seit ich hier allein meinen Vater pflegen muss, kommen meine griechischen Wurzeln immer mehr zum Vorschein.«

»Hast du denn keine Hilfe, einen Pflegedienst oder so?«

Anthimos wehrte ab. »Mein Alltag besteht nur noch aus Notdurft und Erbrochenem. Und eine Hilfe dieser Art würde mein Vater sowieso nicht annehmen. Außerdem denke ich nicht darüber nach, was ich da tue. Ich tu es einfach. Schlaf die Nächte neben meinem Vater. Mehr als ein bis zwei Stunden pro Nacht sind es ohnehin nicht. Und achte auf jedes Geräusch, das er von sich gibt. Das Bedauerliche daran ist nur, dass wir uns, trotz der intimen Nähe, nicht wirklich nähergekommen sind.«

Mirko Melcher sagte nichts. Er spürte, dass alles, was er dazu sagen könnte, nur falsch sein konnte.

Plötzlich sprang Anthimos auf, ein Geräusch aus der Küche hatte ihn aufgeschreckt. Er lief ins Haus. Dort lag der Vater auf dem Fußboden.

»Er versucht es immer wieder«, erklärte Anthimos dem Freund, der ihm nachgekommen war, damit sie den Vater wieder auf die Beine stellen und ihn ins Bett bringen konnten.

»Er hat nach einer Zigarette gesucht. Manchmal sitzt er im Bett und raucht, obwohl in seiner Lunge Metastasen sitzen, der Darm verkrebst ist und seine Haut, du siehst es, sich anfühlt wie raues Papier. Aber er ist der Patron, der sich nichts verbieten lässt.«

»Er müsste längst in eine Klinik«, warf Melcher dem Freund vor.

»Wir waren in einer Klinik, aber du darfst die griechischen Krankenhäuser nicht mit den deutschen vergleichen. Außerdem wollte mein Vater nicht bleiben. Er hatte sogar einen Krankenwagen abgelehnt. Ich musste ihn nach Saloniki fahren. Zwei Stunden hin und zwei Stunden zurück.«

»Warum haben sie ihn nicht dabehalten?«

»›Wir können nichts mehr für ihn tun‹, haben sie geantwortet. Meinem Vater war das recht. Er wollte in seiner Kulisse sterben, um deine Theatersprache zu gebrauchen.«

Es wurde Abend und Nacht, und die beiden Freunde saßen draußen, tranken Rotwein und Ouzo und aßen Oliven und Brot. Alle paar Minuten stand der Freund, der wieder zum Griechen geworden war, auf, um nach seinem Vater zu schauen. Aber wenn er dann wiederkam, nahm er das Gespräch genau an der Stelle auf, an der er es unterbrochen hatte.

Als Melcher das letzte Mal hier war, hatte er im Haus geschlafen. Jetzt war er froh, dass sein Freund für ihn ein Zimmer im einzigen Hotel, das es im Ort gab, gemietet hatte. Es lag unten im Dorfkern, zehn Fußminuten entfernt.

Eine Stunde vor Mitternacht machte er sich auf den Weg. Er schaute zu den Sternen und dachte, dass es wohl andere Sterne als daheim waren, die ihm hier den Weg leuchteten.

Ulm war weiter weg als jemals zuvor. Und die Probleme, die er dort hatte, waren auf eine wunderliche Art geschrumpft.

Er zog, als er das Hotel erreicht hatte, seinen Zimmerschlüssel aus der Tasche und stieg die Treppe hoch. Zimmer 29. Er streifte sich die Schuhe von den Füßen und ließ sich aufs Bett fallen.

Eine Weile lang starrte er an die Decke. Der sterbende Vater seines Freundes streckte seine Hand nach ihm aus. Er dachte an die Bremer Stadtmusikanten und fasste den Entschluss, nach Ulm zurückzureisen. *Etwas Besseres als den Tod findest du überall.*

20

Die Zermürbungstaktik. Sie hatte sie auswendig lernen müssen. Wie auch die Ziele der weichen Repressionsmaßnahmen. Es gab ein *Wörterbuch der politisch-operativen Arbeit.* Dort wurden unter anderem Begriffe wie das Wort *Zersetzung* definiert.

Ihre Aufgabe war es gewesen, so viel wie möglich über die Betroffene zu erfahren, auf die sie ein Stasi-Offizier angesetzt hatte. Sie hieß Helen Kurz, war im selben Jahr und im selben Monat geboren wie sie selbst.

Es war einfach gewesen, in ihr Leben einzudringen. Sie war geradlinig. Und frei heraus mit allem, was sie sagte. Aber es war unmöglich, sie einzuschüchtern oder sie zu disziplinieren. Um nichts auf der Welt wäre sie bereit gewesen, ihr kritisches Verhalten aufzugeben.

Anfänglich hatte die Stasi versucht, sie kleinzukriegen. Mit regelmäßigen nächtlichen Telefonanrufen, in denen sie Helen beschimpften und bedrohten. Aber Helen hatte nur gelacht, wenn sie als Nazi-Hure beschimpft oder wenn nachts ihr Schlafraum mit Scheinwerfern ausgeleuchtet wurde. Helen Kurz hätte es mit einem Heer von Stasi-Schnüfflern aufgenommen.

Nun war sie an der Reihe, nachdem ihre männlichen Kollegen kapituliert hatten. Sie sollte es richten, der Helen

Kurz Geheimnisse entlocken, die sie als Westagentin oder als sonst wen entlarven würde.

Wenn sie das nicht schaffen würde, kämen die Verhörspezialisten an die Reihe. Auch ohne Folterdrohungen waren die es gewohnt, jede Aussage zu bekommen, die sie hören wollten. Sie verstanden sich auf die Methode, ihr Opfer in den Zustand vollkommener Recht- und Hilflosigkeit zu versetzen und ihm klarzumachen, dass kein Gesetz, weder Anwalt noch Freund noch der liebe Gott, die Staatssicherheit daran hindern konnte, sie so lange festzuhalten, bis sie ausspuckte, wie sie dem Staat Schaden zufügen wollte.

Sie hatte sich also an Helen herangemacht. Sie bespitzelt. Ihre Post abgefangen. Und eine Abhörwanze installiert, damit in der Abhörzentrale ihre Arbeit registriert und im Kassettendepot archiviert werden konnte.

Helen Kurz war klein und ein wenig mollig. Das krasse Gegenteil von ihr. Nur die Frisur hatten sie gleich. Ein Pagenschnitt aus dunkelbraunem Haar.

Irgendwann hatte Helen ihr erzählt, dass die Höhlen der Île-de-France wie mächtige Frauenkörper wären. Brüste und Gesäße aus Stein, und jeder einzelne Höhlenabschnitt eine Vulva, lebensspendend und lustverbreitend, wie man es sich gar nicht recht vorstellen könne.

»Wenn ich nicht Fotos davon gesehen hätte, würde ich es nicht glauben«, hatte Helen gesagt. Damals, an jenem Abend, als sie sich das erste Mal geküsst und dann gleich miteinander geschlafen hatten. Danach hatte Helen gelacht und gesagt: »Ich bin lesbisch, das ist das einzig Verwerfliche an mir.«

Die Stasi-Abhörwanze hatte das Gespräch aufgenommen. Sie hatte vergessen, sie abzuschalten. Nun war jedes Wort und jeder kleine Lustschrei in der Abhörzentrale gelandet. An einem der folgenden Tage war Helen Kurz plötzlich verschwunden. Und sie selbst den Exekutoren der SED-Sicherheitsdoktrin ausgesetzt. Von dieser Stunde an aber hatte sie nur noch den Wunsch gehabt, diesem Staat den Rücken zu kehren. Keine Spitzel mehr anwerben zu müssen, war ihr eine Genugtuung. Nun konnte sie endgültig den Weg, den ihre Eltern, die nicht ihre Eltern waren, für sie ausgetreten hatten, verlassen. Und das war ihr eine noch größere Genugtuung.

In so mancher Nacht, die sie danach im Knast verbringen musste, dachte sie an Helen und träumte wie sie von den Höhlen der Île-de-France.

21

Elli kam ihm auf dem Hof entgegen. Sie wirkte, als ob sie liefe. Ihre Schritte knirschten auf dem Kiesweg, der durch die Blumenrabatte mit den Frühjahrsblühern führte. Sie gab sich jugendlich und irgendwie als Gesunde aus. Je näher sie Lott kam, desto schneller wurde sie, so als spielte sie eine Szene, in der ein Liebespaar sich auf einem Bahnsteig nach Jahren wiedertrifft. Erst als sie ganz dicht vor ihm stand, bremste sie ab. Und fragte sich, ob sich ihre Nähe mit den Jahren aufgebraucht hatte.

»Schön, dass du da bist«, sagte sie mit dünner Stimme.

Lott fasste ihr Gesicht mit beiden Händen und küsste sie auf den Mund.

»Du siehst besser aus«, sagte er, um sie aufzumuntern.

»Wie besser?«, fragte sie forschend.

»Besser als beim letzten Mal«, sagte er.

»Ich mache Fortschritte«, sagte sie.

Er nahm ihre Hand und führte Elli ziellos durch die Anlage.

»Gut, dass die Sonne scheint«, sagte er, »dann können wir draußen bleiben, falls es dich nicht zu sehr anstrengt.«

»Drinnen ist alles anstrengender«, widersprach sie, »außerdem stehen hier überall Bänke, auf denen wir uns ausruhen können.«

Ihr Ton war jetzt unbekümmert und fröhlich. Und Lott dachte einen Moment lang, dass sie dieses *wir* wohl eher seiner Hüfte zugedacht hatte.

Zielstrebig steuerte sie eine Bank an und wischte sie, bevor sie sich setzten, mit einem Papiertaschentuch ab.

»Was macht dein Fall?«, fragte Elli, nachdem sie eine Weile still nebeneinandergesessen hatten.

»Wir tappen im Dunkeln«, antwortete Lott lächelnd.

»Wie so oft«, sagte Elli, und gab ihm sein Lächeln zurück.

»Diesmal ist alles noch komplizierter«, sagte Lott und erzählte Elli in wenigen Sätzen, mit was er sich in Ulm derzeit herumschlagen musste.

»Du bist nicht zu beneiden«, resümierte Elli lapidar.

»Und deine Anwendungen?«, fragte Lott zaghaft.

»Kommen allmählich an«, antwortete Elli.

Aber Lott sah ihr an, dass sie selbst daran zweifelte.

»Was liest du gerade?«, fragte er dann, um sie von schwereren Gedanken abzulenken.

»Noch immer Haikus«, antwortete sie, »die kürzeste Form der Literatur.« Und sie erklärte: »Wenn du so wenig Atem hast, fehlt dir auch beim Lesen die epische Geduld.«

Wieder lächelte sie, vielleicht um Lotts Mitleid zu entgehen, und erklärte: »Die Sätze dürfen nicht länger als ein Atemzug sein. Einem Haiku reichen maximal 17 Silben, die einem die Welt zu erklären versuchen, manchmal auch weniger. Heute habe ich ein *Mond-Haiku* gelesen. Ich kann es auswendig, wie viele andere Haikus auch, hör zu:

Sie stoßen ins Auge
Diese Finger
Die auf den Mond zeigen.

Oder auch dieses:

Der Hauswirt ist tot.
Dem Trauerzug folgt ganz am Ende
Sein Hund.

Oder das:

Lebt wohl,
ich vergehe wie alle Dinge:
Tau auf dem Gras.«

Lotts Trauer, als er Elli zuhörte, stand ihm ins Gesicht geschrieben. Alle diese Haikus kündeten von einem Todesgedanken. Mit einem Male überfiel ihn eine ihm fremde, geradezu panische Angst. Die Vorstellung, Elli verlieren zu können, hatte in seinem Lebensplan nichts verloren. Ellis Augen wurden nass. Sie lächelte Lott durch ihre Tränen hindurch an.

»Aber inzwischen habe ich meine Silbenzahl erhöht und dennoch kann ich mir alles merken. Du siehst: Alzheimer ist weit weg, und ich hab dir ja gesagt, ich mache Fortschritte. Hör zu, auch fünfzeilige Tankas kann ich mir merken:

Zweihundert Jahre oder dreihundert,
gedachte ich zu leben.
Nun kommt der Tod
Zu mir, einem Kind
Von ganzen fünfundachtzig Jahren.

Was soll ich also noch Romane lesen«, sagte sie dann seufzend und lehnte ihren Kopf an Lotts Schulter.

Dann schwiegen beide. Es war plötzlich windstill und leise geworden. Nur der Ruf eines Vogels zitterte in der Luft.

Ellis Atem ging nun schwerer.

»Lass uns Kaffee trinken«, schlug Lott vor.

»Das Café hat auch einen guten Käsekuchen«, stimmte Elli dem Vorschlag zu.

Als sie als einzige Gäste drinnen saßen, plauderten sie über Lisa und Flaubert. Hin und wieder konnte Lott ihr ein Lachen entlocken. Und wenn Elli Klaus zu ihm sagte, alemannisch das Klaus mit einem ou betonte, war für einen Augenblick lang Lotts Welt wieder in Ordnung.

Er schaute jetzt aus dem Fenster. Die Sonne war in Richtung Horizont gewandert, und ein paar harmlose Wolken verloren sich am Nachmittagshimmel.

Elli starrte in ihre leere Kaffeetasse und sinnierte dann, rezitierend:

Fliegt da ein Blatt
zurück auf den Baum?
Ach nein, es ist ein Schmetterling.

In das letzte Wort mischte sich Lotts Handy: *Forever Young.*

Er ließ es eine Weile jaulen, überlegte, ob er das Gespräch annehmen oder es wegdrücken sollte. Er schaute auf das Display und sah, dass es Petra Mai war.

»Es wäre gut, wenn du gleich kommen würdest«, sagte sie, ohne ein Grußwort voranzuschicken. »Diese Strahlenschutzbeauftragte wollte sich das Leben nehmen. Fahr also gleich los. Ach, ja, und grüße deine Frau von mir.«

Lott drückte das Gespräch weg. Er wollte bleiben und gehen.

Elli nahm ihm die Entscheidung ab: »Mein Sauerstoff wartet. Du musst also kein schlechtes Gewissen haben, wenn du jetzt gehst.«

Und dann war Lott plötzlich erleichtert, von ihr weggehen zu können, denn eigentlich konnte er es nicht ertragen, wie ihre Gesundheit dahinwelkte.

* * *

Warum wollte Elke Quast sich das Leben nehmen? Eine Strahlenschutzbeauftragte der Universität Ulm?

Lott suchte nach einer Antwort, während er von Bad Dürrheim nach Ulm fuhr. Er war dieser Frau nur ein einziges Mal begegnet. Aber er erinnerte sich gut daran, wie sie ihn und die Kollegen von der Spurensicherung zurechtgewiesen hatte. *Wenn Sie in den Kontrollbereich wollen, müssen Sie sich die blaue Schutzkleidung überziehen.*

Befragt hatte er dann aber Isolde Burr, die denselben Aufgabenbereich im Isotopenlabor hatte.

Die Fahrt von Bad Dürrheim nach Ulm hatte etwas mehr als zwei Stunden gedauert. Als er in den Hof des Neuen Baus fuhr, hatte die Dämmerung bereits eingesetzt. Lott schaute auf die Uhr. Es war halb acht Uhr abends. Er nahm die Treppe zu seinem Büro. Dort wartete Ilona Raab auf ihn.

»Petra ist zur Klinik gefahren, Frau Quast liegt dort auf der Intensiv der Inneren.«

»Ist sie denn ansprechbar?«

»Wohl kaum. Wir können froh sein, wenn sie überhaupt noch einmal aufwacht. Petra hat mit dem Arzt dort geredet. Frau Quast hat wohl fürchterliches Zeugs geschluckt, das zudem noch kontaminiert war.«

»Lass uns hinfahren«, schlug Lott vor.

Ilona war nicht begeistert. »Das bringt doch jetzt nichts«, wehrte sie ab. »Petra und Marlies sind ja bereits dort.«

Lott griff zum Handy und wählte Petras Nummer. Ihr Handy war abgeschaltet.

»Vielleicht sollten wir trotzdem …« Lott war sich unsicher.

»Dann nimm doch den Kollegen Kammerzelt mit, der sitzt noch in der Kantine herum«, schlug Ilona gereizt vor.

Lott schaute die Kollegin brüskiert an. Was trieb sie dazu, jetzt aufzumucken? Schließlich war er der Chef hier, der bestimmte, wer wo einzusetzen war. Aber er kam nicht dazu, sie zurechtzuweisen, denn im selben Augenblick betraten Petra Mai und Marlies Kaupper das Büro.

»Dein Handy war abgeschaltet?!« Lotts Äußerung war Frage und Vorwurf zugleich.

Petra zog ihr Mobiltelefon aus der Jackentasche und entschuldigte sich: »Ich hab vergessen, es wieder einzuschalten. Du weißt ja, in der Klinik …«

Lott rümpfte die Nase, verstand aber, was Petra damit sagen wollte, und unterbrach sie in ihrer Erklärung: »Gehen wir in den Konferenzraum, und hol mir jemand den verantwortlichen Sachbearbeiter der Soko dazu.«

Lotts Ironie dabei war nicht zu überhören.

Marlies übernahm das. Und rief zudem Lohner, Kurfeß und das Göppinger Kleeblatt mit Lina Bauschs Hilfe dazu.

Wenige Minuten später hatte sich die Runde im kleinen Konferenzraum versammelt. Da der Selbstmordversuch der Strahlenschutzbeauftragten bereits bekannt war, begann Lott, nach einer äußerst kurzen und eher launigen Einführung, die Dienstbesprechung mit einer Frage, die er an die Kollegin Mai stellte: »Gibt es einen Abschiedsbrief?«

Petra antwortete, als hätte sie auf diese Frage nur gewartet: »Nein, das heißt, vielleicht doch, aber ich werde nicht schlau daraus. Frau Quast hat Teile der Regelungen für die Ordnung zur Vermeidung und Entsorgung von radioaktiven Abfällen handschriftlich hinterlassen.«

Sie reichte Lott ein Blatt Papier, herausgerissen aus einem karierten DIN-A-5-Block. Dort stand:

Alle Personen, die im Kontrollbereich mit Aktivitäten von mehr als dem 100-Fachen der Freigrenze arbeiten, müssen dies vorher dem Strahlenschutzbeauftragten melden. Bei solchen Versuchen müssen stets mindestens zwei Personen anwesend sein. In diesem Fall muss Schutzkleidung getragen werden, die sich von den üblichen Labormänteln durch ihre blaue Farbe unterscheidet. Niemand darf den Kontrollbereich betreten, wenn es nicht die Durchführung bestimmter Arbeiten erfordert. Jeder Aufenthalt muss in dem dafür vorgesehenen Buch zur Freimessung und Dosiskontrolle am Eingang schriftlich festgehalten werden!

Lott las und reichte das Blatt dann weiter. Den letzten Satz hatte Frau Quast unterstrichen und ein Ausrufezeichen dahintergesetzt.

»Was wollte sie uns damit sagen?«, fragte Lott in die Runde.

Ilona schaute nur ratlos drein und brachte nicht einmal ein Schulterzucken zustande.

»Es handelt sich um eine Anweisung, die jedem zugänglich ist«, konstatierte Lohner. »Warum also diese Geheimniskrämerei?«

Während der »Abschiedsbrief« herumgereicht worden und nun wieder bei Lott angekommen war, sagte Petra: »Du hast die Rückseite nicht gelesen.«

Lott drehte das Blatt. Auf der Rückseite stand:

Bei allen Experimenten, bei denen radioaktive Isotope verwendet werden, ist eine besondere Sauberkeit und Sorgfalt notwendig. Die Arbeit erfordert ein besonderes Maß an Ordnung!!!

Die Worte Sauberkeit und Sorgfalt waren unterstrichen und hinter den ganzen Satz drei Ausrufezeichen gesetzt.

»Was soll das denn?«, fuhr es aus Marlies heraus.

»Jemand hat es angeblich an Sauberkeit und Sorgfalt mangeln lassen. Das ist für mich die einzige Erklärung«, meinte Petra.

»Wenn sie einen Verdacht hatte, wer Edgar Schmitt umgebracht hat, warum hat sie sich nicht einfach an uns gewandt?« Lohner stellte diese Frage in den Raum.

»Vielleicht hat sie das ja getan«, meinte Kammerzelt lapidar.

Alle Augen waren mit einem Male auf den Mann vom BKA gerichtet.

»Wie meinen Sie das?«, fragte Ilona skeptisch.

»Zunächst einmal, ich heiße Dominik, und ich würde vorschlagen, ihr duzt mich, so wie ihr euch untereinander duzt, und ich duze euch. Das entkrampft dann unsere Art der Kommunikation. Vorausgesetzt, ihr seid damit einverstanden.«

»Natürlich«, stimmte Ilona ihm zu.

Die anderen nickten ebenfalls zustimmend.

»Wenn ich dich jetzt nicht küssen muss«, räumte Petra launig ein.

»Ich könnte mir Schlimmeres vorstellen«, kicherte Marlies.

Lott unterbrach: »Dominik, was wolltest du damit andeuten? Vielleicht hat sie das ja selbst getan.«

»Ich denke, das war kein Abschiedsbrief, keine Nachricht, die man vor einem Suizid schreibt.«

»Sondern?«, hakte Lott nach.

»Die Nachricht klingt wie eine Drohung«, antwortete Kammerzelt.

»Eine Drohung?«, wiederholte Petra ungläubig. »Wie kommst du denn darauf?«

»Es ist die Schwingung«, versuchte der BKA-Mann zu erklären. »Das Feinstoffliche hinter den herausgehobenen Sätzen, die sie aus der Anweisung herausgezogen hat, das Unterstreichen einiger ihr wichtig erscheinenden Wörter, von ihren wütenden Ausrufezeichen ganz zu schweigen.«

»Arbeitet das BKA jetzt mit feinstofflichen Schwingungen?«, bemerkte Petra ironisch.

Aber Lott schaute Dominik Kammerzelt nachdenklich an. Sein Bauchgefühl signalisierte ihm, dass an der Aussage des neuen Kollegen etwas dran sein konnte.

»Du meinst, der Brief war nicht an ihre Hinterbliebenen gerichtet, sondern vielleicht an den Mörder von Edgar Schmitt?«

»Oder an Schmitt selbst.«

»Du meinst, es gab den Brief schon vorher?«

»Es gibt mehrere Möglichkeiten. Zumindest würde ich eine Fremdeinwirkung nicht ausschließen.«

»Vielleicht wollte Elke Quast mit ihrem Schreiben jemanden erpressen oder zumindest unter Druck setzen«, spann Ilona jetzt den Faden weiter.

»Welcher Arzt hat sie denn zuletzt behandelt?«, wollte Lott wissen.

»Dr. Marquart.«

Petras Antwort war kurz, wirkte aber wie ein Stich in Lotts Gedankenwelt.

»Dr. Marquart, der den toten Edgar Schmitt gefunden hat«, brummte er.

»Wie kritisch hat Dr. Marquart ihren Zustand eingeschätzt?« Lotts Frage war wieder an Petra gerichtet.

»Komatös«, antwortete Petra wiederum kurz.

Lott hatte mit einem Male wieder dieses Bauchgefühl. Er spürte, dass er etwas spürte. Und diesmal signalisierte sein Bauch: Gefahr! Gefahr für das Leben der Strahlenschutzbeauftragten Elke Quast.

Demonstrativ stand er auf und sagte: »Es gilt jetzt, keine Zeit zu verlieren. Wir müssen sofort zur Klinik fahren und dafür sorgen, dass ihr möglicher Widersacher keine zweite Chance bekommt!«

»Ist das jetzt nicht etwas weit hergeholt?«, widersprach Petra.

»Prüfen sollten wir diese Möglichkeit dennoch«, schloss sich Ilona Lotts Vorschlag an. »Fahren wir zur Uni!«

Marlies, Lohner und Petra wollten der Aufforderung des Soko-Leiters umgehend folgen. Nur Kammerzelt blieb sitzen. Und nahm den Hörer des Haustelefons ab, als es klingelte. Am anderen Ende war Lina Bausch.

Als sie ihre Nachricht zu Ende gebracht hatte, gab der neue Kollege sie weiter: »Frau Quast ist soeben gestorben.«

Lott war der Erste, der darauf reagierte. »Damit hat sich das erledigt«, sagte er lapidar, aber fügte gleich hinzu: »Zur Uni müssen wir aber, auch wenn der Grund jetzt ein anderer ist.«

»Was können wir dort tun?«, fragte Ilona, die verstört wirkte.

»Die Leiche von Frau Quast muss umgehend in die Rechtsmedizin. Außerdem müssen wir herausfinden, wer alles zu der Strahlenschutzbeauftragten in den letzten Stunden Zugang hatte. Vor allem aber: Welcher Arzt hat sie in dieser Zeit betreut und behandelt?«

Lott schaute zu Kammerzelt. »Wer von der Klinik hat uns eigentlich informiert?«, fragte er.

»Ein Dr. Bluhm, er hatte Bereitschaft, wie er sagte.«

Draußen war es bereits finster geworden. Lott schaute auf die Uhr. Es ging auf halb zehn Uhr abends zu. Kein guter Zeitpunkt für die Ermittlung in einer Klinik. Dort würden sie nur noch die Nachtschwestern und ein Notpersonal antreffen. Doch es gibt Dinge, die sich einfach nicht aufschieben lassen. Die ersten Maßnahmen mussten jetzt ergriffen werden.

22

»Mirko Melcher ist wieder unter den Lebenden«, tönte Petra Seibt, die Chefredakteurin des Ulmer Stadtblatts, und fügte grinsend hinzu: »Wenn wir schon keinen Nachruf schreiben können«, flachste sie, »dann nützen wir doch diesen Umstand, dass er lebt, für ein putzmunteres Interview.«

Seibts launige Äußerung fand in der Runde der Redakteurinnen und Redakteure heiteren Anklang. Sie nahm das erfreut zur Kenntnis, wusste sie doch um die Wirkung dieser Selbstdarstellungen, die stets gut bei den Lesern ihres Blattes ankamen.

Sie ließ ihre Blicke durch die Runde kreisen und fragte schließlich: »Wer will das machen? Das Konzept ist ja klar. Moderat ein wenig durchs Schlüsselloch gucken. Melchers Empfindungen, Melchers Lieblingsgericht, Melchers Lieblingsmusik und so weiter, was mag er, was mag er nicht. So wie immer halt. Der ganze Schmodder, der die Leute interessiert.«

»Ich denke, dass dies im Augenblick niemanden interessiert«, widersprach Klaus Henninger, der bis vor wenigen Wochen hier noch das letzte Wort bei den Redaktionssitzungen hatte, aber nach einer Prostataerkrankung den Chefsessel für die Kollegin Seibt freigemacht hatte.

»Melchers Löwenmenschen. Darüber redet man in Ulm, und das sollten wir auch tun. Wenn wir Melcher befragen, dann doch zu seinen Skulpturen und was er zu den Angriffen von Zita Meerbusch zu sagen hat.«

Henningers Einwand traf auf taube Ohren. Niemand griff seinen Vorschlag auf. Zudem meinte die Chefredakteurin sichtlich genervt: »Über diese Löwenmenschelei hat sich die Meerbusch in unserer letzten Ausgabe doch schon genug ausgelassen.«

»Eben. Zita Meerbusch hat kein gutes Haar an Melcher und seiner Arbeit gelassen. Jetzt könnte er Stellung dazu nehmen«, entgegnete Henninger aufgebracht.

»Wollen wir das wirklich?«, fragte Petra Seibt süffisant und blickte dabei in die Runde. »Damit würde unser brisantes Interview, das wir mit dem Löwenmenschle gemacht haben, doch gleich wieder relativiert werden.«

Henninger ließ den Einwand nicht gelten und ertrug in diesem Moment auch nicht die Mitarbeiter, die ihn vor wenigen Wochen noch hofiert hatten. Der König ist tot – es lebe die Königin.

Er stand auf und schrie: »Dann macht euern Dreck doch selber!« Und verließ polternd das Redaktionsbüro.

* * *

Zur selben Zeit ging Mirko Melcher am Uferweg der Donau entlang und schaute einem Vierer mit Steuermann zu, der flussabwärts über das ruhig fließende Wasser glitt. Er vernahm, wie der Steuermann die Schlagzahl bestimmte, und es dauerte nur wenige Sekunden, bis das Boot die Herdbrücke erreicht hatte und somit aus seinem Sichtfeld entschwunden war. Für einen Moment blieb der Mann, der seit geraumer Zeit die Schlagzeilen des Lokalteils der Tageszeitung bestimmte, stehen, um die frische Aprilluft tief in sich aufzunehmen. Beim Ausatmen schien es ihm, als wäre die Angst nun endgültig weg, die ihn hier, vor nicht allzu langer Zeit noch, derart heimgesucht hatte. Was auch immer der Auslöser für diese Angst gewesen war, er hatte sie in Griechenland, bei dem sterbenden Vater seines Freundes Anthimos, gelassen.

Glück und Unglück sind eine Sache des Vergleichs.

Jetzt ging Melcher in sein Büro und konzipierte die Alu-Tafeln, auf denen die Skulpturen mit Nummer, Titel und Pate vermerkt werden sollten. Nummer 4 – Ralph Kleber, der Titel noch offen. Nummer 2 – Sigrid Steiner, Joseph Beuys trifft den Löwenmenschen. Geplanter Standort dafür: das Stadthaus. Er betrachtete den Titel noch einmal und las ihn dann laut vor sich hin. Ihm kamen Zweifel, ob der Titel bei der Verwertungsgesellschaft Bild-Kunst so durchgehen würde. Urheberrechtliche und namensrechtliche Komplikationen konnten hier nicht ausgeschlossen werden. Diese Verwertungsgesellschaft war alles andere als eine Spaßgesellschaft. Die fanden noch in jeder Suppe ein Haar. Nein, der Titel konnte so nicht bleiben. Er musste die Künstlerin anrufen.

Sigrid Steiner sah auf dem Display ihres Telefons, wer da anrief. Sie wagte kaum, die Annahmetaste zu drücken, tat es nach einem kurzen Zögern aber doch und hauchte ihren Namen in den Hörer.

Mirko Melchers Stimme klang aufgekratzt.

»Sigrid, wir haben ein Problem …«

»Du bist es also doch«, sagte Sigrid erleichtert.

»Was hast du denn geglaubt?«

»Ich habe mir Sorgen gemacht. Es wurde so allerhand geredet. Und dann warst du plötzlich wie vom Erdboden verschwunden.«

»Tut mir leid, aber ich hatte einfach die Nase voll und brauchte ein paar Tage Luftveränderung.«

Beide schwiegen sich ein paar Sekunden lang an. Dann kam Melcher zur Sache: »Aber warum ich anrufe, dein Titel geht so nicht. Da kriegen wir eventuell Probleme mit der Bild-Kunst-Verwertung. Ich schlage vor, wir nehmen, statt Beuys, einfach nur ›Joseph B. trifft den Löwenmenschen‹.

Weiß doch eh jeder, wer gemeint ist. Wäre das für dich okay?«

»Natürlich, kein Problem«, antwortete die Künstlerin, noch immer etwas verwirrt, und fragte: »Wann sehe ich dich?«

»Ich entwerfe gerade die Alu-Tafeln für die Betitelung. Wie wär's mit morgen?«

»Gut, und wann?«

»Passt dir 16 Uhr im Stadthaus? Da könnten wir dann doch gleich den genauen Standort für deine Skulptur festlegen.«

»Ja, das passt. Ich freu mich. Also bis morgen.«

Kaum hatte Melcher aufgelegt, klingelte sein Telefon. Es war Rudi Klubertanz, Kulturredakteur bei der Tageszeitung.

»Gut, dass du wieder da bist«, begann der Redakteur und kam ohne Umschweife zur Sache: »Ich brauche ein Interview. Hast du gleich Zeit?« Ohne eine Antwort zuzulassen, redete er weiter: »Du bist ja in deinem Büro. Dann komme ich am besten gleich bei dir vorbei.«

Da es Klubertanzs Art war, kein Nein zuzulassen, drückte er das Gespräch weg, ohne eine Antwort abzuwarten. Er verließ die Redaktion, nahm das Fahrrad und fuhr in Richtung Judenhof, wo Melcher sein Büro hatte.

Ein rasender Reporter. Melcher konnte sich den Ausdruck nicht verkneifen, als Klubertanz nur wenige Minuten später vor ihm stand.

»Wo hast du denn die ganze Zeit gesteckt?«, fragte der Redakteur, während er die Hand des Kulturmanagers drückte. »Bist du abgetaucht?«

»Wenn du es so nennen willst, ja.«

Klubertanz setzte seine Tasche ab, zog Block und Schreibzeug hervor und wartete kurz ab, wo Melcher beabsichtigte, Rede und Antwort für seine Fragen zu stehen.

Mehrere Bill-Hocker, die um einen Arbeitstisch standen, schienen ein geeigneter Platz dafür zu sein.

»Willst du Kaffee?«, fragte Melcher, während er sich auf den kleinen Küchenteil zubewegte.

»Danke, nein, aber ein Glas Wasser, wenn's dir recht ist.«

Der Kulturmanager brachte das Gewünschte und setzte sich Klubertanz gegenüber, dem die erste Frage schon auf der Zunge lag.

»Mirko, es gibt großes Theater um deine Löwenmenschen. Du warst viele Jahre lang selbst Regisseur am Theater. Was macht ein Regisseur in so einem Falle?«

Melcher schmunzelte: »Ich mache nichts anderes als früher auf der Bühne. Ich bediene die großen Gefühle.«

Klubertanz parierte: »Aber die Bühne ist jetzt der öffentliche Raum.«

»Das Theater deshalb umso größer.«

»Mit großen Figuren«, feixte der Zeitungsmensch.

Beide lachten ausgelassen über die Doppeldeutigkeit des Ausspruchs.

Als sie sich beide wieder beruhigt hatten, nahm Klubertanz den Faden wieder auf.

»Applaus und Bravo-Rufe aus der Bevölkerung für den Löwenmenschen auf der einen Seite. Auf der anderen Seite Buh-Rufe und abgrundtiefe Abneigung aus dem Kulturbetrieb, die vor allem der Person Melcher geschuldet ist. Spielst du, um beim Theater zu bleiben, jetzt den Bösewicht?«

»Es scheint so!« Melcher lachte laut auf. »Wenn's sein muss, werde ich die Rolle des bösen Buben bis zum Ende spielen. Die Debatte könnte zwar von Seiten der Kritiker humorvoller und weniger verkniffen ablaufen …«

»Du sprichst Zita Meerbusch und die jüngst gegründete IG Löwenmensch an«, fiel ihm Klubertanz ins Wort.

»Ja, sicher! Die Hommage an den Löwenmenschen ist eine temporäre Installation im öffentlichen Raum. Mehr nicht. Und die Leute strömen ins Ulmer Museum, um sich die kleine, 32 000 Jahre alte Originalfigur anzuschauen. Gibt es eine bessere Marketing-Aktion?«

»Nun gut, da gehen die Meinungen auseinander. Eine Aktion ohne Akzeptanz, wie meine Kollegin es neulich formuliert hat, wiege den Benefizgedanken nicht unbedingt auf. Was meinst du dazu?«

»Wie gesagt, es ist eine Hommage, und ich stehe zu der kreativen, künstlerischen Qualität jeder einzelnen Skulptur.«

Klubertanz schluckte, denn er konzipierte bereits eine Frage, die er schon seit Tagen im Kopf hatte. Jetzt konnte er sie endlich aus dem Sack lassen.

Vorsichtig begann er: »Mirko, hängt dein Abtauchen auch damit zusammen, dass in einem Ulmer Hotel ein Auftragskiller tot aufgefunden wurde, der als einzigen Hinweis auf einen möglichen Auftrag die Postkarte des Löwenmenschen bei sich trug? Die Polizei schließt nicht aus, dass ein geplantes Attentat eventuell dir gegolten haben könnte. Willst du, auf diesen Verdacht hin, die Sache nicht einfach abblasen?«

Melchers Antwort war ein verächtliches Lächeln. Dann fragte er suggestiv zurück: »Hat es inzwischen nicht zwei Morde gegeben, die in Verbindung mit dem verstorbenen Auftragsmörder gebracht werden?«

»Eventuell ja«, bestätigte Klubertanz vage.

»Ich denke, dann ist der Tod jetzt erst einmal satt«, antwortete Melcher abgeklärt und fügte ironisch hinzu: »Es wäre das erste Mal, dass ich mich bremsen ließe. Das Einzige, was mich bei der ganzen Sache stört, sind die nassen Schuhe. Jeder selbsternannte Künstler meint, mir ans Bein pinkeln zu müssen.«

Klubertanz lachte. Er hatte jetzt seine Schlagzeile. *Melchers nasse Schuhe.*

Mit diesem Ergebnis stand er auf, packte seine Sachen, streckte Melcher die Hand hin und war auch schon wieder weg.

Ein rasender Reporter.

Melcher schaute ihm noch nach, während sein Telefon klingelte.

Ein Interviewwunsch des Stadtmagazins. Nein, danke. Nicht jetzt.

Im Augenblick hatte er anderes im Kopf.

Er dachte wieder an seinen Freund Anthimos und daran, wie der seinen todkranken Vater nach Saloniki in die Klinik fahren musste; zwei Stunden hin und zwei Stunden zurück, teils über steile Serpentinen mit glitschigem Belag, weil es geregnet hatte und der Regen mit der Staubschicht eine überaus gefährliche Allianz eingegangen war. Dazu den Vater im Auto, den er mit der rechten Hand halten musste, damit der nicht auf ihn fiel, und mit der linken Hand musste er das Fahrzeug lenken. Der Vater, der ein Patriarch war, wie es vielleicht nur in Griechenland welche gibt, hatte entschieden. Mein Sohn fährt mich. So, wie derartige Patriarchen nur in Griechenland möglich sind, so gibt es vielleicht auch so folgsame Söhne wie den Anthimos nur in diesem Land, das er trotz aller Kritik liebte wie kein anderes.

Er dachte an den sterbenden Vater seines Freundes. Und dann, ganz plötzlich und ohne Übergang, an den Auftragsmörder, der vielleicht ihn im Visier hatte und der starb, bevor er seinen Auftrag ausführen konnte.

Er dachte an die beiden Morde, über die er gelesen hatte, und die Gedanken daran lösten einen Schauer aus, der vom Nacken über den Rücken bis zum Becken reichte. Vielleicht war der Tod ja doch noch nicht satt.

23

Lott hörte den Turmfalken zu, die um den Münsterturm kreisten. Er schaute hoch, in einen weiten Himmel hinein, und versuchte dann herauszufinden, welcher Falke jetzt welchen Schrei gerade von sich gegeben hatte.

Er hätte noch eine Weile in dieses Schauspiel vertieft stehen können, aber die Kollegin Mai durchkreuzte die Pläne ihres Chefs und riss ihn aus seinen ornithologischen Studien.

»Banzhaf hat angerufen. Frau Quast liegt schon bei ihm auf dem Tisch. Du sollst kommen.«

Lott kannte das. Banzhaf wollte immer nur ihn. Ich geh nicht zum Schmiedle, sondern zum Schmied. Das hatte Banzhaf einmal zu ihm gesagt. Dieser Satz hatte sich in Lotts Gedächtnis eingebrannt. Sonst hätte er Lohner in die Rechtsmedizin geschickt, oder auch die Kollegin Mai. Er wollte doch zur Uniklinik, Befragungen vor Ort führen. Was in der letzten Nacht nicht mehr möglich gewesen war.

»Dann fahr du zur Uni, den Arzt Dr. Marquart und dessen Kollegen befragen, die Frau Quast behandelt haben, Frau Burr noch, ihre engste Mitarbeiterin, und auf jeden Fall noch einmal Edgar Schmitts Vertretung, diesen Herrn Dürr. Und nimm jemanden mit, Lohner oder Ilona.«

Petra nickte nur und machte kehrt.

»Der Termin für die Dienstbesprechung bleibt«, rief Lott ihr noch nach und ging dann zu seinem Fahrzeug.

Was würde Banzhaf herausgefunden haben, was die Stationsärzte nicht bereits diagnostiziert hatten? Ihm passte der Termin jetzt nicht, aber Banzhaf einen Korb zu geben, das glich einer Lästerung Gottes, obwohl Banzhaf ansonsten wenig Aufhebens um sich machte. Aber wenn er Lott zu sich rief, dann duldete er keine Entschuldigung, dann hatte die Rechtsmedizin, der er vorstand, Priorität.

Während Lott zur Prittwitzstraße fuhr, überlegte er, dass er eine Matrix erstellen musste. Anders würde er nicht weiterkommen. Er musste einfach alles notieren, Fakten und Daten nicht tabellarisch, sondern in einen losen Zusammenhang bringen. Die Linien, die er ziehen würde, könnten ihm auf die Sprünge helfen. Es gab Computerprogramme, die in der Art funktionierten, aber Lott schwor nach wie vor auf Papier und Bleistift.

Als er ausstieg und die wenigen Treppen nahm, die zum Gebäude führten, sah er durchs Fenster den Kollegen Banzhaf, der eine Pause zu machen schien. Mit vollem Mund, einen Apfel kauend, nickte er und winkte Lott zu sich in den Aufenthaltsraum.

Lott drückte die Türklinke und sah Banzhafs schelmischem Gesichtsausdruck an, dass er etwas entdeckt hatte, was andere übersehen hatten.

»Welcher Stümper war denn da am Werk!«, schimpfte er los, noch immer mit vollem Munde, noch bevor er Lott recht begrüßt hatte.

»Von wegen oraler Vergiftung durch ein Schlafmittel, und von wegen kontaminiert. Das alles sind Hasenfürze. Gestorben ist die gute Frau an einem Narkosemittel, das ihr intravenös verabreicht wurde. Mein lieber Lott, bei der guten Frau kann von Selbstmord keine Rede sein. Da hat jemand auf kriminelle Art nachgeholfen.«

»Bist du ganz sicher?«

»Das hätte auch mein Lehrbub, wenn ich denn einen hätte, herausgefunden.«

»Aber warum? Wer könnte ein Motiv haben, eine Strahlenschutzbeauftragte der Universität Ulm zu ermorden?«

Lott hatte nur laut gedacht. Aber Banzhaf griff den Gedanken auf und antwortete: »Dasselbe Motiv wohl, das auch den Kollegen Schmitt, der gleich nebenan liegt, das Leben gekostet hat«, sagte Banzhaf und zeigte dabei in die Richtung der Schubladen, wo Edgar Schmitts lebloser Körper auf seine Freigabe wartete. »Aber das herauszufinden, lieber Kollege, ist allein deine Aufgabe.«

»Kannst du mir deinen Bericht heute noch zuschicken?«, fragte Lott. »Es ist dringend!«

»Gewiss doch, bis heute Abend hast du ihn.«

»Geht's auch schon früher? Sagen wir bis fünf Uhr?«

»Auch das«, versprach Banzhaf.

Lott verabschiedete sich und ging zu seinem Wagen. Er hoffte, dass Banzhafs detaillierter Untersuchungsbericht bis zur nächsten Dienstbesprechung der Soko vorliegen würde. Bis dahin wollte er keine Zeit verlieren und fuhr nicht erst zum Präsidium zurück, sondern direkt zur Uniklinik, wo er hoffte, Lohner und die Kollegin Mai anzutreffen. Sie mussten bereits in der Klinik zugange sein, denn ihre Handys waren ausgeschaltet.

Lott suchte die Station auf, die Dr. Marquart leitete. Auf dem Gang sprach er die Stationsleitung an.

»Ich suche Dr. Marquart.«

»Die Ärzte sind derzeit nicht abkömmlich«, antwortete die Krankenschwester brüsk.

»Und warum nicht?«

»Visite.«

Lott zog demonstrativ seinen Dienstausweis hervor, um auf die Dringlichkeit seines Anliegens hinzuweisen.

»Es ist wirklich dringend«, sagte er mit Nachdruck.

»Ich kann doch nicht in eine Visite platzen«, erklärte die Stationsleitung.

»Und wie lange dauert die Visite noch?«

Sie zuckte mit den Achseln.

»Dann ist die Visite jetzt zu Ende«, polterte Lott. »Sagen Sie Herrn Dr. Marquart, dass ich ihn umgehend zu sprechen wünsche.«

»Aber der Herr Doktor hat heute frei. Dr. Ludwig leitet zur Zeit die Visite.«

Damit hatte Lott nicht gerechnet. Er war sich sicher gewesen, Marquart hier anzutreffen. Alles andere würde ihn doch von vorneherein verdächtig machen, sofern sich Lotts Vermutung bestätigen würde.

»Und gestern?«, fragte Lott weiter. »War Dr. Marquart gestern auf der Station?«

Die Krankenschwester musste einen Moment darüber nachdenken, dann schien sie sich ihrer Sache sicher zu sein und antwortete: »Da waren sowohl Dr. Marquart wie auch Dr. Petrolo auf Station, erst Dr. Petrolo, dann hat Dr. Marquart ihn abgelöst.«

»Wer hat Frau Quast behandelt?«

»Soviel ich weiß, Dr. Petrolo. Aber fragen Sie doch im Sekretariat des Chefarztes nach.«

Laut Petras Aussage hatte Dr. Marquart mitgeteilt, dass Elke Quast im Koma lag.

Lott behielt den Gedanken für sich und ließ sich zeigen, wo er das Sekretariat finden würde. Aus früheren Ermittlungen wusste er, dass die Gebäude des Klinikums einem Irrgarten gleichen, und er war jedes Mal froh gewesen, wenn er aus diesem wieder herausgefunden hatte. Zum Glück hatte er diesmal die richtige Eingebung und fand, trotz der vagen Beschreibung der Schwester, das gewünschte Büro auf Anhieb.

Er war nicht erstaunt, als er Mai und den Lohner dort antraf, die aus ähnlichen Gründen die Chefsekretärin aufgesucht hatten.

»Weder Isolde Burr noch Niklas Dürr sind gerade abkömmlich«, erklärte Lohner.

Petra nickte verdrießlich. Sie war wütend, aber sie überließ Lott das Reden und wollte sich nicht weiter mit der Sekretärin anlegen.

Lott schaute in die matten, von Desinteresse zeugenden Augen dieser Frau und sagte: »Na gut, dann werden wir die Damen und Herren, und auch Sie selbstverständlich, auf unsere Polizeidienststelle bitten müssen, damit dort alle, Sie eingeschlossen, ihre Aussagen zu Protokoll geben können.«

Die Chefsekretärin zeigte sich mit einem Male kooperativ. »Bei den Damen und Herren vom Labor kann ich Ihnen im Augenblick nicht weiterhelfen, aber auf der Station sind heute weder Dr. Petrolo noch Dr. Marquart, sondern Dr. Ludwig und Dr. Bluhm, Letzterer aber nur in Bereitschaft.«

»Und gestern?«

Die Dame fuhr mit ihrem Stift die ihr vorliegende Liste rauf und runter. »Gestern hatten sowohl Dr. Petrolo wie auch Dr. Marquart auf dieser Station Dienst. Erst Dr. Petrolo, dann wurde er von Dr. Marquart am frühen Abend abgelöst.«

»Das weiß ich doch«, sagte Petra, in Lotts Richtung, »ich hab ja mit ihm gesprochen. Er sagte mir, dass Frau Quast im Koma liegt.«

Lott nickte. »Ich weiß, aber ich wollte das noch einmal bestätigt wissen, ob dies auch in den Dienstplänen so vermerkt wurde.«

Er bedankte sich bei der Angestellten der Klinik und überließ sie nun Petra, die die entsprechenden Schritte für die diversen Vorladungen in die Wege leitete, während Lott und Lohner sich schon auf den Ausgang zubewegten.

An der Skulptur *Der Dichter und seine Muse* von Niki de Saint Phalle warteten sie auf die Kollegin.

* * *

Vor jeder Einführung einer neuen Methode, bei der radioaktive Isotope verwendet werden, müssen Leerversuche unter Verwendung von nichtradioaktiven Substanzen durchgeführt werden, so dass eine Methode mit größtmöglicher Verminderung der Strahlenexposition und des Unfallrisikos entwickelt wird.

Lott las noch einmal in der Broschüre, die vor dem Isotopenlabor aushing und von der mehrere Exemplare in den Büros der Mitarbeiter zur Ansicht bereitlagen. Eins davon hatte Lott sich angeeignet. Nun blätterte er darin, las wieder eine Seite, wie immer darauf hoffend, irgendwo eine Antwort zu finden, wie weit die Morde an Edgar Schmitt und Elke Quast mit der Arbeit mit nuklearen Substanzen zusammenhingen.

Es gibt einen Schlüssel, ich muss ihn nur finden.

Lott saß an seinem Schreibtisch. Als er mit der Broschüre nicht weiterkam, zog er seinen Notizblock aus der Schublade, um eine Fallanalyse mit Hilfe einer Matrix zu erstellen. Kaum hatte er die Namen der Opfer darauf vermerkt, sprach ihn Kammerzelt, der unbemerkt an ihn herangetreten war, von der Seite her an.

»Was machst du da?«

Lott zuckte zusammen. Er war in Gedanken gewesen, überlegte, wen er in die Nähe der Opfer platzieren sollte.

»Hast du kein Mind-Map auf deinem Computer?«, fragte der Mann vom BKA.

»Ich benütze es nicht«, antwortete Lott ungehalten.

»Damit sparst du dir aber jede Menge Zeit. Und nicht nur das. Du kannst deine Pappenheimer verschieben, wie du willst, und kannst dein ursprüngliches Bild beliebig verändern.«

»Der Computer bremst aber meine Intuition aus. Ich konzentriere mich dann mehr auf das Programm als auf meine Kandidaten«, erwiderte Lott.

»Dann lass es uns zusammen machen«, schlug Kammerzelt vor. »Ich kümmere mich ums Programm, und du bestimmst die Gestaltung.«

Lott zeigte sich einverstanden und rückte zur Seite, so dass Kammerzelt sich mit einem zweiten Stuhl dazugesellen konnte.

Kammerzelt warf einen Blick auf Lotts Notizblatt.

»Du hast die beiden Opfer nicht in die Mitte gesetzt, sondern an den Rand. Das finde ich gut. Ich werde das so übernehmen.«

Im nächsten Moment flatterten Kammerzelts Finger wieder über die Tastatur. Das Programm war gestartet und die ersten Tools bereits gesetzt.

Die Fallanalyse mit dem Mind-Map-Verfahren gehört seit einigen Jahren schon zur Standardsoftware von kriminalpolizeilichen Analyse- und Auswerteeinheiten. Mittels grafischer Tools können damit Fakten vernetzt dargestellt und damit ihre Einflussmöglichkeiten nachvollzogen werden. Es entsteht eine Landkarte, die visuell sehr gut die Beziehungen der vorhandenen Daten und Informationen untereinander darstellt.

Gemeinsam setzten Lott und Kammerzelt alle Personen und Fakten in die Landkarte. Von Dr. Petrolo bis Zita Meerbusch. Von Schwinns Take-down-Waffe und seiner Českà bis zu den Isotopenlabors der Uni. Weder das Narkosemittel, das Elke Quast das Leben gekostet, noch das Stilett, durch das Schmitt seinen Tod gefunden hatte, wurden dabei vergessen. Die Landkarte wurde mit Mirko Melcher und seinen Plastiken besetzt; mit Edgar Schmitts angeblicher Spielsucht sowie mit Zitas nicht zustande gekommenem Treffen mit Artur Schwinn. Mehr als eine Stunde saßen die beiden Kriminalisten vor dem Bildschirm und verschoben immer wieder die einzelnen Tools.

»Fehlt nur noch die Statuette des Löwenmenschen«, bemerkte Lott.

»Willst du, dass wir den Löwenmenschen in die Mitte setzen?«, fragte Dominik.

Lott winkte ab. »Das wäre zu viel der Ehre für ihn.«

»Denk an die Postkarte, die Schwinn bei sich trug.«

»Trotzdem«, widersprach Lott.

»Dann bleibt die Mitte frei?«

Lott dachte einen Moment lang darüber nach.

»Die Mitte reservieren wir für den großen Unbekannten, bei dem alle Fäden zusammenlaufen«, entschied er dann.

»Und wenn wir ihn bereits auf unserer Landkarte haben?«

»Sobald wir uns dessen sicher sind, setzen wir ihn in die Mitte!«, sagte Lott und grinste dabei.

Es dauerte eine weitere Stunde, bis alle Fakten miteinander vernetzt und deren Einflussmöglichkeiten nachvollzogen waren.

Lott bemerkte, dass Kammerzelt mit dem Ergebnis noch nicht zufrieden war.

»Was ist los?«, fragte Lott.

»Ich fürchte, Mind-Map reicht in unserem Falle doch nicht ganz aus«, zweifelte der neue Kollege, obwohl er das Programm selbst vorgeschlagen hatte.

»Was schlägst du vor?«

»Wir arbeiten im Deliktsbereich der Organisierten Kriminalität mit der dafür geschaffenen Analyse-Software *Analyst's Notebook*. Ich habe einen mehrwöchigen Lehrgang gemacht, damit ich das Programm beherrsche. Es ist nicht einfach, seine Möglichkeiten voll auszuschöpfen. Aber glaub mir, gerade im Feld der ermittlungsbegleitenden Auswertung spielt diese Software ihre Stärken aus.«

»Du bist der verantwortliche Sachbearbeiter der Soko und hast freie Hand«, sagte Lott und gab dem Kollegen damit grünes Licht.

»Ich werde das vorbereiten«, versprach Kammerzelt und ging an seinen eigenen Schreibtisch. Von dort aus telefonierte er mit seinen Kollegen vom BKA.

Lott stand auf und ging nach draußen. Wenn er mehrere Stunden vor dem PC saß, brauchte er dringend frische Luft und einen kleinen Ortswechsel. Er nahm die Treppe und ging über den Münsterplatz. Irgendwann blieb er stehen und schaute zum Münster hoch. Er sah einige Turmfalken, die um das sakrale Gebäude kreisten. Lott wartete auf ihre Schreie. Aber die Greifvögel blieben stumm.

24

Niklas Dürr wartete bereits im Verhörraum. Er saß mit dem Rücken zur Tür. Als Lott den Raum betrat, drehte er sich um und stand gleich auf. Lott begrüßte ihn per Handschlag. Dürrs Hände waren feucht. Und seine Augen flackerten aufgeregt.

»Nehmen Sie doch wieder Platz.«

Niklas Dürr folgte der Aufforderung des Kommissars und setzte sich. Die Hände des Zeugen krampften sich an den Stuhllehnen fest. Er wirkte wie ein Patient auf einem Zahnarztstuhl, der auf seine Behandlung wartet.

Lott dachte an Villingen-Schwenningen. Den Wortlaut seiner Vorlesung über die Zeugenvernehmung hatte er noch parat. Mein Gott, wie oft hatte er diese Sätze nicht von sich gegeben: *Die Zeugenvernehmung ist eine strafprozessrechtlich geregelte Methode der Befragung, um durch ein planvoll durchgeführtes Gespräch Erkenntnisse über eine Straftat oder ein kriminalistisch relevantes Ereignis zu erlangen.*

Sie verfolgt das Ziel, möglichst umfassende Informationen in Form von Aussagen zu gewinnen und diese so zu sichern, dass andere Beteiligte am Strafverfahren das Ergebnis in einem rechtlich geordneten Verfahren bewerten können.

Lott schaute Niklas Dürr in die Augen. Der versuchte einen Moment lang, dem Blick standzuhalten, dann aber schaute er wie geistesabwesend zum Fenster hin. Würde Dürr sagen, was er wusste? Niemanden grundlos anschwärzen und Verdachtsmomente, wenn er sie denn hatte, frei heraus mitteilen? Lott hoffte es, denn genau das war sein erster Eindruck gewesen. Dürrs Aufregung hatte gewiss Gründe, die mit der Umgebung dieser Befragung zu tun hatten: Dieser Trutzbau, mit seinen dicken Mauern, der auch ein Stück braune Vergangenheit in sich gespeichert hatte; dazu die Bedrohlichkeit, die eine Polizeidienststelle für so viele Menschen ausstrahlte, auch wenn sie sich nichts zuschulden hatten kommen lassen.

Lott hatte Verständnis für diesen Zappelphilipp, der ihm gegenübersaß. Dennoch musste er die Kontaktphase nutzen, um eine Gesprächsbereitschaft zu erzeugen, wie er sie in hunderten von Fällen bereits erprobt hatte, musste sich aufgeschlossen und unverkrampft geben. Das Gespräch sollte mit einer gewissen Lockerheit vonstattengehen, wobei er ausloten konnte, wie es um Dürrs Gemütslage derzeit bestellt war.

Der Zeuge soll erkennen, dass er in einem Strafverfahren vernommen werden soll.

Wieder spukten diese Lehrsätze in seinem Kopf herum.

Die Art und Weise der Durchführung der Zeugenvernehmung und die dabei zu wählenden taktischen Varianten sind von der vorher vorzunehmenden Einschätzung abhängig, ob es sich um einen aussagewilligen, unbeeinflussten, neutralen Zeugen handelt oder um einen Zeugen, der aus unterschiedlichsten Beweggründen seiner Pflicht zur Aussage nur widerwillig nachkommt, möglicherweise zum Schutz seiner eigenen Person oder anderer nur das wiedergibt, was ihm während der Vernehmung abgerungen wird.

Mein Gott, er hatte es so satt. Lott schaute nun auch zum Fenster und in den blauen Himmel. Er dachte an die Turmfalken und dann an Elli, wie sie nach Atem gerungen hatte, um ihr Leben festzuhalten. Ihm war nicht nach professioneller Befragung zumute.

»Ein herrliches Wetter heute«, bemerkte Lott, während er noch immer aus dem Fenster schaute, als wollte er dem Befragten einen Beweis dafür liefern. »Und es soll ja so bleiben. Obwohl: im April?«, fuhr er zweifelnd fort. »Mein kürzlich verstorbener Kollege hat immer gesagt: Im April hat's der Petrus gut, da kann er das Wetter machen, wie er will.«

Dürr lächelte gequält. Und Lott wusste, dass er eben das getan hatte, wovor er seine Studenten immer gewarnt hatte: *Keine floskelhaften Äußerungen, nicht übers Wetter reden, keine Plattheiten und keine privaten Entblößungen.*

»Er hat es natürlich auf Schwäbisch gesagt. Und seine letzten Worte, bevor er starb, waren: ›'s goht nemme.‹«

Warum kann ich mich nicht darauf konzentrieren, was ist? Warum verplaudere ich die Zeit mit meinem Privatkram und dem Wetter? Lass doch endlich los!

Endlich zog Lott einen Schlussstrich unter seine launige und somit danebengegangene Kontaktphase. Und kam ohne Umwege zur Sache.

»Herr Dürr, Edgar Schmitt war Ihr Kollege, Sie haben mit ihm ein Büro geteilt. Wann haben Sie ihn zum letzten Male gesehen?«

»Am gleichen Tag noch, an dem er ermordet wurde. Er hat mich abgelöst, weil ich einen Arzttermin hatte. Es sollte sich dabei entscheiden, ob ich eine Biopsie machen muss.«

»Wann genau hatten Sie den Termin?«

»Um 11 Uhr.«

»Und wo? Hier an der Uniklinik?«

»Nein, bei meinem Urologen in der Stadt, dem Dr. Kretschmar.«

»Ist Ihnen im Verhalten Ihres Kollegen irgendetwas aufgefallen? War er irgendwie anders?«

»Aufgedrehter vielleicht.«

»Wie meinen Sie das?«

»Bis vor einem Vierteljahr hat der ganz geschäftsmäßig und ordentlich seine Arbeit gemacht. Aber in den letzten Wochen gab es immer wieder Schlampereien oder Ungenauigkeiten. Und da hat er Ärger mit der Frau Quast bekommen.«

»Inwiefern?«

»Sie hat ihm die Strahlenschutzbestimmungen um die Ohren gehauen!«

»Ist es möglich, dass Ihr Kollege Schmitt nukleare Abfälle anderweitig entsorgt hat? Auf eigene Rechnung sozusagen?«

Dürr wehrte ab. »Ich kann wirklich nicht viel über den Edgar sagen. Er war eher der verschlossene Typ. Ein paarmal hat er sich Geld von mir geliehen. Keine hohen Summen. Einen Hunderter vielleicht, aber den hat er dann sehr schnell immer wieder zurückgezahlt. Aber das ist jetzt auch schon eine ganze Weile her.«

»Wann zuletzt?«

»In diesem Jahr noch kein einziges Mal, im Herbst, vor Weihnachten, ich kann's nicht mehr genau sagen. Er hat's mir ja immer ein paar Tage später wieder zurückgezahlt.«

»Herr Dürr, bleiben wir bei den nuklearen Abfällen. Ist es denn möglich, diese an den Kontrollen der Strahlenschutzbeauftragten vorbeizuschleusen.«

»Was will denn schon einer mit dem Abfall? Das ist doch Irrsinn!«

»Es geht nur darum: Wäre es möglich?«

»Wie gesagt, Frau Quast hat ihm ja einige Schlampereien unterstellt. Möglich ist ja alles. Obwohl ich das dem Edgar nicht zutraue.«

»Es sei denn, man hat ihm viel Geld dafür geboten«, insistierte Lott, zögerte einen Augenblick, dann entschied er sich doch zu fragen: »Wussten Sie eigentlich von der Spielsucht Ihres Kollegen?«

»Naja, Spielsucht würde ich das nicht unbedingt nennen. Er hat halt gern die Fußballergebnisse getippt, aber immer im Rahmen, wie er mir versichert hat.«

»So weit hat er sich Ihnen also dann doch anvertraut.«

»Er hat manchmal bei der Arbeit seine Zettel ausgefüllt, wenn gerade nichts anstand. Das sah recht harmlos aus, wie Lottospielen eben.«

»Herr Dürr, nach Aussage meiner Kollegin haben Sie den beiden, Elke Quast und Edgar Schmitt, ein Verhältnis unterstellt. Haben Sie irgendetwas bemerkt, das diesen Verdacht bestätigt?«

Niklas Dürr lachte, und wurde etwas lockerer. »Eigentlich waren die wie Hund und Katz. Aber sie hatten Heimlichkeiten. Ich bin ein paarmal dazugekommen, wie sie miteinander getuschelt haben und dann auseinandergefahren sind, wenn ich dazugekommen bin. Es muss eine komische Art von Liebe gewesen sein. Es hat mich gewundert, denn der Edgar war doch eher der Familienmensch.«

»Herr Dürr, um die Sache erst einmal abzuschließen. Sie waren zur Tatzeit bei diesem Urologen. Er wird das sicher bestätigen.«

Niklas Dürr erblasste plötzlich. »Fragen Sie nach meinem Alibi?«

»Im Augenblick sind wir noch auf Mördersuche«, sagte Lott mit einem entwaffnenden Lächeln.

Dürr stotterte: »Ich war nicht bei Dr. Kretschmar. Ich hab meinen Termin ganz kurzfristig abgesagt.«

»Und warum?«

»Angst«, sagte Niklas Dürr. »Ich will diese Biopsie nicht.«

25

Helen hatte ihr von den Montagsdemonstrationen geschrieben. Es war der erste Brief seit langem gewesen. Der Brief kam aus Leipzig, wo sie wohnte. Sie hatte ihn mit Oktober datiert, ohne Angabe des Tages. Vermutlich hatte sie den Brief an mehreren Tagen verfasst. Die Farbe der Tinte war unterschiedlich, und ihre Handschrift hatte gelegentlich den Anschein, als könnte sie diese Buchstaben und Wörter nur mit der größten Anstrengung zu Papier bringen.

Meine Liebe,
ich bin krank, dafür ist unser Land bereits »rekonvaleszent«. Ich hoffe, Dir geht es besser (Keine Kunst, wenn man im Westen lebt). Im August hatten sie uns noch als Rowdies und Randalierer beschimpft und unsere Demonstrationen als ungesetzliche Zusammenrottungen. Wir waren zunächst nur ein paar hundert, aber letzten Monat waren es bereits 6000 Menschen, die an unseren Kundgebungen teilgenommen haben. Vor ein paar Tagen haben ihre sogenannten Sicherheitskräfte uns noch niedergeknüppelt. Aber zwei Tage danach, im Anschluss an den montäglichen Friedensgottesdienst in der Nikolaikirche, war ich eine unter den zigtausenden Menschen, die für eine Umgestaltung und für mehr Demokratie in der DDR demonstriert haben. Ich bin sicher, du hast das im Fernsehen verfolgt, egal mit welchen Kommentaren auch immer. Die Bilder haben ja ihre eigene Sprache. Wir sind das Volk! Wir haben es geschrien. Wieder und wieder. Bis auch der Letzte verstanden hat, dass wir so nicht weitermachen werden. Am Stadtrand von Leipzig standen Panzer der Na-

tionalen Volksarmee bereit, und Einheiten der Volkspolizei und der Betriebskampfgruppen hatten uns umstellt. Wie ich gehört habe, soll auch eine Hubschrauberstaffel auf ihren Einsatzbefehl gewartet haben. Aber Krenz, der ZK-Sekretär für Sicherheit, der für die bewaffneten Einsätze zuständig ist, hatte wohl befohlen, auf keinen Fall mit Waffengewalt gegen die Demonstranten vorzugehen. Ich denke, Honecker hätte es lieber gesehen, wenn er alle siebzigtausend hätte niederschießen lassen. Aber wie gesagt: Wir sind das Volk.

Deine Dich ewig liebende
Helen

PS: Erfahre eben, Honecker ist aus gesundheitlichen Gründen zurückgetreten. Krenz ist jetzt dran und verspricht Reformen. Auf jeden Fall will er uns ausreisen lassen, das heißt: Bald sind die Grenzen offen und ich kann zu Dir (wenn Du mich noch willst).

Wie oft hatte sie den Brief nicht gelesen. Wieder zusammengefaltet und in ihr Lieblingsbuch gesteckt. Und Tage später wieder hervorgeholt und aufs Neue gelesen. Der Brief war Helens Vermächtnis.

* * *

Glasnost und Perestroika, diese Starthilfen der Demokratisierung, die noch wenige Tage zuvor unter die Schlagstöcke der Volkspolizisten geraten waren, hatten es möglich gemacht, denn wenige Wochen später stand Zita am Grenzübergang und wartete auf Helen. Obwohl es Jahre her war, dass sie einander gesehen hatten, hatte sie Helen sofort erkannt und laut ihren Namen gerufen, bis auch die Freundin sie unter den Wartenden entdeckt hatte.

Die Begrüßung war in Tränen getaucht, und keine von beiden wusste so genau, ob das nun Freudentränen waren oder Tränen des Kummers über die lange Trennung, die sie ertragen mussten. Ihre erste gemeinsame Nacht ließ nur sanfte Berührungen zu, denn Zita hatte Angst, Helens Körper, der von Krankheit gezeichnet war, vielleicht zu verletzen. Doch in Helen war die alte Hoffnung noch einmal aufgekeimt. Und sie gebärdete sich wie eine Wilde, die nach jahrelangem Käfigdasein in die freie Wildbahn ausgesetzt wurde. *Du musst mich nicht schonen, ich bin eine starke Frau.*

Die zweite Zeit mit Helen wurde so kurz wie die erste.

Bald bestand der Westen für sie aus Kliniken, um die absichtlichen Behandlungsfehler, die an ihr in der DDR begangen wurden, wieder zu korrigieren.

Helen aber sah den Tod schon an ihrem Bettrand sitzen. Ein Leben lang hatte sie sich nicht kleinkriegen lassen, aber jetzt, den Tod so nahe, flackerte in ihrem Herzen kein Flämmchen des Aufbegehrens mehr.

Sie starb noch vor der DDR.

26

»Wir müssen eine Fahndung rausgeben. Weder Dr. Petrolo noch Dr. Marquart sind in ihrer jeweiligen Wohnung auffindbar.« Es war Petra Mai, die das, kaum dass sie den kleinen Konferenzraum betreten hatte, ihren Kollegen an den Kopf warf, mit verdecktem Vorwurf in der Stimme, warum das nicht längst schon geschehen war.

Lott schaute auf und konnte sich beim Anblick seiner Kollegin ein Grinsen nicht verkneifen: Petra musste in den Morgenstunden einen aussichtslosen Kampf gegen ihr störrisches Haar geführt haben. Dass sie den verloren hatte, zeigte das Ergebnis.

Er hatte bei dem Anblick noch eine ganze Weile Mühe, ernst zu bleiben, selbst noch, als Petra mit ihren Ausführungen fortfuhr: »Petrolo ist Junggeselle und lebt allein, und Marquart lebt seit einem Jahr getrennt von seiner Familie. Es gibt keinerlei Hinweise, wo sich die beiden im Augenblick aufhalten.«

»Hat die Nachbarschaftsbefragung etwas ergeben?«

»Es hat wohl noch keine gegeben«, gab Petra zu.

Lott fasste sich an den Kopf. Hatte er etwa vergessen, eine solche anzuordnen? Wozu wurde die Soko aufgestockt, wenn nicht die einfachsten Maßnahmen in Angriff genommen wurden? *Bin ich zu alt für derartige Aufgaben?*, dachte er und verwarf im nächsten Augenblick den Gedanken wieder. Schließlich war keine Zeit zum Lamentieren.

»Dann schreib sie zur Fahndung aus«, sagte er deshalb in Kammerzelts Richtung und stellte für die Nachbarschaftsbefragungen das Göppinger Kleeblatt ab.

Kammerzelt ging an seinen Computer, überflog kurz die Richtlinien für die Personenfahndung mit dem INPOL-System und setzte die Fahndung in Gang.

Die Soko ging, nachdem Aufgaben und Einsätze verteilt waren, auseinander.

Ein heftiger Aprilsturm blies Lott ins Gesicht, als er jetzt den Münsterplatz überquerte. Er dachte an das Verhör mit Niklas Dürr. Und daran, dass auch er vor einer Biopsie Reißaus nehmen würde. Aber er war, wie Niklas Dürr, in einem Alter, in dem sich die Prostata bemerkbar machen konnte. *Jeder sechste Mann über sechzig leidet unter einem Prostatakarzinom.* Irgendwo hatte er das gelesen. Er war jetzt siebenundfünfzig, hatte also noch drei Jahre Zeit. Und dann gab es ja immer noch die Hoffnung, dass er einer der fünf anderen war, die davon verschont blieben.

Der Aprilsturm fegte ihm jetzt den Gedanken aus dem Hirn. Er schaute zu den Turmfalken, aber ihre Schreie hatte der heftige Wind an sich gerissen.

Plötzlich blieb Lott stehen. Er spürte, dass er etwas spürte, ein Bauchgefühl, das ihm schon so oft auf die Sprünge geholfen und einem Fall die richtige Wendung gegeben hatte. Vielleicht war die kleine Löwenmensch-Statuette doch der

Ausgangspunkt, von dem aus alles in Bewegung geraten war. Es drängte ihn, jetzt ins Museum zu gehen. In der Hoffnung, dass sich dort eine Tür für ihn auftat. Er machte also kehrt, ging am Rathaus vorbei in Richtung Ulmer Museum.

Sein Dienstausweis sparte ihm das Eintrittsgeld. Die Museumsangestellte wies ihm den Weg. Einige Touristen umstanden die Vitrine mit dem Löwenmenschen.

Was hatte dieser kleine Kerl, wenn es denn einer war und kein Mädchen, wie Zita Meerbusch behauptete, an sich? Er barg ein Geheimnis – aber welches? Warum hatte Schwinn diese Postkarte bei sich? Was suchte Zita Meerbusch in seinem Hotel? Und was sollte die obskure Attrappe, die Radioaktivität vorgaukelte? Woher kam das Geld, das man bei Schwinns Leiche gefunden hatte? Und wofür hatte er es bekommen? Eine Anzahlung für einen noch nicht erledigten Auftrag? Und stand Melcher im Visier des Auftragsmörders? Hatte Meerbusch diesen Auftrag gegeben, weil sie es nicht ertragen konnte, dass Melcher mit dem Löwenmenschen Schindluder trieb? Aber Zita Meerbusch war nicht wirklich wütend gewesen bei dieser aufgebauschten Demonstration, bei der sie die Leute skandieren ließ: *Die Würde des Löwenmenschen ist unantastbar.* Sie war dabei nicht wirklich bei der Sache gewesen, hatte die Aufrührerin gespielt und war leider eine schlechte Schauspielerin.

Lott schaute den Löwenmenschen an. Aber der schwieg. Eines der ältesten Kunstwerke der Menschheit, aus Mammutelfenbein geschaffen, hatte zweiunddreißigtausend Jahre auf dem Buckel und nichts zu berichten, das Lott hätte weiterbringen können. Lott zeigte sich einen Augenblick lang enttäuscht. Aber dann begann in ihm doch ein Lichtlein zu flackern. Er dachte an Kammerzelt und an seinen Ausspruch *In der Asche schläft die Glut.* Wie lange schlief diese Glut schon, und wer hatte das Feuer von Neuem angefacht? Schwinn, Mirko Melcher, Zita Meerbusch und vielleicht noch diese IG Löwenmensch. Ein überschaubarer Kreis, der nur eine einzige Version zu bieten hatte: Zita

Meerbusch hat Schwinn beauftragt, Mirko Melcher zu ermorden, wegen Verunglimpfung eines Kunstwerks. *Ein lachhaftes Motiv.*

Warum aber trug Schwinn diese Postkarte bei sich? Es musste doch etwas zu bedeuten haben. Lott wurde schwindlig. Die Luft war stickig hier drinnen. Er ging nach draußen und setzte sich auf eine der Bänke vor dem Museum.

Es muss eine Verbindung zu den Morden im Isotopenlabor geben.

Welche Rolle spielt Zita Meerbusch dabei und welche hätte Schwinn gespielt, wenn er nicht vorher das Zeitliche gesegnet hätte? Schwinn war keine Ich-AG. Er war das ausführende Organ. Der Kopf ist ein anderer. Ist der Kopf weiblich? Wie das Geschlecht des Löwenmenschen, wie die Meerbusch eisern behauptet.

Und wie ist die Sache aus dem Ruder gelaufen, dass sowohl Edgar Schmitt wie auch Elke Quast geopfert werden mussten? Es musste sich um eine große Sache handeln. Oder jemand hatte die Nerven verloren.

Lott dachte an Edgar Schmitt und an seine Spielsucht und an Quasts Abschiedsbrief, der vielleicht keiner war, sondern eine Aufforderung oder gar Drohung. Und für Edgar Schmitt bestimmt. Er musste zum Neuen Bau zurück. Vielleicht hatte die Fahndung schon Ergebnisse vorzuweisen. Auf jeden Fall würde er mit Kammerzelt seine Gedanken ins Mind-Map-Verfahren aufnehmen oder auch mit der Analyse-Software *Analyst's Notebook*. Er würde es Kammerzelt überlassen. Der Platz in der Mitte aber würde noch immer frei bleiben, für den großen Unbekannten, bei dem alle Fäden zusammenliefen.

Doch erst musste er ein wenig abschalten. Die Dinge sich setzen lassen. Sie aus dem Kopf kriegen, um sie später frisch einschätzen zu können. Ihm war nach einer Quarantäne zumute, nach ein paar Minuten Ungestörtsein.

Er ging zurück zum Museum und setzte sich dort ins Café, bestellte Koffeinfreien und holte sich die Zeitung her.

Er blätterte von hinten nach vorne, wie er es seit seiner Kindheit, die Mutter nachahmend, praktizierte. Im Landesteil stieß er auf folgende Mitteilung:

Die Polizisten im Land sollen laut dem Vorsitzenden der CDU-Landtagsfraktion, Stefan Mappus, künftig länger als bis zum 60. Lebensjahr arbeiten. Bei stark belasteten Schichtarbeitern sei eine leichte Erhöhung auf 61 oder 62 Jahre denkbar. Wer weniger Schicht gearbeitet hat, kann länger im Dienst bleiben. Da sollte man in Richtung der normalen Pensionsgrenze von derzeit 65 gehen können.

Lott legte die Zeitung weg, kramte sein Handy aus der Tasche und rief Elli an.

Er brauchte jetzt ihren Zuspruch. Drei Jahre noch, und dann reicht's. Egal, was ein Herr Mappus auch immer für Flausen im Kopf hat. Nicht dass er seinen Beruf nicht mochte; er füllte ihn aus. Aber Lott spürte, dass er allmählich an seine Grenzen stieß. Mit den stets neuen Methoden hätte er sich ja noch anfreunden können, schließlich halfen die bei der Verbrecherjagd. Aber die immer perfideren Formen der Kriminalität, die oftmals von Organisationen ausgingen, die unbehelligt von Recht und Gesetz ihren Verbrechen nachgehen konnten, machten ihm zu schaffen.

Organisierte Kriminalität.

Er beneidete Kurfeß von der Inspektion für Wirtschaftsdelikte nicht. Kurfeß führte einen Kampf gegen Windmühlen. Bekam allenfalls ein Bauernopfer zugespielt, um ein Erfolgserlebnis vorweisen zu können. Einem Bankmanager aber, der sich diverser Fehlspekulationen schuldig gemacht hat, winkte nicht Knast, sondern eine millionenschwere Abfindung. Lott konnte verstehen, dass Kurfeß deshalb manchmal der Gaul durchging.

Lott nahm sich wieder die Zeitung vor. Aber die halbfremden Schicksale interessierten ihn nicht mehr. Nicht einmal mehr die Todesanzeigen, bei denen er erkennen musste, dass die Geburtsjahre der Verstorbenen immer näher dem seinen kamen.

Er legte die Zeitung zurück und bezahlte. Er dachte an Zita Meerbusch. Vielleicht hielt sie die Vorladung schon in ihren Händen. Er war drauf und dran, sie in die Mitte seiner Matrix zu setzen.

Im Neuen Bau wartete man auf ihn.

27

Es hatte gedauert, bis sie wusste, wer sie wirklich war. Eine Revolution war notwendig gewesen. Und ein Staat musste sterben, eine Diktatur, die nicht nur Helen, sondern auch ihre Eltern auf dem Gewissen hatte.

Dass die Meerbuschs nicht ihre Eltern waren, hatte Zita bereits an ihrem 18. Geburtstag erfahren. Es war damals ihr schönstes Geburtstagsgeschenk, und ihre Freude über die Nachricht, dass das Blut dieses widerlichen Mannes, der es nicht lassen konnte, sein ekliges Ding gewaltsam in sie zu stecken, nicht auch durch ihre Adern floss, war die Erleichterung pur.

Die Namen ihrer wirklichen Eltern verschwiegen sie ihr. Was ihr Vater, der nicht ihr Vater war, herausließ, war nur ein einziger Hinweis:

Du bist die Brut von Landesverrätern. Und deren Namen haben wir ausgelöscht.

Am 3. Oktober 1990, dem Tag der Wiedervereinigung, wurde der Rostocker Pfarrer Joachim Gauck zum Sonderbeauftragten der Bundesregierung für die Stasi-Unterlagen ernannt. Demonstranten hatten zuvor schon die Dienststellen des ehemaligen Ministeriums für Staatssicherheit der DDR besetzt und die Auflösung dieser Geheimpolizei erzwungen. Es galt, die Vernichtung von Akten zu stoppen. Bald sollte jeder das gesetzliche Recht auf Einsicht der Akten erhalten. Eine Akten-Straße, die von Ulm nach Stuttgart gereicht hätte, mit 1,7 Millionen Fotos, unzähligen Videos und Tonbändern aus den Abhörzentralen des Ministeriums für Sicherheit.

Als das Archiv öffentlich wurde, stellte Zita einen Antrag auf Einsicht in ihre Akte. Als dieser genehmigt wurde, fuhr sie nach Berlin. Dort fand sie Gewissheit über ihre Herkunft.

Der Vater, Thorsten Unfried, auf der Flucht von Genossen der Stasi erschossen. Die Mutter, Theresa Unfried, geborene Mellinghoff, in Bautzen an einer Lungenentzündung gestorben. Und sie selbst: Den Namen Zita durfte sie behalten. Ihre regimetreuen Pflegeeltern wurden die Meerbuschs. Adolf Meerbusch ein Stasi-Kommissar. Auch die Mutter, die nicht ihre Mutter war, im operativen Bereich tätig. Und Joachim, ihr Stiefbruder, war in ihren Spuren gewatet und hatte sie ausgetreten bis weit über die Grenzen demokratischer Legalität.

Das aber war nur der Anfang gewesen. Sie blieb eine Woche lang in Berlin. Was die Akten verschwiegen, konnte sie sich zusammenreimen. Am letzten Tag im Archiv stieß sie auf den Vorgang, der zum Tode ihres Vaters führte.

Nun kannte sie die Namen der Mörder!

Ich will ihnen begegnen! Ich will um das Ansehen meiner Eltern kämpfen.

Ich bin die Löwin. Ich trauere um meine Eltern, und ich trauere um meine Gefährtin. Ich bin die Löwin und kämpfe!

Ihre Nachforschungen gestalteten sich einfacher, als sie es vermutet hatte. Das Ergebnis: Einer der verantwortlichen höheren Offiziere, den Akten nach der Auftraggeber dieser Aktion, war bereits gestorben. Ein anderer lag ohne Gedächtnis in einem Ostberliner Pflegeheim. Nur einer lebte: der Vollstrecker Artur Schwinn.

Sie fuhr in den Westen zurück. Mit nur einem Gedanken: *Ich werde ihn töten. Wenn nicht heute, dann morgen, oder irgendwann.*

Schließlich muss ich beweisen, was der Vater, der nicht mein Vater war, sagte, was ich bin: *Ein ganz und gar missratenes Werk.*

28

Die Fahndung nach den beiden Ärzten Dr. Florian Petrolo und Dr. René Marquart entpuppte sich wider Erwarten als überzogene Maßnahme. Beide waren in den Abendstunden des kommenden Arbeitstages wieder nach Hause zurückgekehrt. Petrolo hatte mit Freunden eine Bergtour unternommen, Marquart hatte die Kinder, wie er sagte, und war mit ihnen übers Wochenende an den Bodensee, ins Ferienhaus seiner Eltern, gefahren. Und beide waren verwundert über ihre Festnahme, zeigten sich aber kooperativ und waren ohne Murren mitgekommen. Schließlich wussten sie, um was es bei der Sache ging: um Mord. Allerdings waren sie der Meinung, dass es immer noch um Edgar Schmitt ging. Oder taten zumindest so.

Nun saßen die beiden Ärzte bei Lina Bausch, die ihre Personalien aufnahm.

Anschließend wurde Dr. Petrolo ins Verhörzimmer geführt. Dort wartete Lott auf ihn, während Petra nebenan im Nebenraum den anderen Arzt ins Verhör nahm.

Florian Petrolo wirkte gelassen. Er ließ keinen Zweifel daran, dass er nichts zu verbergen hatte. Und er hatte Humor.

»Ich war in Österreich übers Wochenende«, begann er. »Sie kennen Österreich?«

Lott nickte.

»Aber wissen Sie auch, dass die Einwohnerzahl dieses Landes gerade mal ein Promille der Weltbevölkerung ausmacht? Damit ist jeder tausendste Mensch Österreicher. Die

Wahrscheinlichkeit, dass wir über den Münsterplatz gehen und einem Österreicher begegnen, ist nach der Wahrscheinlichkeitsrechnung also eher begrenzt.«

Lott lächelte. Er dachte daran, dass der Arzt soeben die Kontaktphase perfekt gestaltet hatte. Petrolo hatte sie genutzt, um Gesprächsbereitschaft zu erzeugen. Mit der nötigen Lockerheit, auf Plattheiten verzichtend, hatte er Lotts Vertrauen gewonnen. Eigentlich hätte es andersherum gehen müssen, aber es funktionierte gewiss auch so. Dennoch zog es Lott vor, das Verhör jetzt selbst in die Hand zu nehmen.

»Herr Dr. Petrolo, es geht nicht um den Mord an Edgar Schmitt, es geht um Elke Quast.«

»Ist die etwa auch ermordet worden?«

»Wann haben Sie Frau Quast zum letzten Mal gesehen, und in welchem gesundheitlichen Zustand war sie da?«

»Sie war in keinem guten Zustand. Zunächst einmal heftig kontaminiert, wie unser Dr. Bluhm das bereits diagnostiziert hatte, aber auch Blutdruck, Puls, selbst die Zuckerwerte waren drastisch in die Höhe gestiegen. Und nervlich war Frau Quast ohnehin schon am Limit. Die Sache mit Schmitt muss ihr ziemlich zugesetzt haben.«

»Sie haben die Patientin an Dr. Marquart weitergegeben?«

»Ich musste früher gehen. Meine Kameraden, mit denen ich die Bergtour unternommen habe, haben auf meine Pünktlichkeit gezählt. Und da ist der René, obwohl er auch ein freies Wochenende vor sich hatte, ein paar Stunden für mich eingesprungen und hat auch die Frau Quast übernommen.«

»Hatten Sie hinterher noch einmal Kontakt mit Dr. Marquart? Hat er Sie vielleicht angerufen, um Sie auf dem Laufenden zu halten, was Frau Quasts Zustand betraf?«

»Ich hatte mein Handy nicht einmal eingeschaltet. Verstehen Sie mich nicht falsch, ich liebe meinen Beruf. Aber ich liebe ihn auch deshalb, weil ich ihn zwischendurch einmal für zwei, drei Tage in die Ecke stelle und nichts von Krankheiten und Patienten wissen will, besonders wenn ich beim Bergwandern bin.«

Lott nickte. Diese Aussage konnte er nachvollziehen. Auch er war froh, wenn er einmal ein paar Tage von seinem kriminalistischen Dasein befreit war und mit nichts konfrontiert wurde, was in irgendeiner Form mit Verbrechen zu tun hatte.

»Herr Dr. Petrolo, Frau Quast wurde mit einem Narkosemittel, das ihr intravenös verabreicht wurde, getötet. Wer hatte außer Ihnen und Dr. Marquart noch Zutritt zu Elke Quast gehabt?«

»Frau Quast lag isoliert, aber jede Stationsschwester und jeder Arzt auf der Station hatte natürlich Zutritt. Das gilt für die Ärzte Dr. Ludwig und Dr. Bluhm, aber auch für die anderen Kollegen und selbstverständlich auch für das Pflegepersonal.«

»Könnten Klinikfremde bis zu Frau Quast vordringen?«

»Es ist so ein Betrieb bei uns, dass wir beim besten Willen den Besucherverkehr nicht permanent überwachen können.«

»Aber nicht jeder hat ein Narkosemittel im Ärmel und kann es intravenös spritzen«, erwiderte Lott.

»Sie suchen also den Täter unter uns Medizinern?«

»Es ist zumindest die erste Reihe der Verdächtigen. Aber wir suchen zunächst einmal nach einem Motiv. Wer könnte ein Interesse haben, Frau Quast wie auch Herrn Schmitt zu beseitigen?«

»Sie glauben, die beiden Morde hängen miteinander zusammen?«, fragte Dr. Petrolo unschuldig oder naiv.

»Alles andere wäre ein Zufall, an den ich nicht glaube.«

»Also, mir fehlt jedes Motiv, es sei denn, mir läge daran, die Menschheit Stück für Stück auf ein erträgliches Mindestmaß zurückzustufen, aber dann hätte ich nicht mit Frau Quast, sondern mit diesem Mirko Melcher begonnen, der mit seinen scheußlichen Plastiken, die den Löwenmenschen darstellen sollen, die ganze Stadt verschandelt.«

Lott horchte auf.

»Sind Sie in der Sache engagiert?«, fragte er.

»Dazu fehlt mir die Zeit. Aber meine Unterschrift und meine Unterstützung hat diese IG Löwenmensch, die sich gegen diese oberflächliche Zurschaustellung und Kommerzialisierung der eiszeitlichen Löwenmensch-Skulptur wendet. Ich habe die Anzeige *Kulturerbe! Löwenmensch* mitfinanziert. Es geht auch mir darum, öffentlich Sensibilität für ein besonderes Kulturerbe zu wecken. Dies schafft man nicht mit kultureller Respektlosigkeit, sondern nur, wenn man einem urzeitlichen Kunstwerk seine Botschaft, Ausdruckskraft und historische Bedeutung lässt. Ich bin ein Mitstreiter der Zita Meerbusch, die man abfällig als *Löwenmenschle* beschimpft. Aber mit ihr trete ich für einen angemessenen, respektvollen Umgang mit diesem Kunstwerk ein. *Die Würde des Löwenmenschen ist unantastbar.*«

Dr. Petrolo zeigte sich jetzt aufgebracht und war gar nicht mehr humorvoll. Was Zita Meerbusch betraf und den Löwenmenschen, schien ihm der Sinn für Humor abhandengekommen zu sein.

»Sie kennen also Zita Meerbusch?«, hakte Lott nach.

»Natürlich kenne ich sie!«

»Wann haben Sie Frau Meerbusch zum letzten Mal gesehen?«

Petrolo musste einen Augenblick lang nachdenken, dann schien es ihm einzufallen. »Das war im Institut«, sagte er, »am Tag, als Herr Schmitt ermordet wurde.«

29

Mirko Melcher schaute verwundert auf den Telefonhörer, den er soeben auf das Ladegerät zurückgelegt hatte. Kopfschüttelnd ging er in seinem Büro auf und ab.

Ist Zita nun vollkommen durchgeknallt?

Warum hätte ich in Griechenland bleiben sollen? Die Hektik hat sich doch gelegt. Es gibt andere Themen. Außer der IG Löwenmensch interessiert sich kein Mensch mehr für meine Plastiken. Einige werden aufgestellt, andere folgen noch, und irgendwann, in nicht allzu weiter Ferne, werden sie wieder aus dem Stadtbild verschwinden und kein Hahn wird mehr nach ihnen krähen.

Du bist dennoch in Gefahr. Manchmal begehen die einen Mord, nur um die Ermittlung in eine falsche Richtung zu lenken und um die Spur eines anderen Verbrechens zu verwischen.

War das nicht ein wenig weit hergeholt? Welches Spiel spielte diese Frau denn mit ihm? In der Öffentlichkeit mimte sie seine Todfeindin. Und dann war sie wieder die Freundin, die ihn beschützte und ihm das Leben rettete.

Allmählich hatte er es satt.

Mirko Melchers Computer meldete sich. Er hatte Post.

Der Aktionskünstler setzte sich an seinen Schreibtisch und öffnete die E-Mails.

Mehrere Spams waren angezeigt, die er ungelesen weglöschte, und eine E-Mail von Anthimos. Die öffnete er und las:

Lieber Mirko,
kaum dass Du weg warst, ist mein Vater gestorben. Ich habe es erst gemerkt, als der Hund plötzlich nicht mehr da war. Vaters Hund, der keinen Namen hatte, war die ganzen Wochen über neben dem Krankenlager gelegen und hatte bei ihm gewacht, obwohl sich mein Vater überhaupt nichts aus dem Hund gemacht hat. Die wenigsten Griechen haben ein vertrautes Verhältnis zu ihren Haustieren, so wie du es von Deutschland her kennst. Haustiere sind einfach da, wie Bäume im Garten stehen oder der Mond am Himmel. Man nimmt sie zur Kenntnis. Mehr nicht. So war das eine recht einseitige Angelegenheit. Der Hund ist nicht von der Seite meines Vaters gewichen, als müsste er Tag und Nacht darü-

ber wachen, dass der Tod ihn nicht holt. Manchmal habe ich den Hund zum Gassigehen in den Garten getragen. Mein Vater muss in den frühen Morgenstunden, in denen ich selbst ein wenig Schlaf gefunden hatte, gestorben sein. Als ich ihn fand, war der Hund weg. Es hat zwei Stunden gedauert, bis der Arzt kam und den Totenschein ausgestellt hat. Gegen Abend kam ein Wagen des Beerdigungsinstituts und hat die Leiche meines Vaters mitgenommen. In vierzig Tagen wird er bestattet werden. So ist es hier Brauch. Die halbe Nacht über habe ich nach dem Hund gesucht und ihn nicht gefunden. Am nächsten Morgen habe ich die Suche fortgesetzt. Der Hund lag, etwa drei Kilometer weit weg, tot am Fuße einer Felswand. Er hatte keine sichtbare Verletzung, hat sich dort wohl einfach hingelegt, um zu sterben, weil er jetzt keine Aufgabe mehr hatte. Ich habe ihn mitgenommen und im Garten begraben. Meine Schwester hat sich gemeldet, sie kommt zur Beerdigung. Sie wird das Haus erben. Ich weiß nicht, was werden wird.

Es grüßt Dich Dein
in Trauer verhafteter Anthimos

Melcher las die Zeilen ein paar Mal, dann wollte er antworten. Aber er wusste nicht, was er schreiben sollte. Jede Formulierung schien ihm entweder zu gestelzt oder zu platt. Er würde ihm später schreiben. Erst musste er seine Gedanken ordnen, ein wenig aufräumen in seinem Gehirn.

Um sich abzulenken, widmete er seine Aufmerksamkeit den Alu-Tafeln, auf denen die Skulpturen mit Nummer, Titel und Pate vermerkt waren. Er las noch einmal die Nummer 2 – Sigrid Steiner, Joseph Beuys trifft den Löwenmenschen. Und änderte, wie mit Sigrid abgesprochen, den Titel in Joseph B. trifft den Löwenmenschen. Geplanter Standort dafür: das Stadthaus. Er dachte an seine Zweifel, ob der Titel bei der Verwertungsgesellschaft Bild-Kunst so durchgehen würde, und fand diese Problematik plötzlich furchtbar lächerlich. Er hatte andere Sorgen.

Vielleicht war es ratsam, Zita zurückzurufen. Er ging zum Telefon und wählte ihre Nummer. Aber sie nahm nicht ab. Er überlegte, die Polizei einzuweihen, verwarf aber den Gedanken im nächsten Augenblick wieder. Alles war doch zu verwirrend und irgendwie unsinnig, als dass sich ein Polizist darin auskennen und sich nicht im Wirrwarr dieser Verstrickungen verheddern würde.

Er ging noch einmal die Alu-Tafeln durch, aber ihm fehlte die Konzentration, um ernsthaft damit zu arbeiten.

Sollte Zita Recht haben, und er war wirklich in Gefahr, wohin sollte er gehen?

Wo war er sicher vor dem Attentat eines eiskalten Vollstreckers, für dessen Auftraggeber er nur ein Bauernopfer war?

Er ging zum Fenster und schaute hinaus. Er schaute über den Judenhof, und seine Augen tasteten dabei jedes Autofenster der dort parkenden Fahrzeuge ab. Aber da war niemand. Dann schaute er in die Fenster der gegenüberliegenden Häuser. Plötzlich glaubte er, dass aus einem dieser Fenster der Lauf eines Gewehrs auf ihn gerichtet sei. Im nächsten Moment warf er sich auf den Boden, in Erwartung eines Schusses aus einer tödlichen Waffe. Er presste sein Gesicht auf den Boden. Aber es blieb ruhig und sein Fenster unversehrt. Langsam kam Mirko auf die Knie. Er schielte noch einmal vorsichtig in die Richtung, in der er den Gewehrlauf gesichtet hatte. Aber da war nichts mehr.

Ich habe mir das alles nur eingebildet.

Er stand jetzt mitten im Zimmer. Vielleicht wäre es doch gut, jemanden anzurufen. Anthimos vielleicht, oder Egmont, seinen Buchhändler. Er spürte das Bedürfnis, mit jemandem zu reden. Das Telefon lag auf der Station. Während er die drei Schritte ging, die ihn noch von seinem Telefon trennten, schaute er wieder zu dem Fenster, hinter dem er den Schützen vermutet hatte. Der Vorhang dort bewegte sich. Dahinter glaubte er eine Gestalt zu erkennen, und er wusste in diesem Augenblick mit absoluter Sicherheit, dass diese Gestalt eine Waffe auf ihn gerichtet hielt: der schwarze

Lauf eines Gewehres. Instinktiv warf sich Mirko wieder zu Boden. Doch diesmal war der Schütze schneller. Der Schuss machte keinen Lärm. Nur die Fensterscheibe, die klirrend zersplitterte, verursachte ein Geräusch, das verzerrt und daher unwirklich bei ihm ankam. Gleichzeitig spürte er einen heftigen Schmerz irgendwo zwischen Herz und Schulter. Da wurde es Nacht um ihn, und ihm war dann, als tauschte er diesen Schmerz gegen den Zustand wohliger Wärme ein.

30

Das Göppinger Kleeblatt hatte mit einigen Kollegen Schwinns Wohnung in Leinfelden-Echterdingen durchsucht. Neben weiteren Waffen fanden sie Munition sowie einen Koffer mit Verkleidungsutensilien, wie man sie im Fundus einer Kleinkunstbühne hätte vermuten können. Schwinn besaß zudem eine kleine Bibliothek, bei der es sich in der Mehrzahl um paläontologische und archäologische Schriften handelte, deren Autoren sich mit der Vorzeit auf der Schwäbischen Alb beschäftigt hatten. Eines der Bücher hatte auf Schwinns Nachttisch gelegen.

Dr. Oskar Paret, Vom Alltag schwäbischer Vorzeit. Der Schutzumschlag zeigte Frauen in einer Höhle, in die gerade ein Mann und ein Knabe mit ihrer Jagdbeute heimkehrten. Das Buch war im Herbst 1933 im Stuttgarter Verlag Silberburg erschienen und hatte einst 12 Reichsmark gekostet. Gewidmet war es der schwäbischen Jugend.

Lott saß im Besprechungszimmer und blätterte darin, während die Göppinger ihm die Liste sämtlicher Asservate aus Schwinns Wohnung reichten.

»Hinweise auf etwaige Auftraggeber haben wir nicht gefunden«, sagte einer der Göppinger. »Überhaupt gab es ganz wenig Schriftliches.«

»Bis auf die Bücher«, sagte Lott, der noch immer amüsiert in dem Jugendbuch blätterte, auf dessen aufgeschlagener Seite gerade ein Mammut in eine Falle gelockt wurde.

»Aber eines gab es doch, was uns gewiss Rätsel aufgeben wird«, sagte der zweite des Kleeblattes, während der dritte es herausrückte und Lott auf den Tisch legte.

Unser Tracer ist mit einem winzigen Raumschiff zu vergleichen, das wir in die Blutbahn eines Menschen schicken. Es wird dort andocken, wo die Wirkung am schnellsten und intensivsten einsetzt. Leber, Lunge und Bauchspeicheldrüse sind dabei unsere FAVORITEN. Das letzte Wort war großgeschrieben.

Lott las das Geschriebene ein paarmal durch, ehe er es an Kammerzelt weiterreichte.

»Soviel ich weiß, verwendet man diese sogenannten Tracer in der Nuklearmedizin«, äußerte sich Kammerzelt dazu. »Auch in Ulm wird mit diesen Tracern gearbeitet. Ich habe das erst kürzlich gelesen. In dem Artikel wurden sie ebenfalls mit winzigen Raumschiffen verglichen, mit denen man im Körper nach krankem Gewebe sucht, um es gleichzeitig medizinisch zu versorgen.«

Lott war sprachlos. Mit offenem Mund saß er da und konnte nicht glauben, was Kammerzelt da sagte. Diese Verbrecher nutzten also den medizinischen Fortschritt für ihre perfiden Absichten. Ihm war klar, welche innovativen Möglichkeiten Schwinns Auftraggeber vorschwebten.

»Wäre Schwinn da nicht überfordert gewesen?«, fragte Ilona in die Runde.

»Gut möglich«, stimmte Lott zu. »Es passt auch nicht zu ihm. Einerseits träumt er von der Steinzeit, zumindest scheint das sein Hobby gewesen zu sein, andererseits soll er neue Methoden bei der Erledigung seiner Aufträge anwenden.«

»So oder so, er wird sie nicht mehr anwenden, ob er nun will oder nicht«, meinte Ilona sarkastisch.

Mit dieser Aussage lehnte sie sich zurück und holte die Aufzeichnungen ihrer Nachforschungen hervor.

»Ich habe den Ramschverkäufer ausfindig machen können«, begann sie. »Er hat sich wohl an den Scherzartikel, wie er es nannte, erinnern können, nicht aber an seine Kunden. Mehr als drei, vier Stück auf einmal hat er nicht verkauft. Die Namen der Kunden hat er sich dadurch freilich nicht gemerkt. Wenn da einer gleich den ganzen Posten übernommen hätte – aber so? Die Atombehälter können wir getrost als Sackgasse abhaken.«

»Nicht so voreilig«, bremste Lott. »Jemand hat diese Attrappen verschenkt. Aus gutem Grund, glaube ich. Es muss eine Art Willkommensgruß gewesen sein. Schwinns Job war, ganz nach Auftragslage, zu morden. Das sollte auch so bleiben, nur die Methoden sollten sich ändern.«

»Und Edgar Schmitt hat die nuklearen Substanzen hergeschafft?«, mutmaßte Lohner.

Eine Minute herrschte Schweigen, dann übernahm Petra Mai.

»Entweder ist Dr. Marquart ein ganz ausgezeichneter Schauspieler oder eine grundehrliche Haut. Der hat richtig mitgefiebert, was die Ermittlung betrifft, und am liebsten hätte er eigene Ermittlungsschritte in die Wege geleitet. Er fand es geradezu spannend, dass nach Edgar Schmitt nun auch Elke Quast ermordet wurde.«

Lott musste lachen. Er erinnerte sich daran, wie Marquart den Fund der Leiche von Edgar Schmitt kommentiert hatte, ganz so, als wäre er damit schon zum Ermittler avanciert.

»Für Dr. Petrolo legt er übrigens seine Hand ins Feuer. Für die übrigen Ärzte weniger. Er wolle ja nicht schlecht über Kollegen und Kolleginnen reden. Das Wort Kolleginnen hat er dabei besonders betont.«

»Hat er Namen genannt?«

»Einmal hat er den Namen Dr. Bluhm erwähnt. Im nächsten Moment hat er aber einen Rückzieher gemacht. Ist ein feiner Kerl, der Bluhm, hat er sich korrigiert, aber weil er den nuklearen Methoden medizinischer Behandlungsmöglichkeiten am nächsten steht, müsse ihn das ja zwangsläufig verdächtig machen. Dann hat er sich gleich wieder korrigiert und gesagt, passt auf: Aber das muss ihn nicht verdächtig machen, im Gegenteil, das kann ihn auch entlasten, so Dr. Marquart. Marquarts Alibi ist im Übrigen astrein.«

»Dann nehmen wir ihn doch in unsere Soko auf«, grinste Ilona.

Lott bremste Ilonas eventuelle weitere Vorschläge und stellte das Protokoll seines mit Dr. Petrolo geführten Verhörs dem »verantwortlichen Sachbearbeiter« zur Verfügung.

»Das Einzige, was mich bei dem Verhör mit Dr. Petrolo aufhorchen ließ, war die Tatsache, dass er am Tag des Mordes an Schmitt Zita Meerbusch in der Klinik über den Weg gelaufen ist.«

»Hat er sie gekannt?«, fragte Petra dazwischen.

»Er ist ein Anhänger ihrer These, dass der Löwenmensch weiblichen Geschlechts ist, und er ist Meerbuschs Mitstreiter gegen die Melcher-Plastiken.«

Plötzlich hielt Lott inne. »Hatten wir Frau Meerbusch nicht vorgeladen?«

»Doch«, bestätigte Kammerzelt, »aber sie ist hier nicht erschienen.«

»Dann werden wir es dringlich machen müssen«, entschied Lott und sagte: »Ich werde sie herholen.«

»Unsere Leute haben sie in ihrer Wohnung nicht angetroffen«, teilte Kammerzelt mit. »Soll ich sie zur Fahndung ausschreiben?«

»Warte noch«, antwortete Lott und griff zum Haustelefon, dessen schriller Ton in die Dienstbesprechung geplatzt war. Er hatte kein gutes Gefühl. Und sein Gefühl hatte ihn nicht getäuscht. Er hörte sich die Nachricht an und gab sie an die Kollegen weiter: »Die Notrufzentrale. Auf Mirko Melcher ist ein Anschlag verübt worden.«

»Tot?«, fragte Ilona vorsichtig nach.

»Zum Glück nicht«, antwortete Lott. »Sie haben ihn ins Bundeswehrkrankenhaus gebracht.«

»Er muss rund um die Uhr dort bewacht werden«, ordnete Kammerzelt an.

Lott vergrub sein Gesicht einen Moment lang in seinen Händen. Er wollte es nicht wahrhaben, aber so, wie die Dinge lagen, ließ diese Nachricht nur einen Schluss zu: Schwinns geplantes Attentat hatte wohl Mirko Melcher gegolten.

* * *

»Zita Meerbusch wohnt in der Pfluggasse«, sagte Lott, mehr zu sich selber als zu der Kollegin Petra Mai, die neben ihm den Münsterplatz überquerte.

Er ging in einem Tempo, das er seiner Hüfte eigentlich nicht zumuten durfte. Doch die Unruhe, die ihn seit der letzten Nachricht umtrieb, setzte so viel Adrenalin frei, dass das alle etwaigen Schmerzen verdrängte.

Die Haustür stand offen. Lott stürmte die Treppe zum ersten Stock hoch. Dort klingelte er. Er hörte drinnen Schritte. Also war jemand da. Er klingelte noch einmal, aber jetzt drang kein Laut mehr aus der Wohnung.

»Öffnen Sie bitte!« Petra drängte an Lott vorbei.

»Frau Meerbusch, machen Sie bitte auf. Wir wissen, dass Sie da drin sind.«

Lott presste ein Ohr an die Wohnungstür. Ihm war, als hielte da drinnen jemand die Luft an, damit ja kein Geräusch nach außen dringen konnte.

»Frau Meerbusch, hier ist die Polizei«, rief er jetzt, »wir müssen Sie bitten, die Tür zu öffnen, sonst müssen wir es mit Gewalt tun.«

Wieder horchte er. Jetzt nahm er Geräusche war. Ein Seufzen. Ein Schluchzen. Ein kleiner, unterdrückter Schmerzensschrei. Und Schritte jetzt, die sich auf die Tür zubewegten. Im nächsten Augenblick hörte Lott, wie der Schlüssel gedreht und dann die Türklinke heruntergedrückt wurde. Und sah, durch den Türspalt hindurch, das Gesicht einer jungen Frau.

Petra drängte sich vor, während die junge Frau zurück in die Wohnung wankte und sich in den roten Sessel, der mitten im Raum stand, fallen ließ.

Jetzt heulte sie richtig los. Dabei starrte sie zur Tür. Und ihre Tränen kullerten über ihr bereits rotgeweintes Gesicht.

Diese Frau ist misshandelt worden.

Bei näherer Betrachtung war das unschwer zu erkennen. Blaue Flecke an den Oberarmen und den Handgelenken. Spuren einer schmerzhaften Fesselung. Das rechte Auge war geschwollen, und die Nase hatte bis vor kurzem noch geblutet.

»Was ist passiert?«, fragte Petra behutsam und streichelte dabei den Arm der jungen Frau.

»Die Herrin«, schluchzte die junge Frau und hielt sich dabei an Petra fest.

»Wo ist Frau Meerbusch?«, fragte Lott eindringlich.

»Ich weiß es doch nicht.«

»Und wer sind Sie?«

»Luna.«

»Wohnen Sie hier?«, fragte Petra.

Luna nickte.

»Zusammen mit Frau Meerbusch?«

»Ja.«

»Was ist passiert?«, fragte Lott, der jetzt übernahm.

Aber Luna sagte nichts. Heulte von neuem los. Warf den Kopf zurück. Dabei öffnete sich ihre Bluse, und Lott und Petra erkannten die Brandspuren am Ansatz ihrer Brüste, zweifelsfrei Spuren einer perfiden Folter.

»Bitte, was ist geschehen?«, fragte Petra und streichelte dabei Lunas Hand.

»War das Frau Meerbusch? Hat Zita Sie so zugerichtet?«

»Ich weiß nicht, wo sie ist«, stammelte Luna, dann wurde sie ohnmächtig.

»Schnell, ruf die Rettung!«, forderte Petra, die Luna nun fest im Arm hielt.

Lott telefonierte. Wenige Minuten später hielt ein Rettungswagen in der engen Pfluggasse und versperrte allen anderen Fahrzeugen den Weg.

»Sie muss in die Klink«, wies Lott die Rettungskräfte an, die sie bereits auf der Trage hatten. »Sie hat einen schweren Schock erlitten.«

»Wir bringen sie zur Notaufnahme der Uniklinik«, teilte der Sanitäter mit.

Inzwischen war auch der Notarzt eingetroffen, der eine Erstversorgung im Rettungswagen an der Patientin vornahm, ihr eine kreislaufstabilisierende Spritze gab und einen peripheren Zugang legte.

Nachdem Petra und Lott allein in Meerbuschs Wohnung waren, rief Lott im Neuen Bau an und zitierte die Spurensicherung her.

»Was hoffst du denn zu finden?«, fragte Petra.

»Irgendetwas stimmt hier nicht«, antwortete Lott.

Petra, die inzwischen ins Schlafzimmer vorgedrungen war, zeigte auf das SM-Spielzeug, das auf dem Bett lag: eine Peitsche, eine Reitgerte, Klebeband und ein Dildo aus blauem Gummi.

»Das Löwenmenschle scheint ganz spezielle Vorlieben zu haben«, amüsierte sich Petra.

Lott sagte nichts. Das passte alles nicht zusammen. Er hörte Schritte im Hausflur. Es war Lohner, der mit drei Leuten anrückte.

»Sucht nach Fingerabdrücken, auch nach genetischen Spuren. Es muss noch jemand anderes hier gewesen sein. Das war nicht allein Zita Meerbusch.«

»Was soll das?«, widersprach Petra. »Natürlich war das die Meerbusch. Und zwar ganz allein. Sie hat bei ihren Spielchen lediglich die Kontrolle verloren. Und ist jetzt auf und davon.«

»Zita Meerbusch ist keine Frau, die andere Frauen foltert, und keine Frau, die so schnell die Kontrolle verliert. Wenn jemand die Kontrolle verloren hat, dann ihre Widersacher.«

»Du siehst Gespenster, Lott!«

»Lass uns zurückgehen. Vielleicht hat ja die Fahndung schon was vorzuweisen.« Damit ging er, Petra im Schlepptau, die Treppe abwärts und blieb erst stehen, als sie schon am Ende der Pfluggasse angelangt waren.

Er drehte sich zu Petra um und sagte: »›Ich weiß nicht, wo Zita ist.‹ Was wollte Luna uns damit sagen? Gewiss nicht, dass Zita sie misshandelt hat, sondern dass jemand Zitas Aufenthaltsort aus ihr herauspressen wollte!«

Mit raschen Schritten überquerten die beiden Kriminalbeamten den Münsterplatz, der jetzt von mehreren Reisegruppen bevölkert war, die eine Stadtführung gebucht hatten. Lott erkannte unter ihnen Uwe Schwegler, seinen früheren Kollegen vom Wirtschaftsdezernat, der für eine der Gruppen Ulms Sehenswürdigkeiten kommentierte. Sie winkten sich kurz zu. Lott dachte an ihre gemeinsamen Ermittlungen zurück.

War früher nicht alles einfacher gewesen?

Mit diesem Gedanken schwang ein Stück Wehmut mit. *Daran merke ich, dass ich alt werde.* Er beobachtete jetzt eine japanische Reisegruppe, die ohne Unterlass alles fotografierte, was sich ihr in den Weg stellte. Das Münster vor allem, in seinem ganzen Ausmaß, mit immer neuen Statisten, die vor ihm posierten.

Verstanden die Japaner es, ihr Leben so in lückenloser Dokumentation festzuhalten? Lott dachte an Japans Haiku-Dichter, die einem mit maximal siebzehn Silben die Welt erklären konnten. Und dann dachte er an Elli.

31

Kammerzelt, der als verantwortlicher Sachbearbeiter über alle Detailkenntnisse verfügte und dafür verantwortlich war, alle auf den gleichen Wissensstand der laufenden Ermittlung zu bringen, empfing den Sokoleiter mit einer Nachricht, der Lott zunächst keine Bedeutung beimaß.

Kurfeß hatte bei seiner Recherche über finanzielle Auffälligkeiten der Uni-Mitarbeiter herausgefunden, dass Strahlenschutzarzt Dr. Bluhm ungewöhnliche Bewegungen auf seinem Konto hatte.

Kurfeß hatte es einige Mühe gekostet, Staatsanwalt Mollenkopf davon zu überzeugen, dass eine Konteneinsicht für den Erfolg der Ermittlung unabdingbar sei, denn dadurch könnte einer der Verdächtigen zum Hauptverdächtigen avancieren.

Kammerzelts perfekt gestalteter Ermittlungsplan gab ihm dabei Rückendeckung.

Trotz eines ordentlichen Gehalts als Strahlenschutzarzt war Bluhm im Dezember letzten Jahres durch ungewöhnliche Belastungen in die roten Zahlen gerutscht. Und das, obwohl er ein paar Monate zuvor eine Erbschaft mit mehr als einer halben Million Euro angetreten hatte. Mit diesem Geld hatte er spekuliert und zunächst so gut wie alles verloren, so dass selbst die Erbschaftsteuer für ihn zum Problem geworden war. Um die Verluste wettzumachen, hatte er wohl weiter spekuliert und dafür Kredite in Anspruch genommen. Von da an wurde die Sache unübersichtlich. Kurz vor dem Kollaps beruhigten sich Bluhms Finanzen nämlich plötzlich. Seinen Kontobewegungen zufolge hatte sich Bluhm einem Anlageberater anvertraut, der nun die Geschäfte in die Hand nahm. Tatsächlich gingen von diesem nun laufend Zahlungen ein, die Bluhms Konto aus den roten Zahlen führten, so dass sein laufendes Girokonto derzeit ein Guthaben von knapp zehntausend Euro aufwies. Kurfeß vermutete allerdings, dass da noch andere Konten eine Rolle spielten.

»Wie kommt er darauf?«, fragte Lott.

»Einige Geldeingänge kamen aus Liechtenstein. Eine Firma, die sich Soedest nennt und für Finanzanlagen zeichnet. Aber die konnte er ebenso wenig ausfindig machen wie den Anlageberater selbst.«

»Kurfeß soll das alles bei der nächsten Dienstbesprechung erläutern«, unterbrach Lott, der ungeduldig auf die Uhr schaute.

»Was ist los?«, fragte Kammerzelt.

»Die Meerbusch ist spurlos verschwunden. Hat die Fahndung was gebracht?«

»Bisher nicht«, antwortete der Mann vom BKA, »und es gibt auch nichts Neues in Sachen Mirko Melcher. Er ist noch immer ohne Bewusstsein.«

Lott erzählte in wenigen Sätzen, was er und die Kollegin Mai in der Wohnung von Zita Meerbusch vorgefunden und erlebt hatten.

»Einen detaillierten Bericht bekommst du von Petra«, versprach Lott. »Ich muss zur Klinik hoch, nach Frau Luna schauen.« Bei dem Namen Luna konnte er ein verschämtes Grinsen nicht verhehlen.

»Was machen wir mit Bluhm?«, fragte Kammerzelt ungerührt.

»Wir müssen ihn vorladen. Kurfeß soll ihn in die Zange nehmen. Es ist zwar nicht ungewöhnlich, dass Leute ihr Geld auf dem Aktienmarkt verlieren und dann wieder gewinnen. Aber irgendwie hat die Sache ein Gschmäckle, wie unser Brauchle gesagt hätte.«

Kammerzelt nickte. Er würde das in die Hand nehmen.

»Ruf mich gleich an, wenn es etwas Neues von der Meerbusch oder von Melcher gibt«, bat Lott, schon an der Tür, grüßte und ging.

Petra wartete bereits. Sie übernahm das Fahren. Als sie in die Neue Straße einbog, meldete der Polizeifunk einen Unfall auf der B10, kurz vor der Ausfahrt zur Wissenschaftsstadt. Petra reagierte und nahm den Weg über die Heilmeyersteige. Auf dem Parkplatz gegenüber der Inneren fand sie eine Lücke.

Lott orientierte sich wieder an Niki de Saint Phalles Plastik *Der Dichter und seine Muse.* Ohne die, so fürchtete er, würde er sich immer wieder in diesem Wirrwarr der sich ähnelnden Gebäude, der Parkwege, selbst der Hinweisschilder, deren Aufgabe es schien, die Besucher in die Irre zu leiten, verlaufen.

Petra holte sich an der Pforte die gewünschte Auskunft. Luna lag auf Zimmer 109 im ersten Stock, rechte Flurseite. Vorsichtig drückte Petra die Türklinke. Luna schlief. Sie lag allein in dem Zimmer. Das zweite Bett war nicht belegt. Kaum dass sie im Zimmer standen, kam eine Krankenschwester dazu.

»Sie sollten sie schlafen lassen«, herrschte sie die beiden an.

»Wir würden gerne mit dem behandelnden Arzt sprechen«, antwortete Petra ebenso barsch.

»Das ist Frau Dr. Endewald. Kommen Sie bitte mit.«

Lott und Petra folgten ihr über den Flur. In einem Besprechungszimmer sollten sie auf die Ärztin warten. Nach ein paar Minuten kam sie, grüßte freundlich und kam gleich zur Sache.

»Wir mussten ihr etwas stärkere Beruhigungsmittel geben. Jetzt schläft sie. Ihr Zustand ist aber nach wie vor sehr kritisch. Die Untersuchung hat ergeben, dass sie auf sehr brutale Art und Weise gefoltert wurde. Wir konnten Hämatome an Armen, Beinen und an der rechten Schulter feststellen. Die Schwellungen im Gesicht lassen vermuten, dass sie auch dort geschlagen wurde. Hinzu kommen Brandverletzungen, wohl durch eine brennende Zigarette verursacht.«

»Hat sie noch irgendetwas gesagt?«, wollte Lott wissen.

»Es war immer derselbe Satz: Ich weiß nicht, wo Zita ist! Das hat sie immer wieder geschrien. Sonst nichts.«

»Wird sie psychologisch betreut?«, fragte Petra.

»Was denken Sie? Natürlich wird sie das. Ein Schock, wie Frau Wirsching ihn erlitten hat, bleibt meist nicht ohne bleibende Schäden.«

»Frau Wirsching?«, hakte Petra nach.

»Iris Wirsching, so heißt sie, laut Krankenkarte. Stimmt was nicht?«

»Doch, doch. Sie hat sich uns nur unter dem Namen Luna vorgestellt.«

»Und wer ist Zita?«

»Wohl ihre derzeitige Lebensgefährtin«, erklärte Petra. »Und wie wir annehmen, hatte sie zu Luna ein, sagen wir, etwas bizarres Liebesverhältnis.«

»Wie kommen Sie darauf?«

»Wir haben sadomasochistisches Spielzeug in ihrer Wohnung gefunden.«

Traurig lächelnd schaute die Ärztin jetzt Petra Mai an und lachte dann bitter auf.

»Ist was?«, fragte Lott, verwundert über die Reaktion der Ärztin.

»Frau Luna, wie Sie Frau Wirsching nennen, ist vergewaltigt und missbraucht worden. Und das von einem Mann oder von mehreren Männern. Wir haben Sperma sowohl in ihrer Vagina wie auch in ihrem Mund gefunden.«

»Ich Idiot!« Petra sagte laut, was sie dachte, und Lott zugewandt gab sie zu: »Du hattest ganz recht, das war es, was Luna uns sagen wollte, mit ihrem *Ich weiß nicht, wo Zita ist*. Man hat sie gefoltert, um das aus ihr herauszupressen. Aber sie wusste es anscheinend wirklich nicht. Ich hab mich da wirklich von den äußeren Dingen blenden lassen.«

»Die Frage ist jetzt nur: Wer wurde auf die Fährte von Zita Meerbusch angesetzt? Und warum? Wir brauchen auf jeden Fall einen DNA-Abgleich. Ich wette, dass wir für die Spermaspuren vergleichbares Material in unseren Datenbanken führen«, folgerte Lott.

Plötzlich drang Lärm vom Flur her. Kurz darauf stürmte die Krankenschwester ins Besprechungszimmer.

»Kommen Sie schnell, Frau Wirsching ...!«

Ohne sie aussprechen zu lassen, rannte die Ärztin, gefolgt von den beiden Kriminalbeamten, auf den Flur und weiter ins Zimmer 109.

Luna lag auf dem Boden. Sie blutete aus Mund und Nase. Dr. Endewald kniete sich zu ihr und fühlte die Halsschlagader.

»Sie hat normalen Puls. Helfen Sie mir.«

Während Frau Endewald Luna unten an den Armen fasste, griff Petra Lunas Beine. Gemeinsam brachten sie Luna ins Bett zurück.

»Was ist passiert?«, fragte Lott die Ärztin. »Ein kurzzeitiger Wachzustand, der das Schockerlebnis vielleicht erneuert hat, eine Art Schock-Déjà-vu?«

»Frau Doktor, da waren zwei Männer«, rief die Schwester, die zurückgeeilt war und jetzt ihre Nachricht zu Ende bringen konnte. »Sie kamen aus dem Zimmer von Frau Wirsching und sind, als sie mich gesehen haben, den Flur entlang zum Fahrstuhl gerannt.«

Petra griff sofort nach ihrem Handy und rief im Neuen Bau an. Die Wache leitete das Gespräch an Kammerzelt weiter.

»Dominik, hier Petra. Du musst sofort eine Ringfahndung einleiten, rund um die Wissenschaftsstadt. Zwei Flüchtige, sie wollten Meerbuschs Lebensgefährtin töten. Die Details kriegst du später.«

Zu Lott gewandt, sagte sie: »Komm, vielleicht haben wir Glück.«

Während Petra schon Richtung Ausgang rannte, blieb Lott noch am Krankenbett und gab der Ärztin folgende Anweisung: »Sorgen Sie dafür, dass immer jemand bei Frau Wirsching ist. Ich werde Ihnen einen Beamten schicken, der vor dem Zimmer Wache hält.«

Damit folgte er, so schnell es seine Hüfte zuließ, der Kollegin Mai.

Die wartete am Eingang des Gebäudes, die Hand am Pistolenhalfter.

»Ich weiß nicht, wohin sie gelaufen sein können. Vermutlich durch den Wald, in Richtung Oberer Eselsberg. Genauso gut können sie aber auch die andere Richtung eingeschlagen haben. Möglicherweise haben sie ihren Wagen auch weiter weg geparkt. In der Nähe der Bibliothek. Von dort aus könnten sie über Blaustein geflohen sein.«

»Oder sie sind noch da«, warf Lott ein.

»Sie werden es nicht noch einmal versuchen«, widersprach Petra.

»Wie weit ist es bis zum Bundeswehrkrankenhaus?«

»Mit dem Wagen ein paar Minuten«, antwortete die Kollegin.

»Dann lass uns dahin fahren«, ordnete Lott an.

»Du meinst wegen Mirko Melcher?«

»Ich hab ein ungutes Gefühl, was ihn betrifft.«

Am *Dichter und seiner Muse* vorbei eilten sie zu ihrem Fahrzeug. Petra startete den Wagen, während Lott noch mit Einsteigen beschäftigt war. Sein rechtes Bein brauchte die Hilfe seiner Arme dazu.

»Warum haben sie Luna nicht gleich umgebracht?«, fragte Petra, während sie die Albert-Einstein-Allee entlangfuhr.

»Ich glaube, es sind Bauern«, sagte Lott.

»Wie bitte?«

»Sie haben einen zweiten Befehl bekommen, weil der erste Auftrag schiefgelaufen ist. Aber die beiden sind nicht wichtig. Es sind Bauern, die man opfern kann.«

* * *

Kammerzelt hatte eine Ringalarmfahndung in die Wege geleitet. Ringförmig um den Feststellungsort wurde damit ein Radius festgelegt, der über die Grenzen der Wissenschaftsstadt hinausging, mit Kontrollstellen an allen Zufahrtsstraßen und Wegen.

Lott und Petra Mai waren inzwischen im Bundeswehrkrankenhaus angelangt.

Dort war die Meldung über die beiden flüchtigen Personen bei den wachhabenden Beamten bereits eingegangen. Sie hatten vor dem Zimmer von Mirko Melcher aber keinerlei Auffälligkeiten wahrgenommen. Die Warnung hatte aber ihr Ziel nicht verfehlt. Sie kontrollierten jetzt noch misstrauischer jeden Besucher und jeden nur halbwegs auffälligen Mediziner, der nur in die Nähe von Melchers Krankenbett kam. Ihre Sinne waren geschärft. Jedem Geräusch gingen sie nach. Jeden Schatten verfolgten sie. Immer mit der Hand an der Waffe.

Lott und Petra hatten sich zu Mirko Melcher bringen lassen. Der war jedoch, nach Auskunft des behandelnden Arztes, noch immer nicht vernehmungsfähig. Geduld war angesagt. Andererseits konnte man nicht davon ausgehen, dass der Ideengeber der Löwenmensch-Plastiken viel zur Aufklärung des Attentat-Versuchs beitragen konnte. Der Schuss war aus gut fünfzig Meter Entfernung auf ihn abgegeben worden. Es sei denn, es hätte im Vorfeld Indizien für das Vorhaben gegeben, und Melcher hätte keine Zeit mehr gefunden, um sie weitergeben zu können.

Lott fühlte sich wie bestellt und nicht abgeholt. Er konnte weder mit Melcher noch mit Luna reden. Auch war es nicht sinnvoll, in die Fahndung einzugreifen. Man konnte da mehr kaputtmachen als helfen. Petra Mai ging es genauso.

Wir müssen mehr über Zita Meerbusch in Erfahrung bringen.

Lotts Gedanken schienen nonverbal bei Petra angekommen zu sein, denn sie sagte plötzlich: »Alle Spuren enden in irgendeiner Weise beim *Löwenmenschle*. Sie führt Krieg gegen Mirko Melcher, der jetzt Opfer eines Attentats geworden ist. Sie wollte sich mit Schwinn treffen, den sie angeblich nicht kennt, ihn aber bei der Vernissage des Löwenmenschen im Ulmer Museum getroffen hat. Und den sie womöglich für das Attentat auf Melcher angeheuert hatte. Dr. Petrolo hat sie am Tag von Schmitts Ermordung nahe am Tatort gesehen, und ihre Lebensgefährtin wird gefoltert und vergewaltigt, weil sie verschweigt oder nicht weiß, wo sich ihre Herrin, wie sie sie bezeichnet, aufhält.«

»Bis auf die Sache mit Luna gebe ich dir Recht«, stimmte Lott Petras Version zu. »Zita Meerbusch ist die Drahtzieherin, Auftraggeberin oder wie immer du es nennen willst. Aber was Luna betrifft, ist sie doch selbst das Opfer.«

»Warum steht Zita Meerbusch plötzlich im Visier irgendwelcher Verbrecher? Und wer sind diese Leute?«

Petras Frage schwebte noch im Raum, als Melchers behandelnder Arzt zu ihnen trat und sagte: »Er ist wach. Sie können kurz mit ihm reden.«

»Gut, wir kommen«, sagte Lott und folgte dem Arzt.

»Herr Melcher hat es ja ausdrücklich verlangt. Aber bitte nicht länger als zwei, drei Minuten.«

Melcher versuchte den Kopf zu heben, als er Lott im Türrahmen erblickte.

»Bleiben Sie bitte liegen«, ordnete ein Krankenpfleger mit Nachdruck an. »Sie müssen ruhig liegenbleiben.«

Lott kam Melcher so nahe, wie er nur konnte, ohne dabei mit den Infusionszugängen in Berührung zu kommen. Geschweige denn mit den elektronischen Apparaten, an die der Aktionskünstler angeschlossen war.

Melcher versuchte zu sprechen. Lott hielt ein Ohr nahe an die Lippen des Opfers.

Melcher hauchte, kämpfte um ein Wort. Um ein zweites. Um einen halben Satz, einen ganzen. Mit ärgster Kraftanstrengung gelang ihm schließlich ein kaum hörbares Flüstern. Und es dauerte, bis Lott ihn verstand, ohne ihn zu verstehen.

Zita hat mich gewarnt. Selber schuld. Hab nicht auf sie gehört.

Lott musste sich die einzelnen Wörter zusammenreimen. Melcher hatte sie silbenweise hervorgewürgt. Und Lott musste daraus Halbsätze zimmern, die einen Sinn oder auch keinen ergaben.

Zita hat mich gewarnt. Selber schuld. Hab nicht auf sie gehört.

Melchers Kopf sank zur Seite.

»Es ist genug«, sagte der Stationsarzt und bat darum, den Kranken jetzt in Frieden zu lassen.

Lott und Petra verabschiedeten sich. Auch von Melcher, mit Teilnahme bekundenden Blicken.

»Zita hatte ihn gewarnt?« Petra war baff, als Lott ihr den Satz Melchers mitteilte. »Und was meint er damit, dass er nicht auf sie gehört hat? Hätte er seine Löwenmenschen aus der Stadt schaffen sollen, sie die Donau hinunterspülen?«

»Ich weiß es nicht, Petra. Ich weiß nur, dass wir noch immer nicht wissen, wer Zita Meerbusch ist. Das muss Kammerzelt herausfinden. Das BKA hat doch ganz andere Möglichkeiten. Er muss das in die Hand nehmen.«

Sie fuhren zum Neuen Bau zurück. Unterwegs stießen sie auf eine der Kontrollstellen.

»Gibt es Festnahmen?«, fragte Lott.

Ein verneinendes Kopfschütteln war die Antwort des Schutzpolizisten.

Petra fuhr weiter, der untergehenden Abendsonne entgegen, die bald donauaufwärts versinken würde. Noch aber spiegelte sie sich in dem ruhigen Fluss, auf dem noch ein paar nimmermüde Ruderer gegen die Strömung ankämpften.

* * *

Kammerzelt hatte noch keine neuen Ergebnisse vorzuweisen.

Melchers Zustand war, infolge des hohen Blutverlustes, den er erlitten hatte, noch immer kritisch, und Luna hatte man nach dem Zwischenfall wieder unter starke Beruhigungsmittel gesetzt.

Von Zita Meerbusch fehlte nach wie vor jede Spur.

»Du musst herausfinden, wer Zita Meerbusch ist. Irgendetwas stimmt mit ihr nicht. Ihr vom BKA habt doch auf alle mögliche Dateien Zugriff«, meinte Lott augenzwinkernd zu Kammerzelt.

»Ganz so ist es ja nicht, aber ich werde mein Möglichstes tun«, versprach der Mann vom BKA und richtete seine ganze Aufmerksamkeit wieder auf den Computerbildschirm.

Lott ging zu seinem Schreibtisch, griff zum Telefon und wählte die Nummer von Lunas Stationsärztin. Die Sache mit Luna ließ ihm keine Ruhe. Frau Dr. Endewald nahm gleich ab.

»Ich weiß, es ist zu früh, aber die Angelegenheit ist einfach so dringlich, dass jede Minute zählt«, begann Lott umständlich seinen Anruf zu rechtfertigen.

»Nein, nein, Sie rufen genau zum richtigen Zeitpunkt an, ich wollte Sie eben auch anrufen«, unterbrach die Ärztin Lotts Ausführungen. »Frau Wirsching ist wach und will mit Ihnen reden. Am besten, Sie kommen gleich.«

»Bin schon unterwegs«, keuchte Lott hastig in den Hörer, während er schon mit einem Arm in die Jacke geschlüpft war.

»Petra, wir müssen noch einmal zur Uniklinik!«

Lott rief es über drei Schreibtische hinweg und ließ keinen Zweifel an der Dringlichkeit seiner Anordnung. Die Kollegin sicherte kurz den Text, den sie eben in den Computer getippt hatte, dann eilte sie zur Treppe und hatte Lott schon vor der Pforte eingeholt.

»Luna will mit uns reden«, sagte Lott, »sie ist wach und laut der Ärztin in einer, den Umständen entsprechend, durchaus stabilen Verfassung.«

Sie stiegen in den Dienstwagen. Petra fuhr, wie gewöhnlich. Sie nahm jetzt den direkten Weg. Die Unfallstelle war inzwischen geräumt worden. Noch immer aber lief die Ringfahndung, und an den Kontrollstellen staute sich eine ganze Anzahl von Fahrzeugen, die noch geprüft werden sollten.

Petra setzte Blaulicht. Verzögerungen gleich welcher Art mussten vermieden werden. Sie fuhr, als sie die Klinik erreicht hatte, bis vor die Eingangspforte und hielt, wo sie eigentlich nicht halten durfte.

Auf Anhieb fanden sie sich jetzt zurecht. Zimmer 109. Erster Stock, rechte Flurseite. Vor dem Krankenzimmer saß ein Kollege der Schutzpolizei. Er signalisierte, dass es keine

Auffälligkeiten gegeben hatte. Lott nickte einen Gruß. Vorsichtig drückte Petra die Türklinke, ließ aber dem Kollegen den Vortritt. Luna saß aufrecht im Bett. Sie starrte Lott aus leicht entzündeten Augen an.

Lott ging ein paar Schritte vor und setzte sich auf die Bettkante.

»Ich weiß nicht, wo Zita ist«, sagte Luna, aber jetzt in einem fast geschäftsmäßigen Ton.

»Wie geht es Ihnen?«, fragte Lott, ohne auf Lunas Aussage einzugehen.

Luna hob die Schultern, dann weinte sie los.

Petra trat dazu und begann sie zu trösten.

»Sie haben russisch miteinander gesprochen«, sagte Luna plötzlich

»Wer? Die Männer, die Ihnen das angetan haben? Waren es zwei, oder mehr?«, fragte Lott mit sanfter Stimme, als fürchtete er, seine Worte könnten sie zu neuen Tränen rühren.

»Zwei waren es. Zwei Russen, kahlgeschoren. Groß und scheußlich. Aber ich konnte ihnen nicht sagen, wo die Herrin ist, weil ich es selbst nicht wusste. Und wenn ich es gewusst hätte, dann hätte ich es auch nicht gesagt.«

Über ihr Gesicht huschte ein unerwartetes Lächeln.

»Zita ist eine starke Frau. Sie ist eine Göttin, ihr kann nichts passieren.«

»Wann haben Sie Zita zum letzten Mal gesehen?«

»Das war gestern Nacht. Unsere Nacht. Lunas Nacht.«

»Die Männer, die hier in der Klinik aufgetaucht sind, waren es dieselben, die wissen wollten, wo sich Frau Meerbusch aufhält?«

»Es waren dieselben«, sagte Luna mit leiser, aber entschlossener Stimme.

»Wir kriegen sie, darauf können Sie wetten«, sagte Petra voller Optimismus.

»Das wird nicht nötig sein, die Göttin wird sie richten«, antwortete Luna noch leiser als zuvor.

Dann brach ihre Stimme wie ein dürrer Zweig.

»Sie sollte jetzt wieder schlafen«, meinte Dr. Endewald und wies den beiden Beamten achtsam, aber bestimmt die Tür, wo noch immer der Schutzpolizist saß.

»Noch eine Stunde, dann werde ich abgelöst«, sagte er lächelnd, als Lott und Petra grüßend an ihm vorbeigingen.

Es war spät geworden. Sie stiegen in ihr Dienstfahrzeug, informierten die Kollegen über Lunas Personenbeschreibung und fuhren los.

»Willst du heute noch nach Tübingen?«, fragte Petra.

»Ich werde wohl müssen«, antwortete Lott.

»Du kannst bei mir schlafen«, schlug ihm Petra vor.

Sie passierten wieder die Kontrollstelle. Die Ringfahndung lief noch immer.

32

Dr. Ewald Bluhm, Strahlenschutzarzt an der Universitätsklinik in Ulm, hatte sich in Rage geredet: »Warum sitze ich und nicht Ackermann hier? Warum nicht Zumwinkel oder Schrempp? Um nur drei Herren aus dieser skrupellosen Topmanagerriege zu nennen. Was wirft man mir vor, was man gescheiter diesen Herren vorwerfen sollte? Ein Jahresgehalt in zweistelliger Millionenhöhe. Und wofür? Dafür, dass Herr Ackermann trotz Rekordergebnissen ganz massiv Arbeitsplätze abbaut? Oder der andere, dieser Zumwinkel, ehemaliger Postbeamter, der Millionen Euro, vorbei an der Steuer, nach Liechtenstein gescheffelt hat. Und Schrempp, der dritte im Bunde, wollte eine Welt-AG gründen, ist damit baden gegangen und hat noch durch eigene Aktienoptionen daran verdient. Aber ich sitze hier und muss mich dafür rechtfertigen, dass ich nach all dem Betrug, dem ich aufgesessen bin, jetzt auch einmal Glück gehabt habe.«

»Herr Dr. Bluhm! Es gab zwei Morde im Bereich des Isotopenlabors. Sie verstehen, dass wir in diesem Umfeld ermitteln müssen«, unterbrach Kurfeß Bluhms Redeschwall. »Und eine Spur führt ohne Zweifel zu Ihnen. Sie hatten zu beiden Opfern Zugang, Sie haben sowohl Herrn Schmitt wie auch Frau Quast behandelt. Ein Motiv könnten Geldprobleme gewesen sein …«

Bluhm fiel dem Ermittler ins Wort: »Gibt es eine Bank, die hält, was sie verspricht? Die können sich ihre Werbesprüche schenken, es sei denn, sie versprechen, dass sie einen in den Ruin treiben.«

»Herr Dr. Bluhm, wer hat Sie in den Ruin getrieben?«

Der Strahlenschutzarzt schluckte. Und zögerte mit seiner Antwort. Schließlich nuschelte er undeutlich einen Namen, verwarf die Aussage aber im nächsten Augenblick wieder und sagte: »Die stecken doch ohnehin alle unter einer Decke. Dem kleinen Banker, dem ich ins Messer gelaufen bin, war seine jämmerliche Provision wichtiger, als dass er eine gute Arbeit abliefert.«

»Ist Ihnen auch jemand ins Messer gelaufen, um bei Ihrem Beispiel zu bleiben?«

»Wenn Sie auf Edgar Schmitt anspielen, ich bin kein Mörder. Ich bin Arzt, einer, der hilft, und das für ein mehr als überschaubares Gehalt.«

»Sie haben bei der Untersuchung an Edgar Schmitts Leiche festgestellt, dass sie kontaminiert war, über die sogenannte Freigrenze hinaus.«

»Daran wäre er sicher nicht gestorben. Wer im Isotopenlabor experimentiert oder mit den radioaktiven Abfällen zu tun hat, der wird schon einmal kontaminiert. Das kommt vor. Aber sterben tut man daran nicht. Dazu braucht es eine andere Dosis und zudem Isotope mit einer langen Halbwertszeit und einer spezifischen Affinität zu Körpergeweben.«

»Aus Ihren Kontobewegungen sind wir nicht recht schlau geworden. Um nicht zu sagen, Sie haben uns vor ein

Rätsel gestellt. Zumal Ihr neuer Anlageberater nicht ausfindig gemacht werden konnte. Können Sie mir da weiterhelfen?«

»Es sind Internetgeschäfte, in die ich investiert habe«, antwortete Bluhm bestimmt.

»Sie investieren ohne Kapital in Internetgeschäfte?«

»Ich habe einen Kredit aufgenommen.«

»Von welcher Bank?«

»Nein, von einer Internetfirma, die in Internetfirmen investiert«, antwortete Bluhm, so selbstverständlich, als könnte das Wort *Internetfirma* bereits alles erklären.

»Nennen Sie mir Namen!«

»Es gibt keine. Alles läuft über Codes.«

»Hatten Sie keine Bedenken, dass es sich dabei um illegale Geschäfte handeln könnte?«

»Freilich, was ein Herr Schrempp und ein Herr Zumwinkel betreiben, ist eine ganz legale Raffsucht. Und wenn ein Herr Ackermann wie ein strukturell korrupter Manager sich selbst kontrolliert und sein Jahresgehalt mit sich selbst abstimmt, dann darf ich dabei denselben Abscheu wie unser Bundespräsident bekunden, der beklagte, dass junge Banker ihre Millionengewinne feiern, indem sie sich Champagner über die Köpfe gießen.«

»Herr Dr. Bluhm, Sie haben kontinuierlich fünfstellige Beträge auf ihr Girokonto überwiesen bekommen. Für welche Leistung?«

»Rendite!«

»Rendite für was? Zeigen Sie mir Abrechnungen, Gewinnausschüttungen und dergleichen.«

»Nichts davon geht am Fiskus vorbei. Ich werde mich nicht strafbar machen.«

»Herr Dr. Bluhm, welche Leistung haben Sie dafür erbracht?«

»Fragen Sie doch die Herren Ackermann, Schrempp und Zumwinkel, welche Arbeiten sie erbracht haben, die derartige Gehälter rechtfertigen.«

»Haben Sie mit Nukliden gehandelt? Haben Sie radioaktive Substanzen aus dem Universitätsbereich geschmuggelt? Und diese verkauft?«

Kurfeß wurde laut. »Es gibt Leute, die dafür sehr viel bezahlen!«

Dr. Bluhm schmollte. Dann widersprach er: »Die gibt es nicht. Was wollen die auch mit dem Zeug. Die wissen ja nicht einmal, wie man Tracer setzt und sie in die richtige Bahn bringt.«

»Wie bitte?« Kurfeß horchte auf.

»Vergessen Sie's, das ist Fachchinesisch und übersteigt Ihren Horizont.«

»Versuchen Sie's trotzdem.«

»Wir verwenden Tracer für die nuklearmedizinische Diagnostik. Wir bezeichnen sie als kleine Raumschiffe.«

»Und was wollten dann diese Leute damit?«

Bluhm antwortete mit einem Achselzucken.

»Herr Doktor Bluhm, wir ermitteln in zwei Mordfällen. Ich rate Ihnen dringend, legen Sie Ihre Finanzgeschäfte offen auf den Tisch. Das könnte Sie entlasten. Kooperieren Sie mit uns.«

»Ich habe niemanden umgebracht!«

Bluhm schmunzelte plötzlich. »Ich gebe zu, ich habe mit dem Gedanken gespielt, diesen geschmierten Rotzlöffel von der Bank über den Jordan zu schicken. Aber dann hab ich mir gedacht: Man müsste da sämtliche Banker dieser Welt in einen Sack stecken und drauf rumprügeln. Es würde immer den Richtigen treffen.«

»Überlegen Sie sich das Ganze noch einmal und halten Sie sich zu unserer Verfügung.«

Mit diesen Worten beendete Kurfeß das Verhör.

33

Etwas war schiefgelaufen. Etwas, das so nicht geplant war. Zum ersten Mal hatte sie das Gefühl, dass etwas aus dem Ruder gelaufen war und dass sich das Rad, das sie in Bewegung gesetzt hatte, nicht zurückdrehen ließ.

In was war sie da nur hineingeraten?

Eine Höhle ist ein Versteck, das die Göttin bewohnt. Aber die Höhle, in der sie jetzt steckt, ist weit von den Höhlen der Île-de-France entfernt, nach denen sie sich sehnt. Es ist ein Loch. Ein Loch im Boden, von dem niemand weiß. Unweit der Bocksteinhöhle im Lonetal. Eine kleine, namenlose Höhle, ein Schlupfloch, in das sie geflohen war. Sie kauerte sich jetzt in einen Nebengang, hüllte sich in eine Wolldecke und bewachte das kleine Feuer, damit es nicht ausging.

In was bin ich da nur hineingeraten?

Sie wärmte sich die Finger an dem Flämmchen. Dann legte sie dürres Holz nach und zog aus ihrer Tasche ein Stück Fleisch. Noch eingeschweißt. Sie hatte es aus dem Kühlregal des Supermarkts mitgenommen. Eigentlich war sie um eine vegane Ernährung bemüht gewesen. Aber ihre kleine Luna war dafür nicht zu gewinnen. Sie wäre *Vegetarierin plus*, sagte Luna häufig, wenn sie auf ihre eher ungesunde Ernährung angesprochen wurde. Auch dieses Stück Fleisch, das sie jetzt am Feuer braten wollte, war für die kleine Luna bestimmt gewesen. Sie machte sich Sorgen um die Freundin. Was, wenn man auch sie plötzlich jagte? Wie ein Tier. Und Luna wüsste nicht, warum und wieso.

Zita spießte das Fleischstück auf einen Birkenzweig, der so stabil war, dass er weder brechen noch ins Feuer absacken konnte. Wie lange würde es dauern, bis das Fleisch gar sein würde, ohne dass es vorher verkokelte? Sie hatte keinerlei Erfahrung mit dem Pfadfinderleben. Die Jungen Pioniere hatten sie schon in frühen Jugendjahren angekotzt.

Sie horchte jetzt. Ein Ton, als suchte eine SMS nach ihr. Ihr Handy hatte sie ausgeschaltet. Hier drin gab es ohnehin keinen Empfang.

In was bin ich da nur hineingeraten!

Sie dachte an Schwinn. Jahrelang hatte sie erfolglos nach ihm gefahndet, so erfolglos wie Interpol. Dass sie ihn vor einem Jahr erst entdeckt hatte, war ein Zufall gewesen. Oder auch Bestimmung, wenn man nicht an Zufälle glaubte.

Die sicherste Form der Bestimmung ist der Zufall. Ein Wortspiel, mit dem sie das eine oder andere Mal schon kokettiert hatte.

Das Fleisch fing jetzt Feuer; sie hatte es zu dicht über die Flamme gehalten. Sie zog es zurück und blies. Asche flog auf. Sie überlegte, das Fleisch nicht zu essen. Sie hatte noch zwei Äpfel und ein Päckchen mit Grobkornschnitten gekauft.

Die Flucht in ihre Höhle war so nicht geplant gewesen. Sonst wäre die Verpflegung anders ausgefallen.

Sie dachte an Schwinn. Und dann an das Leben der Neandertaler, für das er sich so brennend interessiert hatte, dass er ihnen nacheifern wollte.

Einfach wie die Neandertaler leben.

Neandertaler waren Fleischfresser. Die Messungen der chemischen Zusammensetzung von Neandertalerknochen hatten sehr hohe Stickstoffwerte ergeben, die vor allem durch einen hohen Fleischkonsum erklärt wurden. Den Messwerten zufolge übertraf der Neandertaler in seinem Fleischhunger sogar Hyänen und Löwen.

Sie fragte sich, ob auch diese Höhle von Neandertalern einst genutzt wurde. Vielleicht saßen sie vor zigtausend Jahren auch hier am Feuer und brieten Fleisch. Wenn auch nicht abgepacktes aus dem Supermarkt. Gewiss aber waren sie geschickter im Umgang damit.

Sie hatte Schwinn bei der Vernissage des Löwenmenschen im Ulmer Museum entdeckt. Sie, Zita Meerbusch, hatte die Ehre, die Laudatio für das kleine Juwel zu halten. Dabei hatte sie zum ersten Mal angedeutet, dass dieses Juwel nur weiblichen Geschlechts sein konnte. Behutsam noch, um die Stadtväter nicht zu sehr zu erschrecken.

Schwinn war begeistert von ihrem Vortrag gewesen.

Als sie ihn aber als den Mörder ihres Vaters erkannt hatte, war ihr das Gesicht förmlich stehen geblieben.

Mein Name ist Konstantin Adler.

Wer's glaubt, wird selig. Schnell hatte sie wieder die Fassung erlangt.

Interessant, und was machen Sie beruflich?

Ich bin Neandertaler. Und suche nach einer geeigneten Höhle.

Es lag keine Doppeldeutigkeit in dieser Aussage. Schwinn war ehrlich, wie ein Neugeborenes. Aber er hatte ihren Vater auf dem Gewissen.

Zita erinnerte sich jetzt, wie er an diesem Tag die Neandertaler gepriesen hatte, als sie sich zu einer Tasse Kaffee überreden ließ.

Es lässt sich belegen, dass Neandertaler Kranke und Verletzte pflegten. Man hat verheilte Knochenbrüche an Skeletten entdeckt. Und ich bin mir sicher, das ging bis zur dauerhaften Versorgung von Invaliden.

Dann war Schwinn wieder verschwunden. Für Tage und Wochen. Und sie hatte von ihm weder eine Telefonnummer noch eine Adresse bekommen.

Zita nahm ihr Messer und kratzte damit die verbrannten Stellen ab. Dann schnitt sie den Rest des Fleisches in kleine Stücke und schob eins nach dem anderen in den Mund und zerkaute es. Ein paar der Bissen spuckte sie wieder aus. Die meisten aß sie.

Sie wollte jetzt nicht mehr an Schwinn denken. Die Sache war aus dem Ruder gelaufen, aber Schwinn war tot.

Einfach so, ohne dass sie groß etwas dazu beigetragen hatte.

Eigentlich ist alles gut.

Aber dann dachte sie gleich wieder, dass nichts gut war. Sie stand auf dem Abstellgleis eines Bahnhofes, an dem keine

Züge mehr hielten. Sie fühlte sich wieder, als wäre sie aus der Zeit gerutscht. Das Leben hatte seinen eigenen Regisseur, der sich in nichts dreinreden ließ.

Sie kroch jetzt zum Eingang der Höhle, die vollständig mit Schlehengestrüpp zugewachsen war. Es roch nach Frühling. Nach wildem Flieder, nach frischen Birkenzweigen und nach frischem Gras, aus dem der Löwenzahn seine Blüten eben noch, wie kleine Sonnen, in die Höhe gereckt hatte.

Durchs Gestrüpp sah sie den Mond und sie sah die Sterne und sie flüsterte die Namen der Sternbilder. Und sie atmete den Geruch dieser Stunde.

Es roch nach Frühling. Nach jenem Frühling, wie es ihn einmal gegeben haben musste, bevor der Homo sapiens die Erde bevölkerte.

34

Kammerzelt legte Kurfeß' Protokoll des Verhörs mit dem Strahlenschutzarzt Dr. Bluhm zur Seite. Es würde bei der nächsten Dienstbesprechung Thema sein. Unter anderem. Im Augenblick lag ihm Schwinns Lebensgeschichte und mehr noch die Herkunft von Zita Meerbusch am Herzen. Um diese zu erforschen, hatte er sämtliche Hebel in Bewegung gesetzt. Zuletzt war er bei der Stasi-Unterlagen-Behörde gelandet. Die Einsicht in Schwinns Unterlagen hatte ihn auf die Fährte von Zita Meerbusch gebracht. Der Name Thorsten Unfried blieb in beiden Rastern hängen. Kammerzelt wunderte sich, wie einfach gestrickt auch jedes Computerprogramm des BKA war. *Personenfindung* hieß es im Umgangston. Das Ergebnis machte ihn dennoch stutzig: Zita Meerbusch hieß bei ihrer Geburt Zita Unfried, war die Tochter des sogenannten Regimegegners Thorsten Unfried, der bei einem Fluchtversuch von der Brigade Thorvald *ge-*

stellt und bei einem weiteren Fluchtversuch getötet wurde. Teil dieser Jagdgesellschaft war Artur Schwinn gewesen.

Kammerzelt grinste. *In der Asche schläft die Glut.* Dann lachte er, obwohl er allein war, laut auf. Jeden Drehbuchschreiber hätte man für einen solchen Einfall in der Luft zerrissen. Das Schicksal ist manchmal nahe am Kitsch angesiedelt. Aber die Fakten logen nicht. Schwinn war der Mörder von Zitas Vater.

Kammerzelt lehnte sich zurück. Lott würde staunen. Und Ilona vielleicht klatschen. Dabei war alles so einfach gewesen. Ob diese neuen Erkenntnisse allerdings die Ermittlung vorantrieben oder gar einen Durchbruch möglich machten, stand in den Sternen. Vielleicht wussten ja beide nicht, was sie in diesem Leben miteinander verband. Das allerdings wäre zu viel des Kitsches für den großen Regisseur, der sich Schicksal nannte. Wie Kammerzelt Zita Meerbusch einschätzte, wusste sie ganz genau, wer Artur Schwinn gewesen war. Nur: Welche Rolle spielte Zita Meerbusch in dieser Geschichte, die mit Morden, Mordaufträgen, mit Folter und anderen Delikten geradezu gespickt war?

Kammerzelt stand auf, verließ das Büro und setzte sich schon einmal in den Konferenzraum. Dort wartete er. Bis zur Dienstbesprechung waren es ohnehin nur noch wenige Minuten. Lott stieß als Erster dazu. Er hatte Petra Mai und schlechte Laune mitgebracht. Die Kollegin hatte er im Schlepptau, die üble Laune stand ihm ins Gesicht geschrieben.

Der Sokoleiter hatte keine gute Nacht hinter sich. Petra hatte ihm zwar das eigene Bett zur Verfügung gestellt, während sie selbst auf einem aufklappbaren Sofa genächtigt hatte. Doch die Qualität der Matratze war seiner Hüfte abträglich gewesen. Egal, wie er lag, ob bäuchlings, auf dem Rücken oder zur linken Seite gedreht, die Hüfte schmerzte in jeder Lage. Zudem musste er mehrmals aufs Klo. Und wenn ihn dann der Schlaf irgendwann überkam, weckten ihn Petras Schnarchgeräusche. Der viel zu starke Kaffee zum Frühstück brachte schließlich, als eine Art Gegenreaktion zu seiner Müdigkeit, sein Herz zum Rasen. Jetzt saß er zwischen allen Stühlen seiner körperlichen Befindlichkeiten, was seiner üblen Laune genug Raum verschaffte, um sich zu entfalten.

Petra dagegen war quietschvergnügt. Sie hatte fest geschlafen und weder Lotts Liegeprobleme noch seine nächtlichen Ausflüge ins Bad mitbekommen. Und ihr Morgenkaffee war für sie gerade stark genug gewesen, um dem neuen Tag die Stirn zu bieten. Kaum hatte sie neben Lott Platz genommen, wartete sie auch schon gespannt, ob die Kollegen mit neuen Ergebnissen aufwarten konnten.

Staatsanwalt Mollenkopf, das Göppinger Kleeblatt, Lohner und Marlies, Ilona und Kurfeß komplettierten die Soko für diese Dienstbesprechung, die heute, nach Absprache mit dem Sokoleiter, von Kammerzelt eröffnet wurde. Er hatte alle Fakten gesammelt. Das Ergebnis seiner Recherche in Sachen Zita Meerbusch bereitete ihm sichtlich Vergnügen, besonders, als er auf ihre Verbindung mit Artur Schwinn zu sprechen kam. Marlies saß mit offenem Mund da, und Ilona klatschte wirklich, als der Mann vom BKA mit den Worten schloss: »Wir wissen, trotz dieser spektakulären Zusammenhänge, nicht, inwieweit sie uns bei der Ermittlung der beiden Morde voranbringen werden.«

Lotts üble Laune war wie weggeblasen. Dafür hatte er jetzt keine Zeit mehr. Auch sein Herzrhythmus war wieder in der Balance. Alle seine Theorien hatten mit einem Male einen neuen Ausgangspunkt.

»Wenn Frau Meerbusch wusste, wer Schwinn war, nämlich ein Beteiligter an der Ermordung ihres Vaters – wollte sie den Vater rächen? Aber warum hätte sie ihn dann zu einem Mordauftrag an Mirko Melcher angeheuert? Das passt doch nicht zusammen.«

»Die Stasi-Akten wurden vor neun Jahren geöffnet; warum hätte sie dann so lange warten sollen?« Ilona stellte diese Frage in den Raum. »Außerdem kannte sie Schwinn seit mindestens einem Jahr, wie das Foto von der Vernissage beweist.«

»Wäre Schwinn ermordet worden, wäre alles klar, aber so …«, warf Lohner ein. »Er ist eines natürlichen Todes gestorben, und was das Werkzeug, das er bei sich hatte, betrifft, er hatte einen Mordauftrag. Ohne Grund reist man nicht mit solchem Gepäck.«

Petra mischte sich ein, sagte: »Du meinst, das Löwenmenschle hat zu Schwinn gesagt: Hör mal, ich weiß, du warst dabei, als man meinen Vater ermordet hat. Vielleicht warst du es ja sogar selber. Im Gegenzug schaffst du mir jetzt diesen Melcher mit seinen Golems vom Hals. Und dann Schwamm drüber?«

»So war das sicher nicht«, entgegnete Lott ungehalten. »Ich bin mir mittlerweile sicher, dass sie diesen Löwenmenschen-Krieg künstlich aufgebauscht hat, aus welchem Grund auch immer. Vielleicht nur, um von anderem abzulenken.«

»Und der Anschlag jetzt auf Melcher? Obwohl Schwinn tot ist?«, sagte Petra hastig. »Da kann doch nur die Meerbusch dahinterstecken.«

»Melcher hat ausgesagt, Zita Meerbusch hätte ihn gewarnt. Wenn wir diese Warnung nun anders deuten, als wir das bisher getan haben?«, fragte Lott.

Kammerzelt stimmte ihm zu: »Bisher hatten wir angenommen, Melcher wäre gewarnt worden, um ihm klar zu machen: *Lass deine Ungeheuer aus der Stadt verschwinden, sonst geschieht was.* Aber vielleicht wusste Meerbusch von dem geplanten Mordauftrag und hat ihn davor gewarnt.«

»Das kann uns nur Mirko Melcher sagen. Hoffen wir, dass wir ihn bald vernehmen können«, gab Kammerzelt zu. »Wir sollten noch einmal in der Klinik anrufen.«

»Das ist nicht notwendig«, beschwichtigte Ilona. »Sie rufen uns an, wenn Melcher wieder bei Bewusstsein ist. Aber ich denke auch, Melcher weiß mehr als das, was er uns gesagt hat.«

»Wie kommst du darauf?«, hakte Petra nach.

»Es ist so ein Gefühl, dass da bei der ganzen Sache etwas nicht stimmt.«

Aus den Augenwinkeln sah Lott, wie Petra in Richtung Ilona grimassierte.

Petra hasste bei einer Ermittlung das Wort Gefühl, auch wenn sie selbst oft genug danach handelte.

Um das Thema abzuschließen, sagte Kammerzelt jetzt: »Wir wissen mehr, wenn wir Zita Meerbusch erst haben. Die Fahndung hat bisher leider noch keine Ergebnisse vorzuweisen.«

Dann kam er zum nächsten Punkt, dem Verhör des Strahlenschutzarztes Dr. Ewald Bluhm durch Kurfeß. Er übergab dem Leiter des Wirtschaftsdezernats das Wort.

»Ich habe dem Dominik mein Protokoll, zu dem ich zahlreiche Anmerkungen gemacht habe, gegeben. Auch jeder von euch muss es lesen. Mein Eindruck ist, dass Dr. Bluhm in die Sache verstrickt ist. Die finanzielle Situation, mit der er sich plötzlich auseinandersetzen musste, hat ihn aus der Bahn geworfen. Ich will ihm keinen Mord unterstellen, jemanden zu erstechen, das traue ich ihm eigentlich nicht zu. Aber er gibt alle Schuld den Bankern und Topmanagern und sieht sich allein als Opfer übler Machenschaften. Plötzlich bekommt er Geld. Eine Menge Geld. Und es ist völlig nebulös, für was oder wofür – und vor allem aber auch, von wem. Ich denke, er hat mit radioaktiven Substanzen gehandelt.«

»Reicht dieser Verdacht für einen Haftbefehl?«, fragte Ilona.

»Natürlich könnten wir versuchen, damit den Haftrichter zu überzeugen«, meinte Lott, »aber bringt es uns weiter, wenn Bluhm in Haft ist? Vielleicht nützt er uns mehr, wenn er weiterhin an der Klinik für uns zu finden ist. Wir ermitteln in erster Linie in zwei Mordfällen und nur in diesem Zusammenhang mit Verstößen gegen die Strahlenschutzverordnung.«

Kammerzelt, der das Verhörprotokoll inzwischen an den Sokoleiter und die anderen Kollegen weitergereicht hatte, schaute stumm in die Runde, als wartete er auf Vorschläge für die nächsten Ermittlungsschritte.

Plötzlich meldete sich das Göppinger Kleeblatt.

»Wir sind da auf etwas gestoßen«, gaben sie, beinahe im Chor, ihre Verwunderung über das zum Ausdruck, was ihre Aufmerksamkeit erregt hatte.

»Da steht«, sagte der Erste, *»die wissen ja nicht einmal, wie man Tracer setzt.«*

Und der zweite Göppinger fügte dem hinzu: *»... und wie man sie in die richtige Bahn bringt.«*

»Auf das Wort Tracer sind wir in Schwinns Wohnung gestoßen«, ergänzte der dritte Göppinger.

»Wie bitte?« Kurfeß horchte auf. »Bluhm hat gemeint, es sei Fachchinesisch und übersteige meinen Horizont.«

Die Göppinger blätterten jetzt in ihren Unterlagen und wurden schnell fündig.

Unser Tracer ist mit einem winzigen Raumschiff zu vergleichen, das wir in die Blutbahn eines Menschen schicken. Es wird dort andocken, wo die Wirkung am schnellsten und intensivsten einsetzt. Leber, Lunge und Bauchspeicheldrüse sind dabei unsere FAVORITEN.

Lott erinnerte sich.

Und auch Kammerzelt. »Diese sogenannten Tracer verwendet man seit kurzem in der Nuklearmedizin, auch in Ulm.«

Ilona schaute ihn ratlos an.

»Hast du das bei der Besprechung damals nicht mitbekommen?«, fragte Dominik.

Ilona hob entschuldigend die Schultern.

»Man vergleicht diese sogenannten Tracer mit winzigen Raumschiffen, mit denen man im Körper nach krankem Gewebe sucht, um es gleichzeitig medizinisch zu versorgen.«

»Bluhm ist also fest im Team«, konstatierte Lott.

»Wie bitte?«, wollte Petra wissen.

»Er beschafft nicht nur die Nukliden, er soll auch damit arbeiten, wie immer das aussehen mag.«

»Für wen?«

»Für den Platz in der Mitte«, sagte Lott augenzwinkernd, Dominik Kammerzelt zugewandt.

»Im Augenblick aber haben wir nur Bluhm«, sagte Kammerzelt, nachdem er die anderen Kollegen in ihre Geheimniskrämerei eingeweiht hatte.

»Und den müssen wir im Auge behalten.«

»Bevor der nicht auch noch weggemordet wird«, äußerte sich Petra sarkastisch.

»Wenn einer im Augenblick sicher ist«, hielt Lott dagegen, »dann Dr. Bluhm.«

Petra wollte nachhaken, aber da rührte sich Lotts Handy. *Forever Young.*

Lott schaute aufs Display. Es war Lisa. Er stand auf, bat die Kollegen um Verständnis, ging zum Fenster und drückte die Empfangstaste.

»Lisa, was gibt es?«

»Es ist wegen der Mama, es geht ihr nicht gut. Du musst zu ihr.«

Lott wurde bleich. Und musste sich setzen.

»Wie schlecht geht es ihr?«, stotterte er.

»Schlecht genug. Du musst nach Bad Dürrheim fahren. Es gibt auch ein Leben neben deiner Verbrecherjagd!«

»Wo bist du?«

»Noch daheim, aber ich fahre jetzt auch los.«

»Gut, ich komme.«

Er legte auf und schaute seine Kollegen fragend an. Die nickten ihm reihum zu.

35

Zita erinnerte sich jetzt: Es war ein Spätsommertag gewesen, als Schwinn sie anrief. Früher Nachmittag, zirka zwei Uhr. Er rief im Museum an. *Können wir uns treffen? Ich schlage die Stadel-Höhle im Lonetal vor.* Und lachte über diesen Vorschlag. *Also gut, dann eben im Museumscafé.*

Da hatte dann schließlich alles begonnen. Schwinn war vernarrt in die Steinzeit.

Der Löwenmensch ist das Zeichen der Wiederkehr. Alles wird wieder so sein, wie es einmal war. Wenn alle Technik weg ist. Einschließlich der Menschen. Dann wird der Neandertaler zurückkommen. Und die Göttin!

Er hat mich dabei angestrahlt, wie ein Kind seine Geschenke unterm Weihnachtsbaum.

Ich glaube auch, dass der Löwenmensch eine Frau ist. Ach was, ich weiß es!

Zita erinnerte sich, aber sie wollte sich nicht erinnern. Immerhin hatte dieser Mann ihren Vater getötet. Er war jetzt tot. Sie musste ihn nicht mehr töten. Den Vater nicht mehr rächen. Schwinn hatte seinen Traum gehabt, gepaart mit einer gehörigen Portion Wahnsinn, und ihn mit ins Grab genommen.

Mit einem Mal hörte sie wieder das Signal des Handys. Sie hatte es doch nicht ausgeschaltet. Sie hasste Handys. In dieser Beziehung war sie wie Schwinn, ein Neandertaler. Sie kramte das Ding hervor, drückte die entsprechende Taste und las die SMS: *Kehr um, die Welt ist zu klein, um in ihr verschwinden zu können.*

Im Speicher war noch eine zweite Nachricht, die sie noch nicht geöffnet hatte. Sie war kürzer und weniger lyrisch: *Auftrag ausgeführt, bar cash.* Und dahinter ein Smiley.

Zita starrte auf das Display. Hatten die Idioten Melcher umgebracht?

Aber wer schrieb die erste, philosophisch angehauchte Simse?

Was sollte das jetzt?

Sie rätselte, von wem die philosophisch angehauchte SMS stammte. Bei der anderen, der kurzen, war sie sich sicher. Die beiden Russendeutschen. Wer sonst. Dass das Wort Cash richtig geschrieben war, hatten sie mit Sicherheit der Rechtschreibkorrektur ihres Handys zu verdanken. Und dass sie ein Smiley dahintersetzten, war wohl eher ein Fehlgriff auf der Tatstatur.

Zita schaltete ihr Handy aus. Sie zitterte. Sie war schuld an Melchers Tod. Plötzlich wurde es hell. Sie ging mit krummem Rücken dem Ausgang zu. Beim letzten Stück musste sie kriechen. Sie starrte in das Licht. Ein Suchscheinwerfer. Sie zog den Kopf zurück, presste ihn auf den Boden. Dann wurde es wieder dunkel, das Licht war weitergezogen. Sie dachte an den Suchscheinwerfer, der eine Nacht lang in Helens Zimmer geleuchtet hatte, um sie damit mürbe zu machen. Aber Helen hatte sich amüsiert darüber. Stasi-Methoden konnten bei all ihrer hinterhältigen Grausamkeit auch kindisch sein.

Es ist das Handy!

Zita ahnte mit einem Male, warum jemand wusste, wo sie war.

Wer konnte ihr Handy orten? Die Polizei? Oder die Favoriten?

Schwinn hatte das Wort Favoriten in den Mund genommen, wenn er von den Leuten sprach, für die er arbeitete. Aus seinem Mund klang es respektlos. Die Favoriten, das war in seinen Augen eine Ansammlung von größenwahnsinnigen Idioten, die mit der großen Konkurrenz mithalten wollten, aber denen das Knowhow dazu fehlte. So jedenfalls schätzte er die Firma ein, die ihm Aufträge zukommen ließ.

Das Fahrzeug mit dem Suchscheinwerfer war langsam weitergefahren.

Ich muss das Handy loswerden.

Zita kroch aus ihrer Höhle. Ein kleines Waldstück lag zwischen ihr und der Straße. Sie duckte sich und rannte los. Der Morgen graute bereits, aber es war noch dunkel genug, um nicht gleich erkannt zu werden. Sie hörte das Motorengeräusch eines Lastwagens. In der Nähe musste eine Baustelle sein. Sie orientierte sich vorsichtig in die Richtung, aus der der Lärm kam. Von weitem schon war die Baugrube zu erkennen. Im Schutz des Dickichts kämpfte sich Zita durch das noch junge Blattwerk, bis dicht an die Baustelle heran. Ein paar Männer kamen aus den Containern. Einer von ihnen, vermutlich der Capo, signalisierte den Arbeitsbeginn.

Dort wurde Kies abgebaut oder sonst was und weggefahren. Von der Hauptstraße ging eine Baustellenzufahrt ab. Noch immer war es dunkel genug, um von den Arbeitern nicht gesehen zu werden.

Ich muss das Handy loswerden.

Zita schlich an den Bäumen entlang bis nahe an die Baustellenzufahrt. Dort wartete sie. Einer der Lastwagen, der eben beladen worden war, fuhr jetzt los.

Es gibt nur eine Lösung, das Handy loszuwerden.

Zita versteckte sich hinter gestapelten Baumstämmen, welche die Zufahrt tangierten. Als der Lastwagen an Zita vorüberfuhr, trat sie hervor und warf, mit aller Kraft und Konzentration, ihr Handy auf die Ladefläche des Fahrzeugs, das dunkle Erde geladen hatte. Lautlos versank es darin, als der Wagen Fahrt aufnahm.

Leb wohl, Zita, Löwenmenschle, jauchzte sie verhalten.

Dann machte sie sich auf den Rückweg. In der Höhle hätte sie nicht geortet werden können. Da war sie sich sicher. Dennoch verharrte sie eine Weile lang noch am Eingang, bevor sie wieder ins Innere tauchte.

Sie wusste nicht, wie weit sich die Gänge erstreckten. So genau hatte sie die Höhle noch nicht erforschen können. Jetzt hatte sie Zeit. Sie ging zu ihrem Lagerplatz, nahm sich einen Apfel als Frühstück, hüllte sich in ihre Wolldecke und aß. Sie dachte an Luna. Und fürchtete, dass sie vielleicht ihretwegen in Schwierigkeiten geraten war. Dann nahm sie ihre Taschenlampe und wagte sich weiter ins Höhleninnere vor. Es gab etliche Verzweigungen, Zita wunderte sich, warum diese Höhle bisher niemand entdeckt hatte. Oder war sie entdeckt worden, aber im Vergleich zu den anderen Höhlen in der Nachbarschaft zu unspektakulär? Keine Höhlenmalerei, keine Steinzeitfunde, nur Löcher im Fels. Die Gänge waren niedrig, zu niedrig, um Touristen hineinzuführen. Fast wie Röhren waren die. Zum Glück litt sie nicht unter Klaustrophobie. Sie wäre hier sonst fehl am Platz.

Geduckt tastete sie sich mit der Taschenlampe vorwärts. Der Gang wurde enger. Zita musste sich bäuchlings voranrobben, um auf diesem Wege weiterzukommen. Vielleicht wäre es sinnvoll gewesen, den Weg zu markieren. Brotkrumen streuen wie im Märchen. Aber dann tat sich mit einem Mal ein weiterer Höhlenraum auf. Und Zita erschrak. Die Rundung war mit Tierfellen ausgelegt. Felle von erlegten Hasen und auch von Rotwild. Eine Feuerstelle. Waffen. Aber keine aus der Steinzeit, sondern ein Jagdgewehr, eine moderne Armbrust, eine Pistole, Messer natürlich, und was Zita besonders verwunderte und ihr ein Schmunzeln abrang: Corned Beef, gut und gerne an die fünfzig Dosen. Neandertaler waren Fleischfresser. Ihr Fleischhunger übertraf selbst Hyänen und Löwen. Zita war sich sicher, es konnte nur Schwinn sein, der hier seine Höhle gefunden hatte. Sie setzte sich an die Feuerstelle, zog Reisig herbei und trockene Scheite und war ein wenig stolz, als sie auf Anhieb, mit einem einzigen Streichholz, ein Feuer zustande brachte. Sie beobachtete, wohin der Rauch abzog. Sie öffnete eine Dose mit Corned Beef, nahm das Schweizer Messer, stach damit ein Stück heraus und steckte es sich in den Mund.

Was machen Sie berufsmäßig? Neandertaler.

Zita dachte an Schwinns launige Worte. Er hatte es also ernst gemeint.

Wie wenig passte da sein anderes Leben hinein. Seine Beichte, sein Geständnis, wie immer sie es nennen wollte, als er Wochen später Vertrauen zu ihr gefasst hatte.

Irgendwann ist das Morden ein Beruf wie jeder andere. Es geht darum, die Logistik zu verbessern. Märkte zu erschließen. Methoden zu verfeinern. Ein neuer Markt: das Töten mit radioaktiven Substanzen. In jeder Branche ist man doch scharf auf Innovationen. Die Geheimdienste waren die Vorreiter, und wir kleinen, privaten Unternehmen arbeiten noch immer wie vor hundert Jahren. Natürlich werben wir verdeckt via Internet, da haben wir unsere Spezialisten dafür, aber im operativen Bereich? Noch immer dieselben Methoden: Pistole und Scharfschützengewehre. Und am nächsten Tag weiß die Polizei, aus welcher Waffe die Tat erfolgt ist. Die Kunden haben das Vertrauen in uns verloren. Unsere Auftraggeber sind anspruchsvoller geworden. Sie wollen, dass wir Leichen hinterlassen, die eines natürlichen Todes gestorben sind, und keine Ermordeten.

Mit offenem Mund hatte sie ihm zugehört. Damals, als er sie ins Vertrauen gezogen hatte. Es wäre der richtige Augenblick gewesen, um klarzustellen, wer sie wirklich war: die Tochter von Thorsten Unfried, eines seiner Mordopfer. Sie hatte die Gelegenheit verstreichen lassen, so dass er weiter schwadronieren konnte: *Wir müssen verhindern, dass es so wird wie bei den Handwerksberufen. Wer lässt heute noch tapezieren, malen, Rauputz auflegen? Das macht doch jeder selber heutzutage. Das Handwerk stirbt aus, und so ist das auch in unserem Metier.*

Wie absurd war das gewesen. Ein Killer mit Berufsethos. Wollte er bewundert oder bemitleidet werden? Er verglich seine Mordaufträge mit den Aufträgen von Handwerkern. War er vollkommen übergeschnappt? Aber dann kam seine andere Seite zum Vorschein. Die innovativen Möglichkeiten der Firma hatte er nur nachgeplappert. Er fand die Firma, die Favoriten, zum Kotzen. Aber noch war er abhängig von ihr.

Ich bin keine Ich-AG.

Und bis er zum Neandertaler aufsteigen würde, das konnte, seiner Einschätzung nach, noch eine Zeitlang dauern.

Dennoch: Ihr Vorsatz, ihn zu töten, war ungebrochen geblieben. Es wäre einfach gewesen. Ein Schuss aus seiner eigenen Waffe mit Schalldämpfer. Niemals wäre jemand auf die Idee gekommen, das Löwenmenschle zu verdächtigen.

Wenn du unentdeckt bleiben willst, mach viel Wirbel um dich und zeig dich im Rampenlicht. Eine Strategie Schwinns, die sie beherzigt hatte. Aber der übermächtige Regisseur hatte einen anderen Regieeinfall. Das Opfer war tot, bevor es in die Rolle des Opfers schlüpfen konnte. Und sie, das Löwenmenschle, war plötzlich zwischen alle Stühle gerutscht.

Zita überlegte, ob sie noch eine Dose Corned Beef schaffen würde. Sie war noch immer bei Appetit. Aber sie war kein Neandertaler mit einem Fleischhunger, der dem von Löwen und Hyänen gleichzusetzen war. Außerdem musste sie hier raus. Sie hatte noch zu tun. Sie nahm die Pistole an sich und einen Teil der Munition, die in einer Plastiktüte danebenlag. Sie löschte das kleine Feuer und wollte gerade den Rückweg antreten, als ihr eine hölzerne Truhe auffiel, die in einer Wölbung steckte und ihr aus diesem Grunde vorher nicht aufgefallen war. Zita wurde neugierig. Die Truhe hatte nur ein einfaches Schloss und ließ sich leicht entriegeln. Und enthielt, wie sie gleich feststellen konnte, Geld! Fünfzig- und Hunderteuroscheine. Ganze Bündel davon. In diesem Moment war sich Zita sicher, dass das Geld für sie bestimmt war. Eine Art Wiedergutmachung. Für den Tod ihres Vaters.

Sie prüfte jetzt die Pistole, sie war geladen. Und verstaute eine Handvoll Patronen in eine ihrer Taschen. In die andere steckte sie ein Teil des Geldes. Jetzt war sie gerüstet. Auf Anhieb fand sie den Weg zum Höhlenausgang. Sie hatte zu tun.

36

Elli war auf ihrem Zimmer. Sie lag angezogen auf der Zudecke und starrte in Richtung Fenster, auch als Lott schon im Zimmer stand.

»He, was ist los mit dir?«

Elli schaute auf. Ihr Blick beherbergte einen Vorwurf, den er nicht kommentieren wollte. Er setzte sich zu ihr auf die Bettkante.

»Wie geht es dir heute?«, fragte er sorgenvoll.

Elli zuckte beleidigt die Achseln. Dass die Besserung wieder kehrtgemacht hatte, verzieh sie weder ihm noch den Ärzten und auch nicht Gott.

Sie atmete hörbar aus, womit sie ihr Missfallen kundtat.

Dann sagte sie: »Ich würde nicht atmen, wenn ich nicht müsste.«

Bei Elli wusste er nie, ob das, was sie sagte, von ihr oder jemand anderem war. Sie trug alle Dichter im Mund mit sich herum. Und bei passender Gelegenheit ließ sie einen frei, um mit einer Weisheit brillieren zu können.

Sie stand jetzt auf und glättete dabei die Falten aus ihrem Kleid.

Lott, wieder einmal um Trostworte verlegen, nahm sie schweigend in die Arme. Und hielt sie eine Zeitlang so fest.

»Möchtest du runtergehen?«, fragte er dann, ohne sie dabei loszulassen.

Elli löste sich aber aus seiner Umarmung und schüttelte den Kopf, während sie zurück ins Bett stieg. Dort setzte sie sich aufrecht hin.

Eine Weile lang sagten beide nichts.

»Lisa hat dich hergejagt, habe ich recht?«, fragte Elli dann plötzlich und mit einem Vorwurf in der Stimme.

»So würde ich das nicht sagen«, wich Lott aus.

»Wie dann?«

»Sie hat gemeint, du brauchst mich.«

Elli lachte künstlich auf. »Hat dich das je interessiert?«

»Ja!« Lotts Antwort war kurz und bestimmt.

»Dann hast du das gut versteckt«, giftete Elli.

Mein Gott, war er denn schuld, dass Elli einen Rückfall erlitten hatte? Jeder Kranke denkt, dass er zu Unrecht krank geworden ist und durch diese Krankheit nun Leiden erfährt. Auch Elli schien sich in diese Schlange der Anklagenden einzureihen.

»Du hattest einen Rückfall, was ist passiert?«

»Eine Panikattacke, wie schon einmal. Es ist die Angst, nicht mehr atmen zu können, keine Luft mehr zu bekommen, obwohl dafür kein aktueller Grund da ist. Ich kann ja atmen, sonst wäre ich ja tot. Aber ich glaube der Angst. *Die Angst ist ein Lügner, doch wir glauben ihr.*«

Da war wieder eine dieser Weisheiten, von Elli entdeckt und herausgehoben aus dem unermesslichen Fundus ihrer literarischen Schatzkammer.

Lott horchte Ellis Zitat nach. Und fühlte sich angesprochen. Schließlich konnte auch er mit solchen Erfahrungen aufwarten. Sich der Angst und nicht dem Vertrauen anzuschließen, gehörte oft auch zu seinem Alltagsgeschäft. Wie lähmend und zerstörerisch konnte das sein, wenn sich die Angst erst einmal breitgemacht hatte in einem. Wie Metastasen in einem krebskranken Körper. Ja, Angst, du hast recht, ich glaube dir. Alles ist böse und wird noch böser enden.

Elli lächelte mit einem Male, als hätte sie ihr Beleidigtsein plötzlich abgestreift, abgelegt wie eine Anstaltskleidung.

»Leg dich zu mir«, hauchte sie.

Lott schlüpfte aus seinen Schuhen, legte sich aufs Bett und schob seinen rechten Arm unter Ellis Kopf. Er küsste ihr Haar, ihre Wangen, die Stirn.

»Hast du wieder ein Haiku auswendig gelernt?«, fragte er, noch immer das Zitat von vorher im Ohr.

Elli lächelte stolz, befreite sich ein Stück weit aus Lotts Armen und legte los.

»Es ist ein Frühlings-Haiku, du weißt: drei Zeilen, siebzehn Silben, angeordnet im Verhältnis fünf-sieben-fünf.«

»Ich weiß«, sagte Lott und horchte.

»Es ist also, wie gesagt, ein Frühlings-Haiku. Dazu musst du wissen, dass die Kirschblüte Japans Nationalblume ist, die in zahlreichen Frühlings-Haikus besungen wird. Natürlich sind auch die roten und weißen Kamelienblüten und die herb duftende, weiß und hellrosa blühende Pflaumenblüte von Bedeutung, aber die Kirschblüte bleibt unübertroffen. Und jeder Blüte wird auch ein Vogel zugeordnet. Die japanische Nachtigall, Japans beliebtester Singvogel, gehört zur Pflaumenblüte, wie der Sperling zum Bambus und der Fasan zur Azalee.«

»Jetzt sag schon deinen Frühlings-Haiku und spann mich nicht weiter auf die Folter!«, drängte Lott.

Und Elli rezitierte:

Ganz in fallende
Kirschblüten eingehüllt,
träumend, stürb' sich's leicht.

Lott erschrak.

»Der handelt ja schon wieder vom Sterben«, bemängelte er. »Und das soll ein Frühlings-Haiku sein?«

»Auch im Frühjahr hat der Tod zu tun«, erwiderte Elli und lächelte. »Aber bevor du jetzt wieder fahren musst, weil noch immer ein paar Mörder frei herumlaufen, die du einfangen musst, habe ich ein Frühlings-Haiku, das nur für uns beide geschrieben wurde. Hör zu.«

Lott horchte, während Elli die Luft sammelte, den Atemzug, den sie für diese siebzehn Silben brauchte.

Dieses Falterpaar
Sieht ja aus, als wäre es
Eben erst vermählt.

Lott grinste.

»Du grinst wie ein japanischer Frosch«, feixte Elli.

Sie nahmen sich in die Arme und küssten sich. Sie küssten sich wie ein jungvermähltes Paar, während durch den Lautsprecher, draußen im Gang, der Name irgendeines Arztes ertönte, der sich umgehend an der Rezeption melden sollte.

Lott nahm die Treppe, als wäre er jung. Erst als er im Wagen saß, kam sein Alter zurück. Er dachte, dass ihn nur noch zwei Jahre von seiner Pensionierung trennten, wenn Mappus die Dienstjahre nicht noch aufstockte.

Lott fädelte in die Autobahn ein und beschleunigte. Hatte er etwas versäumt im Leben? Er würde es nicht einholen, so schnell er jetzt auch fuhr.

37

Das Parkhaus am Kornhaus war nur schwach beleuchtet, und in den Ecken roch es nach Urin. Aber den Wagen, der dort für ihn abgestellt worden war, wollte er vor Mitternacht abholen. Der Boden in Ulm war ihm zu heiß geworden. Er brannte bereits unter ihm wie der Wüstensand der Sahara. Er kannte die Namen der Länder, die ihn nicht ausliefern würden. Andererseits war er es, der die Fäden in der Hand hielt, an denen seine Marionetten zappelnd auf seine Befehle harrten. Bei ihm lief alles zusammen, auch wenn es mittlerweile Fäden gab, die man ihm abgeschnitten hatte oder die er selbst abgeschnitten und seine Marionetten hatte abstürzen lassen.

Auf Schwinn konnte er sich verlassen. Aber Schwinn war tot. Noch bevor er einen Auftrag erledigen konnte, war er einfach gestorben. Diese Art des Dahingehens war doch allzu erbärmlich. Schwinn hätte in Ausübung seines Berufes den Löffel abgeben müssen; Schwinn war ein Vorbild für ihn gewesen. Jetzt war er doch nur ein gewöhnlicher Sterblicher, mit abstrusen Visionen und Träumen.

Er hatte ihm Himbeergeist geschenkt, abgefüllt in einer lustigen Verpackung. Auch den anderen in der Truppe, die am selben Projekt hingen, hatte er dieses Geschenk zukommen lassen. Sie sollten wissen, dass er Humor hatte.

Das Parkhaus war, so spät am Abend, nur noch mager besetzt. Wenige Autos standen darin weiträumig verteilt. Aber allein war er nicht. Er hatte einen Schatten gesehen, und noch einen zweiten. Sie waren zwischen den Autos umhergehuscht wie Gespenster. Vielleicht waren es ja welche. Oder wohnsitzlose Halunken. Er griff nach seiner Waffe und entsicherte sie. Für alle Fälle. Geduckt ging er jetzt die Parkreihe, die er anvisiert hatte, entlang. Der rote BMW, den er suchte, war unmittelbar am Ausgang zur Friedrich-List-Schule abgestellt worden. Er fand ihn auf

Anhieb. Es war nicht sein Auto. Es gehörte einem der Russen. Seines wäre zu auffällig für diese Aktion gewesen – ein weißer Trabant 601 de Luxe. So weiß wie das Pferd eines Feldherrn. Er schickte ein Signal, das Schloss des BMW sprang auf. Er stieg ein und fuhr los, verließ das Parkhaus durch die Schranke. So weit also war alles gutgegangen. *Hatte er doch Gespenster gesehen?*

Er hielt eine Hand noch an der Waffe. Als er aber wenige Meter später an den Flaschencontainern gegenüber dem Müller-Markt hielt, steckte er sie ins Handschuhfach, zog stattdessen sein Handy aus der Jackentasche und wählte eine Nummer.

Ohne Umschweife brüllte er hinein: »Habt ihr das Löwenmenschle?«

»Sorry, Skalp! Sie ist uns entwischt.«

»Was heißt hier sorry. Seid ihr Drecksamis oder bin ich einer?«

»Tut uns echt leid«, korrigierte sich der Angerufene und erklärte: »Sie muss auf einen Lastwagen geklettert sein. Und ist dann spurlos verschwunden. Wie auch ihr Handy, das wir jetzt nicht mehr orten können.«

»Und ihre Komplizin?«

»Im Krankenhaus. Aber gut bewacht von Polizei!«

»Die Weiber haben euch reingelegt«, brüllte er. »Wo habt ihr das Löwenmenschle zuletzt geortet, bevor sie mit einem Lastwagen davon ist?«

»Lonetal.«

»Geht's auch genauer?«

»In der Nähe war eine Baugrube. Und nahe dieser Stadelhöhle.«

»Habt ihr den Lastwagen verfolgt?«

»Die haben keine Frau mitgenommen.«

»Aber ihr Handy! Ihr Schwachköpfe.«

»Kann sein. Was sollen wir tun?«

»Sie muss noch dort sein. Prüft das nach, geht zu der Stelle zurück, an der sie zuletzt geortet wurde. Und gebt mir Bescheid. Ich muss mich um den Arzt kümmern, bevor das auch noch aus dem Ruder läuft.«

»Aber Skalp, um den kümmern wir uns doch!«

»Lasst die Finger von ihm, das ist Chefsache!«

Damit drückte er das Gespräch weg und fuhr los, Richtung Wissenschaftsstadt.

* * *

Zur selben Stunde ging bei der Zentrale des Ulmer Polizeipräsidiums ein Notruf ein. Der Notruf wurde an die Einsatzleitung weitergegeben.

Ein Doktor Bluhm. Er wird verfolgt und hat sich irgendwo auf dem Unigelände verbarrikadiert.

»Gebt Lott Bescheid. Und seinen Leuten der Soko Löwenmensch«, ordnete der Kollege an der Wache an, dem der Name Bluhm in diesem Zusammenhang schon untergekommen war.

Die Kollegin drückte Lotts gespeicherte Handynummer.

Forever Young.

Durch das Fenster drang das trübe Licht einer Straßenlaterne. Lott griff nach dem Handy, das neben ihm auf dem Nachtkästchen lag, und drückte die entsprechende Taste. »Ein Doktor Bluhm glaubt sich in Lebensgefahr zu befinden. Eine Streife ist bereits auf dem Weg zur Uni. Wir sind dabei, Ihre Kollegen ins Präsidium zu rufen.«

»Geben Sie der Streife durch, dass sie auf Verstärkung warten soll.«

Kaum hatte Lott aufgelegt, jaulte im Zimmer nebenan eine andere Handy-Melodie.

Spiel mir das Lied vom Tod.

Kurz darauf stürmte Petra Mai, bei der er wieder übernachtet hatte, zu ihm herüber.

»Zieh dich rasch an, wir müssen los«, sagte die Kollegin hastig, während sie sich in ihre Jeans zwängte.

»Bluhm? Begreifst du das?«, stieß Lott hervor und hatte Mühe in seine Socken zu kommen, weil ihm die schmerzende Hüfte wieder das Bücken verwehrte.

»In diesem Fall gibt es für mich keine Überraschungen mehr«, schnaubte Petra, zog sich Pulli und Jacke an und schlüpfte bereits in ihre Schuhe, während Lott noch Kleidungsstück um Kleidungsstück zusammensuchte.

»Sei froh, dass du nicht bei der Feuerwehr bist«, trieb ihn Petra weiter zur Eile an und klapperte dabei mit dem Schlüsselbund.

Wenig später saßen sie im Wagen.

»Hast du schon geschlafen?«, fragte Petra.

Lott nickte verdrießlich und brummte ein wenig glaubhaftes Ja.

»Ist dir die Matratze zu weich?«

»Nein, geht schon«, gab sich Lott einsilbig.

Er hatte vielleicht eine halbe Stunde geschlafen, als sein Handy ihn aus dieser kurzen Ruhephase gerissen hatte.

Mitternacht war bereits vorüber, und der Stadtverkehr war, wie üblich um diese Zeit, so gut wie nicht mehr vorhanden. Ein paar Taxis fuhren vom Bahnhof ab, die Sirene eines Krankenwagens heulte kurz auf und verlor sich wieder, und das eine oder andere Fahrzeug schlängelte sich durch die Baustellenenge, die bis zum Neuen Bau anhielt.

Kammerzelt, Lohner und Marlies waren bereits da. Und Ilona, die das gemeinsame Erscheinen von Lott und Petra mit einem doppeldeutigen Satz kommentierte: »Habt ihr beiden auch schon geschlafen, und hat man euch gestört?« Dabei grinste sie vielsagend.

Lott überging es. »Hat sich die Streife gemeldet?«

»Sie haben Bluhm nicht gefunden. Und den Handykontakt zu ihm verloren«, antwortete Kammerzelt.

Marlies fragte in die Runde: »Wo kann er sich versteckt haben? Wir kennen die Gegend ja inzwischen.«

»Naja, das Gebiet ist groß. Allein die Abteilung der Nuklearmedizin mit ihren Isotopenlabors und den Kontrollbereichen, ganz zu schweigen vom Außenbereich«, meinte Petra.

»Wir müssen hin«, entschied Lott. »Notfalls müssen wir das MEK einschalten.«

»Ich halte hier die Stellung«, sagte Dominik. »Alles, was passiert, und vor allem alles, was ihr braucht, läuft über mich.«

Lott nickte zustimmend. Inzwischen waren auch die Göppinger eingetroffen und wurden hinlänglich informiert. Geraume Zeit später orientierte sich der überwiegende Teil der Soko, unterstützt von Schutzpolizisten, im Umkreis der Wissenschaftsstadt nach einem möglichen Versteck, das Bluhm als Aufenthaltsort gewählt haben könnte. Lott und Petra verschafften sich Zugang zum Isotopenlabor, Lohner, Ilona und Marlies befragten das Klinikpersonal, während das Göppinger Kleeblatt mit einer Anzahl Schutzpolizisten den Botanischen Garten durchkämmte.

Aber die Suche blieb, trotz aller Bemühungen, erfolglos. Auch nach einer Stunde gab es noch keinen Hinweis auf den Verbleib des Strahlenschutzarztes. Bluhm war wie vom Erdboden verschwunden.

* * *

Der Akku seines Handys war leer. Und er saß hier fest. In einem Raum, der eine Besenkammer hätte sein können, wenn hier nicht nukleare Substanzen, ordentlich sortiert und registriert, Heimat gefunden hätten. Es war kein gutes Versteck. Trotz der späten Stunde war es durchaus möglich, dass der Strahlenschutzbevollmächtigte, oder eine Strahlenschutzbeauftragte, hier erscheinen würde. Es gab derzeit genügend Versuche im Isotopenlabor, die sich bis weit in die Nachtstunden zogen. Herr Dr. Bluhm, was machen Sie hier?

Welche Ausrede hätte er parat, die nur annähernd glaubhaft wäre? Er hatte sich auf unerlaubte Weise Zugang zu dem Teil des Depots verschafft. Was darin lagerte, war höchst brisant, aber für die Zwecke seines Auftraggebers eher wertlos. Das Ganze war viel zu kompliziert. Wer sollte die Tracer bedienen, wenn nicht er? Aber um diese zu steuern, brauchte er Raum und Zeit. Ein Anschlag war also nur möglich, wenn diese beiden Komponenten stimmten. Ein Tracer war kein Insektenstich mit einer Dosis Polonium im Stachel. Und nicht der Stich des Skorpions. Es war ein Raumschiff, das einen Kapitän benötigte, der es steuerte. Er musste ihnen klarmachen, dass Tracer nur als eine Metapher zu begreifen war. Radioaktive Metallverbindungen waren nach wie vor ohne Lenker zu indizieren. Als Zeckenbiss also oder als Stich eines Skorpions. Ein wirklicher Tracer aber wäre für deren Vorhaben doch absurd.

Das Periodensystem der Elemente, das wäre die eigentliche Hausaufgabe gewesen, die sie sich hätten einverleiben müssen. Nun hatte er unzufriedene Auftraggeber, die davon träumten, dass ihre Morde als natürliche Todesfälle durchgingen.

Aber er, Dr. Ewald Bluhm, Strahlenschutzarzt an der Universität Ulm, konnte diesen Traum nicht länger mit ihnen teilen. Er würde aussteigen. Das Geld zurückzahlen, in annehmbaren Raten, abzüglich der Aufwandsentschädigungen und der bereits gelieferten Ware.

Bluhm verließ das Isotopendepot und ging zurück in sein Ärztezimmer. Dort hatte er ein zweites Handy deponiert. Er nahm es an sich und suchte den Weg ins Freie. Es war eine milde Nacht. Er atmete tief durch. Dann wählte er die Nummer, die er für Fälle unvorhersehbarer Komplikationen gespeichert hatte. Ein solcher Fall war nun eingetreten, auch wenn er selbst der Verantwortliche dafür war.

Die Stimme, die sich meldete, war ihm inzwischen fast vertraut, auch wenn sie ihm unangenehm als schnarrendes Geräusch ins Ohr drang.

»Gibt es Probleme?«

»Es funktioniert so nicht, ich will aussteigen«, stammelte Bluhm in den Hörer.

Am anderen Ende der Leitung herrschte einen Moment lang ein Schweigen, das Bluhm als aggressiv empfand. Ein aggressives Schweigen – gab es so etwas überhaupt?, dachte Bluhm. Aber ihn überfiel mit einem Mal eine Angst, die ihm eiskalt den Rücken herunterrieselte. Hatte er plötzlich Angst vor seiner eigenen Courage bekommen? Schon wollte er seine getroffene Entscheidung rückgängig machen und sagte: »Wir können natürlich noch einmal über alles reden. Es gibt mit Sicherheit einen gütlichen Weg, der uns beiden entspricht.« Aber er spürte, dass das Kind bereits in den Brunnen gefallen war. Mit diesen Leuten konnte man nicht verhandeln.

»Wo finde ich Sie?«, fragte die schnarrende Stimme.

Bluhm spürte, dass er zu einer Antwort nicht mehr fähig war. Er drückte das Gespräch weg und wählte stattdessen die Notrufzentrale der Polizei. Er würde sich stellen und alles gestehen, wenn die ihn da rausholten. Dann lief er durch den Park.

Er würde an der Zufahrtsstraße warten. Lange konnte es nicht dauern. Dann fiel ihm ein, dass er vor lauter Aufregung vergessen hatte, den genauen Standort anzugeben, an dem er warten würde. Aber er beruhigte sich gleich wieder. Ich werde sie abpassen. Einen Polizeiwagen übersieht man nicht so leicht. Auch nicht den des Kommissars. Selbst ohne Blaulicht erkenne ich den. Wer sonst fährt um diese Zeit auch, mit Ausnahme der Klinikfahrzeuge, hier herauf. Er lief durch den hinteren Teil des Parks und durch das anschließende Waldstück. Am Ende davon war die Straße. Er musste nicht hetzen. Zehn Minuten würden die brauchen, eher mehr. Aber versäumen durfte er sie auch nicht. Er überlegte, ob er noch einmal anrufen sollte. Sicher ist sicher. Er griff im Gehen in seine Jackentasche, das Handy war nicht drin. Er blieb stehen und suchte in beiden Hosentaschen, in der zweiten Jackentasche, in der Brusttasche seines Hemdes. Das Handy war weg. Hatte er es verloren? War es herausgerutscht, als er losgelaufen war? Es war gleichgültig. Er würde sich an die Straße stellen. Ein Polizeiauto übersieht man nicht. Auch nicht das des Kommissars, auch wenn der kein Blaulicht eingeschaltet hat. Seine beruhigenden Sätze waren wie ein Mantra, das er nun stets wiederholte: Ein Polizeiauto übersieht man nicht.

Schon war Bluhm an der Straße. Es dauerte, bis das erste Auto sich zeigte und langsam heranfuhr. Bluhm machte sich bemerkbar. Der rote BMW hielt direkt vor ihm. Ein Mann stieg aus und sprach mit schnarrender Stimme. Bluhm erschrak. Dann durchfuhr ihn ein Schmerz, als ob ein Blitz ihn getroffen hätte.

* * *

Er schaute in den Rückspiegel. Und betrachtete sich darin. Das begehrte blaue Halstuch, das er einst als Jungpionier erhalten hatte, schmeichelte Nacken und Hals. Er trug es noch immer. Und immer dann, wenn er nicht mehr weiterwusste. Dann sang er auch ein Lied. *Blaue Wimpel im Sommerwind.* Es war sein Lied. Es gab ihm Kraft. Auf dem Rücksitz lag der Strahlenschutzarzt Dr. Ewald Bluhm. Er hatte ihn mit einem Elektroschocker außer Gefecht gesetzt. Bluhm war ein Verräter. Und für Verräter gab es nur eine Strafe: Tod durch Erhängen.

Mit Genugtuung registrierte er jetzt die Polizeifahrzeuge, die in Richtung Wissenschaftsstadt an ihm vorbeifuhren. Er musste lachen. Und sang jetzt noch lauter sein Lied: *Blaue Wimpel im Sommerwind.* Dann sah er sich die Fahnenstange mit dem Klassenwimpel tragen. Alle Augen auf ihn gerichtet. Fahnenappell. Trommelwirbel, Musik und Kommandos. Für Frieden und Sozialismus. Seid bereit.

Bluhm rührte sich auf der Rückbank und verdarb ihm für einen Moment die Stimmung des Augenblicks. Er drehte sich um. Bluhm konnte sich nicht rühren. Er lag gefesselt und gekrümmt und jammerte durch den Knebel, den er ihm verpasst hatte, hindurch. Es war an der Zeit, dass er ihn verhörte, verurteilte und dann der Hinrichtung übergab. Er war Ankläger und Richter in einer Person. Der Henker war ein anderer. Für alles war er schließlich nicht zuständig. Seine Aufgabe war es zunächst, einen Ort zu bestimmen, um der Angelegenheit einen angemessenen Rahmen zu verleihen.

38

Die Höhlen der Île-de-France sind weit. Und im Augenblick erreicht sie nicht einmal ein Gedanke. Zita Meerbusch kam aus ihrem Versteck gekrochen wie ein Erdmännchen, das den Kopf der Sonne entgegenstreckt. Sie hatte nichts erreichen können. Nicht in den Nachtstunden und nicht am Tag. Und war wieder zurückgekehrt in ihre Höhle. Dort hatte sie die letzten Stunden geschlafen.

Luna hatte sie in ihrer gemeinsamen Wohnung nicht vorgefunden, und ihr Handy hatte geschwiegen. Nicht einmal eine Nachricht konnte sie ihr auf der Mailbox hinterlassen. Ihr Handy war vielleicht tot, wie das ihre, das sie einem Lastwagen übergeben hatte. Es lag jetzt sicher irgendwo begraben, unter Erde und Schutt.

Der Tag hatte noch nicht recht begonnen. Sie blinzelte dem Morgengrauen entgegen und zuckte im nächsten Augenblick zurück. Da waren sie wieder! Die Suchscheinwerfer, deren Lichtkegel die Felswand entlangtastete. Es war doch schon viel zu hell, ihr Einsatz hatte doch keinen Sinn mehr. Aber wie auch immer, sie hatten die Suche nach ihr noch nicht aufgegeben.

Ich muss warten. Warten, bis dieser Spuk wieder vorüber ist.

Plötzlich traf sie der Lichtschein dieser grellen Lampe. Sie duckte sich noch tiefer ins Erdreich. Der Scheinwerfer aber hatte sie gestreift. Ob ihre Bewegung wahrgenommen worden war? Zita bezweifelte es. Aber der Scheinwerfer hielt jetzt auf den Höhleneingang und rückte nicht weiter. Und er blendete sie. Sie hielt sich eine Hand vor die Augen und versuchte durch die Lücke, die ihre Finger freiließen, etwas zu erkennen. Im selben Augenblick erlosch das grelle Licht des Scheinwerfers und Zita sah, wie zwei Männer aus dem Fahrzeug stiegen, das sie am Straßenrand abgestellt hatten. Die beiden Männer mussten Skalps Deutschrussen sein. Schwinn hatte nicht viel von ihnen gehalten. Tölpel sind es, hatte er gesagt. Aber in jeder Firma braucht man eben auch ein paar Tölpel, für den geistigen Ausgleich. Jetzt waren sie hinter ihr her. Die Sache war aus dem Ruder gelaufen.

Zita blieb und beobachtete. Die Männer kamen näher. Dreißig, vielleicht vierzig Meter waren sie noch von ihr entfernt. Sie würden den Höhlenzugang nicht finden, da war sie sich sicher. Dennoch war es besser, vom Eingang zu verschwinden. Sie machte kehrt, ging tief gebückt zurück und musste sich dann durch die engste Stelle robben, ehe sie an ihren Lagerplatz und später, einige Verengungen weiter, an Schwinns Lagerstätte kam. Das Feuer hatte noch Glut. Ein dünner Qualm stieg zur Decke. Und es roch. Zita schüttete eine Handvoll Erde darüber. Dann setzte sie sich still davor und horchte. Und wartete. Aber nichts geschah. Kein Geräusch, das sie hätte beunruhigen können, drang zu ihr. Es war still. So still, wie es vielleicht nur noch in Höhlen, die von nicht sichtbaren Wesen bewohnt sind, möglich war. Die Minuten verstrichen. Zita wusste nicht, wie viele, denn Zeit hatte in einer Höhle eine andere Bedeutung. In einer Höhle schaltete man die Zeit einfach ab, wie ein Instrument, das keine Funktion mehr hat.

Eine Weile schaute Zita in die Dunkelheit der Höhle, dann schloss sie die Augen. Hinter den Lidern war es heller. Eine Wiese war da und ein Bach und plötzlich auch die wunderfeinen Sphärenklänge aus einer alten Schwanenflöte, wie man sie im Geißenklösterle bei Blaubeuren gefunden hatte.

Wer hatte ihr diese Töne entlockt? Und diesen magischen Klangraum geschaffen? Ein Kehlkopf, der allein weibliche melodische Töne hervorbringt. Wie sie nur in Frauengesellschaften möglich sind.

Sie tastete nach der Höhlenwand. Polierter Marmor, wie zarte Haut. Jede Berührung eine sinnliche Erfahrung, die wie ein Fieber kommt und geht.

Plötzlich wurde sie aus ihren Höhlenträumen gerissen. Geräusche drangen zu ihr. Stiefelschritte. Pöbelndes Gehabe. Fluchen. Sie hatten die Höhle also doch gefunden. Noch mussten die Männer aber ein gutes Stück weit weg von ihr sein. Eine Höhle ist hellhörig. Jeder Ton ist darin gleich überall zu hören. Und das Löwenmenschle hockt in ihrer Höhle. Und hört jetzt ihr Herz schlagen, so laut, dass ihre Verfolger das hören müssen.

Jeder Schlag des Herzens schlägt uns eine Wunde, und das Leben wäre ein einziges Verbluten … Zita sah sich plötzlich außerstande, das einst auswendig gelernte Zitat von Ludwig Börne zu Ende zu bringen, geschweige denn, ihre Nerven so weit zu beruhigen, dass ihre Hände nicht mehr zitterten, um besonnen Schwinns Pistole zu entsichern, die ihre einzige Chance bedeutete, aus dieser Bedrängnis noch einmal herauszufinden.

Aber je näher ihr die tölpelhaften, ungehobelten Sprüche der Deutschrussen entgegenkamen, desto ruhiger wurde sie. Schon hörte sie den eigenen Herzschlag nicht mehr, der eben noch von den Höhlenwänden als Echo zurückprallte, und nicht mehr ihren Atem, der jetzt wie ein ruhiger See war, der kaum noch ihre Brust bewegte, als der Lichtstrahl einer Taschenlampe ihr Gesicht traf.

Im selben Augenblick riss sie die Pistole nach oben und drückte ab.

Die Taschenlampe fiel auf den Boden, einer der Russen schrie, und Zita drückte ein zweites Mal ab. Und hörte die Todesschreie, die darauf folgten. Dann war es still. So still, wie es vielleicht nur in Höhlen still sein konnte. Zita nahm die Taschenlampe an sich und betrachtete ihre beiden Opfer. Sie wunderte sich, dass sie als ungeübte Schützin beide in die Stirn getroffen hatte. Blut quoll aus den Wunden. Nun lagen die beiden Deutschrussen vor ihr und lächelten friedlich.

Zita ließ sie liegen, stieg über ihre toten Körper und kramte zusammen, was sie mitnehmen wollte. Es waren vornehmlich ihre eigenen Sachen. Von Schwinn nahm sie lediglich den Rest des Geldes sowie die Pistole, mit der sie die beiden getötet hatte. Sie wunderte sich, wie wenig der Tod dieser Männer sie berührte, aber warum sollte sie sich benehmen, als ob deren Tod ein Verlust für die Menschheit wäre. Genauso gut hätte sie ihnen Müllsäcke überstülpen können, wie Melchers Löwenmenschen. Es wäre kein Unterschied gewesen.

39

»Wir müssen abbrechen!« Lott ordnete an, die Aktion abzublasen. »Versuch aber noch einmal, ob du Bluhm auf dem Handy erreichst.«

Petra drückte die Wahlwiederholung. Es klingelte, aber Bluhm nahm nicht ab.

»Was haben wir übersehen?«

Petra zuckte die Achseln und ersparte sich jede Bemerkung. Sie wechselte mit Lott lediglich einen resignierten Blick.

Schon waren sie an ihrem Dienstfahrzeug, als einer der Schutzpolizisten, die das Waldstück durchkämmt hatten, sie einholte.

»Wir haben hier etwas«, sagte der Polizeibeamte triumphierend. »Dieses Handy hier.« Während er Lott das Mobiltelefon reichte, erläuterte er seinen Fund. »Wir haben den

Handyton in dem Waldstück hinter dem botanischen Garten wahrgenommen und sind dem Ton gefolgt. Das Handy lag im Bodengestrüpp, hatte sich dort wohl samt seinem Besitzer verheddert. Wir haben's ausklingeln lassen, aber natürlich hat keiner von uns das Gespräch entgegengenommen.«

»Gut so«, lobte Lott und betrachtete das Telefon.

Petra nahm jetzt ihres zur Hand und drückte die Taste für Wahlwiederholung. Im nächsten Moment klingelte das Mobiltelefon, das der Polizist gefunden hatte, in Lotts Händen.

»Also hat er es auf seiner Flucht, vor wem auch immer, verloren«, konstatierte Lott.

»Kammerzelt soll sofort eine Fahndung rauslassen«, schlug Ilona vor.

Lott schloss sich der Meinung der Kollegin an und konkretisierte: »Er soll noch einmal eine Ringfahndung in die Wege leiten.«

Lohner und Marlies hatten sich inzwischen von dem Polizeibeamten zur Fundstelle von Bluhms Handy führen lassen. Vielleicht fanden sich dort noch andere Spuren, die zu dem Strahlenschutzarzt führten, was angesichts der Nachtstunde allerdings unwahrscheinlich war. Sie hatten ja bereits das ganze Gebiet durchkämmt und bis auf das Mobiltelefon keinen Hinweis auf den Verbleib des Arztes gefunden.

Lott gab Bluhms Handy an Petra weiter und bat sie, herauszufinden, wen Bluhm zuletzt angerufen und von wem er einen Anruf erhalten hatte.

Petra drückte die entsprechenden Tasten, Lott wartete gespannt.

»Der letzte Anruf galt uns, davor hat er noch eine andere Mobilfunk-Nummer gewählt.«

»Gib sie an Kammerzelt weiter«, preschte Lott vor, »vielleicht lässt sich der Besitzer des Handys ermitteln, vielleicht können wir es sogar orten!«

»Er soll sich aber beeilen, allmählich frier ich mir hier den Arsch ab«, sagte Petra und machte kein Hehl daraus, dass ihr mittlerweile entsetzlich kalt geworden war.

In der letzten Stunde hatte der April sich wieder von seiner scheußlichen Seite gezeigt. Dem aufkommenden Sturm hatte sich ein unerwarteter Platzregen angeschlossen, vor dem die meisten Beamten allerdings irgendwo kurzfristig Schutz gefunden hatten. Jetzt war der Himmel wieder klar, zwischen den Baumkronen blinkten Sterne, und ein dünner, schüchterner Mond hing zwischen ihnen als Schaukel.

»Du hättest dich wärmer anziehen müssen«, tadelte Lott die Kollegin.

Aber da kam auch schon Dominik Kammerzelts triumphierender Anruf.

»Du wirst es nicht glauben, aber das Handy ist auf den Namen Konstantin Adler registriert. Will uns da jemand verarschen? Aber die gute Nachricht ist, es lässt sich orten. Wir sind dran. Ich geb euch die Position in ein paar Minuten durch.«

»Konstantin Adler, Schwinns Deckname, das kann doch kein Zufall sein«, schnaubte Petra und schaute Lott dabei vielsagend an, während sie von einem auf das andere Bein trat, um die Kälte zu verscheuchen.

»Warten wir noch, bis Dominik sich meldet, dann stoßen wir rein ins Wespennest.«

Lotts Stimme klang aufgekratzt. Aber er spürte, dass er etwas spurte. Und das hieß, dass sie vielleicht dicht vor dem Durchbruch standen. Petra setzte sich in den Wagen und wartete dort.

Es dauerte keine fünf Minuten, da rief der Mann vom BKA zurück: »Das Ganze scheint mir einen Tick zu simpel, als dass es die richtige Spur sein könnte.«

»Schieß los!«

»Wir haben es in der Wissenschaftsstadt geortet.«

»Dann wären wir ja ganz dicht dran«, resümierte Petra, die die Wagentür einen Spaltbreit geöffnet hatte.

Lott nahm jetzt zielstrebig Bluhms Mobiltelefon zur Hand und wählte die entsprechende Nummer. Der Gesuchte sollte ruhig wissen, dass er in der Falle saß. Vielleicht geriet er in Panik und machte einen Fehler.

Eine schnarrende Stimme meldete sich.

* * *

Dr. Ewald Bluhm wusste nicht, wo er sich befand. Es war ein Raum ohne Fenster. Und bevor er in diesen gezwungen worden war, hatte der Chef der Favoriten ihm eine Kapuze über den Kopf gezogen. Jetzt saß er gefesselt auf einem Stuhl. Der Stuhl war aus Metall, die Lehnen kalt, als hätten sie in Eiswasser gelegen. Und die Plastikriemen schnitten in sein Fleisch.

Der Chef der Favoriten trat zu ihm und nahm ihm die Kapuze ab. Das Licht in diesem Raum war diffus. Bluhm atmete schwer. Und er hatte Angst.

»Wir können doch über alles reden«, flehte er.

Aber sein Peiniger nahm keine Notiz von ihm. Er hängte seine Jacke über die Lehne eines zweiten, metallenen Stuhls. Und begann plötzlich zu singen.

Blaue Wimpel im Sommerwind. Dabei nestelte er an seinem blauen Halstuch.

Und schrie plötzlich: »Für Frieden und Sozialismus. Seid bereit!«

Und verließ den Raum.

Draußen hörte Skalp einen Nachtvogel. Solange der schrie, konnte ein Urteil nicht vollstreckt werden. Es musste schon Tag sein. *Immer lebe die Sonne,* stimmte er jetzt an. Sein Endjahreszeugnis würde gut ausfallen. Da war er sich sicher. Die Gruppenräte standen bereits in der ersten Reihe. Und die Thälmannpioniere mit ihren roten Halstüchern auf der anderen Seite. Bald würde die Würdigung der besten Schüler seitens des Pionierleiters erfolgen. Er würde dazugehören. Fahnenappell. Trommelwirbel. Musik und Kommandos. Und die Jungpioniere singen: *Der kleine Trompeter.*

Der Klassenwimpel flattert schon an der Fahnenstange, und durch seine weiße Pionierbluse weht ein eiskalter Wind.

Da aber schreit der Nachtvogel wieder. Eine Eule, ein Käuzchen. Sie rufen ihn zurück. Noch ist es Nacht. Auch wenn der neue Tag schon in den Startlöchern sitzt und wartet; noch heißt es, Geduld zu zeigen. Nachts fällen allein die Gespenster ihre Urteile. Und vollstrecken sie. Pöbel ohne jeden Anstand.

Die Tür ging auf, und der Chef der Favoriten kam zurück. Er nahm einen Stuhl und setzte sich Bluhm gegenüber. Der Arzt zitterte. Seine Lippen bebten. Und aus seiner Nase lief ihm ein dünnes Rinnsal Rotz in den Mund. Er musste auch diese Demütigung erdulden, seine Hände waren gefesselt.

»Thema Tracer«, begann der Chef der Favoriten sein Verhör, ohne seinem Gegenüber dabei in die Augen zu schauen. Er hielt, während er sprach, die Augen gesenkt, auf die eigenen Fußspitzen gerichtet.

»Sie hatten uns diese zugesagt, für teures Geld wohlgemerkt. Kleine Raumschiffe, die nukleare Substanzen in die Körper unserer Opfer transportieren, um sie an geeigneter Stelle abzuliefern. Sagen Sie mir, wenn ich etwas Falsches sage.«

»Die Versuche mit den Tracern sind noch nicht in der Weise abgeschlossen, dass es Erfahrungswerte gibt, die einen Erfolg hundertprozentig garantieren können.«

»Wussten Sie das nicht vorher?«

»Ich war vielleicht zu euphorisch nach den ersten Versuchen mit dem Tracer.«

»Den einen oder anderen Fehlversuch könnten wir verkraften!«

»Das Ganze ist zu kompliziert!«

»Das klang, als ich Ihnen das Geld ausgezahlt habe, aber ganz anders.«

»Ich brauchte das Geld.«

»Und wir ein neues System, eine neue Methode, die Sie uns verkaufen wollten.«

»Ich kann einen Teil des Geldes zurückzahlen und den Rest in Raten.«

Der Ankläger überging Bluhms Vorschlag.

»Ich habe doch geliefert«, verteidigte sich Bluhm. »Es ist kein Kinderspiel, radioaktive Lösungen in kleinen Behältern aus bruchsicherem Polyäthylen aus dem Isotopenlabor zu schaffen.«

»Das hat Herr Schmitt auch gekonnt. Und der war kein Arzt, nur der Entsorger.«

»Warum musste er dann sterben?«

»Er wurde zum Risiko, aber wem sage ich das.«

»Er war nur der zuständige Mitarbeiter für das Einsammeln und den Abtransport radioaktiver Abfälle. Welchen Vorteil hatten Sie denn von seinem Tod?«

»Er wollte nicht mehr kooperieren. Das müssten Sie doch am besten wissen. Die Lieferungen blieben aus.«

»Sie hatten mich dafür geworben.«

»Nicht dafür. Sie sollten der Kapitän meiner Raumschiffe sein, die in den Körpern meiner Opfer eine ungeahnte Havarie auslösen und Opfer hinterlassen, die eines natürlichen Todes gestorben sind. War das nicht Ihre Idee gewesen?!«

Bluhm wurde kleinlaut. »Es ist vielleicht noch nicht ausgereift …«

»Oder Sie schiffen bereits in fremden Gewässern damit. Arbeiten für die Konkurrenz?! Oder woher kommt Ihr plötzlicher Umschwung?«

»Unsinn!«, wehrte sich Bluhm.

»Und was haben Sie dann mit der Polizei zu schaffen?«

»Man hat mich verhört!«

»Und Sie haben uns verraten!«

»Aber nein, gewiss nicht. Ich war als Zeuge geladen.«

Der Ankläger stand plötzlich auf und ging in diesem Raum ohne Fenster auf und ab. Dann schnappte er sich die Lampe, die über dem Strahlenschutzarzt an einer losen Kette baumelte, und hielt sie wie einen Scheinwerfer vor Bluhms Gesicht.

»Ich werde Ihnen heimleuchten, mich anzulügen!«, polterte der Favorit. »Gestehen Sie endlich!«

»Ein Tracer ...«

Bluhm kam nicht dazu weiterzureden. Sein Ankläger unterbrach ihn barsch: »Tracer sind kleine Raumschiffe, die im Körper nach geeigneten Anlegestellen suchen. Das genau waren Ihre Worte. Und genau diese Tracer will ich haben!«

Bluhm schluckte. Er spürte, dass eine Diskussion sich nicht lohnte. Dieser Mann war geistesgestört. Warum hatte er sich nur darauf eingelassen? War Geld nicht ein lachhaftes Motiv, um sich auf eine derart schiefe Bahn zu begeben? Ihm half jetzt nur eins: diesen Menschen hinzuhalten.

»Nur ich kann diese Tracer lenken. Und dazu brauche ich eine freie Hand«, erklärte er deshalb.

»Sie lügen!«, schrie der Favorit. »Jeder kann sie lenken. Und ich kann sie lenken! Ich habe ein Staatsschiff gelenkt, das ich von einer unfähigen Besatzung übernommen habe. Und nun führe ich eine Firma in fremde Gewässer. Gewagt, werden Sie sagen. Ja, die Sache ist gewagt. Aber bald schon wird mich jedermann preisen: Dieser Mann ist ein Genie. Ein Genie! Ja, ein Genie! Schon immer gewesen. Seht sein blaues Halstuch. Es signalisiert seine Unerschrockenheit!«

Er keuchte diesen letzten Satz mehr, als dass er ihn sagte, und wankte sichtbar erschöpft zu seinem Stuhl zurück.

»Das Urteil ist gefällt!«, schrie er. »Sie sind ein Verräter! Und Verräter erwartet nur das eine Urteil: Tod durch Erhängen.«

Bluhm schaute entsetzt auf den keifenden Irren, dem der Speichel jetzt weiß aus beiden Mundwinkeln floss, während der Favorit nach einem Strick griff und ihn um Bluhms Hals legte. Jetzt wusste der Arzt, jedes Widerwort würde seinen Peiniger nur noch mehr reizen. Deshalb schwieg er.

Wortlos knüpfte der Chef einen Seemannsknoten und schlang das Seil um einen Querbalken, der oberhalb von Bluhms Stuhl verlief.

»Der Henker ist unterwegs! Der Henker ist schon unterwegs!«, schrie er. Aber dann wurde er still, atmete ruhig durch und sagte mit beinahe sanfter, wenn auch schnarrender Stimme: »Aber noch ist es Nacht. Ich habe ein Käuzchen rufen gehört. Gerichtet wird nur bei Tag. Man hat schließlich Anstand.«

Plötzlich meldete sich das Mobiltelefon des Anklägers. Er griff danach und meldete sich: »Nicht vor dem Morgengrauen, habt ihr gehört?«

Als er keine Antwort darauf bekam, erschrak er, drückte das Gespräch rasch weg und starrte wie hypnotisiert auf sein Handy. Dann fingerte er, wie außer sich, auf der Tastatur herum und schrie, dem Strahlenschutzarzt zugewandt: »Ich vermute, der Anruf galt Ihnen.«

Im nächsten Moment riss er seine Jacke von der Stuhllehne, und während er in einen Ärmel schlüpfte, drückte er den Türgriff herunter und schrie im Hinausgehen: »Im Morgengrauen kommt der Henker, dann gnade dir Gott!«

40

Mirko Melcher schlug die Augen auf. Und starrte an die weißgetünchte Decke. Es dauerte eine Zeit, bis er wieder wusste, was geschehen war. Dass er jetzt im Krankenzimmer einer Klinik lag, konnte er sich zusammenreimen.

Jemand wollte ihn ermorden. Jemand wollte, dass er tot war.

Zita Meerbusch, das Löwenmenschle, hatte ihn gewarnt. Und das nicht nur einmal. Zuletzt aber, als der Todesschütze schon auf ihn angelegt hatte.

Welches absurde Theaterstück wurde denn da inszeniert? Aber er selbst hatte ja seinen Teil dazu beigetragen. Mit seinen Löwenmensch-Plastiken hatte alles begonnen. Welche

Lawine die auslösen würden, hätte er allerdings in seinen kühnsten Träumen nicht für möglich gehalten. Farbtupfer zwischen ödem Beton sollten sie sein. Freilich Kunst, die auch zum Nachdenken anregen, aber doch so leicht daherkommen sollte wie einst seine bemalten Spatzen, die für eine wahre Invasion gesorgt hatten. Allein seiner Spatzen wegen strömten Touristen zu Tausenden in die Stadt, um ihren ornithologischen Entdeckertrieb zu befriedigen. Es gab dafür eigens einen Stadtplan, in welchem der Standort der einzelnen Spezies aufgezeigt wurde.

Dass seine Löwenmenschen der Spatzen-Idee nicht Paroli bieten konnten, enttäuschte ihn zwar, dass sie aber beinahe einen Bürgerkrieg entfesselten, trug schon wieder komödiantische Züge. Mein Gott: eine Interessengemeinschaft zum Schutze des Ansehens der Löwenmensch-Statuette. *Die Würde des Löwenmenschen ist unantastbar.* Zita Meerbusch war eine Besessene; besessen von ihrer These. Der Löwenmensch ist weiblich, kann nur weiblich sein. Denn der Neandertaler seiner Zeit lebte in Frauengesellschaften. Die Frau war die fruchtbringende und -tragende Göttin, sie war die Mondin, sie war das Sinnbild der Höhle selbst. Und der Löwenmensch, halb Tier, halb Mensch, die Gottheit selbst. Zita Meerbusch war eine Besessene. Gewiss. Aber sie hatte ihn gewarnt. Sie hatte geglaubt, alle Fäden in der Hand zu halten, aber dann hatten sich ihre Fäden verfilzt, sich ineinander verknotet, und zuletzt hatte sie nur noch ein wirres Fadenknäuel in den Händen, in dem sie sich selbst nicht mehr zurechtfand.

So in etwa muss es gewesen sein, dachte Mirko Melcher. Aber dann dachte er nichts mehr, denn sein Kopf begann mit einem Mal so heftig zu schmerzen, dass dieser Schmerz keinen anderen Gedanken mehr zuließ. Nur einen vielleicht noch: Zita Meerbusch war eine Besessene, aber sie war nicht schuld, dass er ins Visier eines Auftragskillers geraten war. *Wenn du unentdeckt bleiben willst, mach viel Wirbel um dich und zeig dich im Rampenlicht.* Sie hatte sich auf diesen Krieg, diesen Schaukampf, mit ihm eingelassen, um von ihrem eigentlichen Auftrag abzulenken. Aber als sie ihn eingeweiht hatte, war das Ganze bereits aus dem Ruder gelaufen. Das genau waren ihre Worte gewesen: *Die Sache ist aus dem Ruder gelaufen.* Ein Satz wie aus einem Kriminalroman.

Welcher Tag ist heute?

Mirko Melcher wusste es nicht. Die elektronischen Geräte hinter und neben seinem Bett zeigten gewiss an, ob Blutdruck, Puls und andere Warnsignale sich noch im grünen Bereich befanden, sie gaben darüber Auskunft, inwieweit sein Körper noch funktionierte. Aber welche Stunde es gerade geschlagen hatte, das verschwiegen sie. Seine war es noch nicht gewesen, so viel war klar. Er lebte. Und würde es weiter tun, wenn aus dieser Farce nicht doch noch ein Trauerspiel wurde.

Zita hatte ihn gewarnt. Nach Griechenland hatte sie ihn geschickt. Nicht ahnend, dass der Tod auch auf dem Peloponnes sein Häuschen hatte. Der Vater seines Freundes Anthimos lebte darin und ein Hund. Und jetzt nur noch Anthimos, so lange, bis die Schwester ihr Erbe in Besitz nehmen würde. Der Tod aber ist weitergezogen, als wäre er ein Tourist, wie Mirko in Griechenland einer war. Ihn aber konnte der Tod nicht täuschen, und er sagte es ihm ohne Umschweife: *Etwas Besseres als den Tod findet man überall.*

Es muss der frühe Morgen sein, dachte Mirko Melcher jetzt. Das Licht drängt zum Tag und entschwindet nicht in die Nacht. Und der Gesang der Vögel klingt nach Aufbruch und nicht nach Rückzug.

Einen Tag lang erleuchtet sein und alles begreifen.

Das wäre das Geschenk schlechthin. Danach könnte man leben oder sterben. Es würde keinen Unterschied machen.

41

Lott hatte eine Karte der Wissenschaftsstadt auf seinem Schoß liegen und notierte darauf den Standort, an welchem das besagte Handy zuletzt geortet worden war. Der rote Signalpunkt, den Lott setzte, lag am anderen Ende der Albert-Einstein-Allee, hinter der Universitätsbibliothek und einer Cafeteria.

Petra fuhr und steuerte den besagten Punkt an.

Dem Ziel so nah.

»Was sind das denn für Kästen?«, wunderte sich Lott. »Die sehen ja aus wie Container.«

Architektonisch betrachtet waren diese Bausteine kein Glanzstück. Das aber war, was den Stand ihrer Ermittlung betraf, im Augenblick völlig unerheblich. Wen immer Bluhm auch angerufen hatte, sie waren ihm dicht auf den Fersen.

»Ruf Verstärkung«, ordnete Lott an, als Petra den Wagen seitlich der Bibliothekszufahrt abgestellt hatte.

»Sollen wir warten?«

»Nein!«

Lotts Antwort war deutlich und duldete keinen Widerspruch. Petra kannte das an ihm. Ihr Chef hatte wieder einmal die irritierende Angewohnheit, zu bestimmen, wohin der Hase zu laufen hatte. Gleichgültig, ob auch der Hase damit einverstanden war. Aber sie wusste auch, dass sie sich auf Lotts Intuition verlassen konnte. Meistens zumindest. Sie zog ihre Waffe.

»Einer dieser Kästen müsste es sein«, vermutete Lott, nahm ebenfalls seine Waffe aus der Halterung, entsicherte sie und ging der Kollegin voran.

Keine Alleingänge. Wie oft hatte Petra diese Regel nicht eingetrichtert bekommen. Auch jetzt spukte dieser Leitgedanke wieder in ihrem Kopf. Aber sie waren ja zu zweit. Das zumindest. Und die Kollegen würden keine fünf Minuten brauchen, bis sie hier waren.

Noch war es Nacht. Auch wenn der neue Tag bereits erste Anzeichen schickte, dass bald mit ihm zu rechnen wäre. Die Vögel begannen, mit noch zauderndem Gesang, die Nacht zu vertreiben, und erste Grauschimmer im Osten gaben ihnen Rückendeckung dabei.

Drei, vier, fünf dieser Kästen kamen in Frage. Genauer konnte der Standort nicht geortet werden.

Lott pirschte voran wie ein Indianer. Die Hüfte gab Ruhe. Hatte er wirklich Hüftprobleme? Er spürte sie nicht. Das Adrenalin in seinem Körper hatte das Steuer übernommen.

»Soll ich Kammerzelt anrufen?«, fragte Petra flüsternd.

Lott nickte. Vielleicht hatte der bereits neue Informationen, was die Ortung des Handys betraf.

Lott wurde unruhig. Er spürte, dass er etwas spürte. Und dieses Gefühl signalisierte ihm im Augenblick, dass er handeln musste.

Gefahr im Verzug.

So würde er das im Fachjargon nennen. Eine Floskel, die längst nicht mehr nur seinen Studenten in Villingen-Schwenningen, sondern mittlerweile jedem Tatort-Gucker geläufig war.

Brauchle hätte gesagt: *Jetzt pressierts!* Oder: *Mir sodded nore macha.*

Herausgekommen wäre dasselbe.

So wie er sich von Lisbeth mit dem Satz *'s goht nemme* verabschiedet hatte.

Eine lapidare Entschuldigung für sein Sterben.

Warum dachte er jetzt an Brauchle?

Petra riss ihn aus diesen Gedanken. Sie hatte neue Informationen.

»Wir sind zu spät gekommen, das Handy ist ausgeflogen!«

»Und wohin?«

»Richtung Stadtmitte!«

»Geht's etwas genauer?«

»Mehr hat Kammerzelt nicht gesagt. Aber er hat bereits Lohner und das Kleeblatt und ein paar Streifen darauf angesetzt.«

Kaum hatte Petra zu Ende gesprochen, war die Verstärkung, die Petra angefordert hatte, vorgefahren.

»Wir werden dennoch das ganze Areal überprüfen. Wir müssen wissen, wo sich der Mann mit der schnarrenden Stimme verkrochen hatte, sofern wir ihn hier nicht mehr antreffen. Ich vermute, dass er Bluhm in seine Gewalt gebracht hat.«

»Aber Bluhm steckt doch selbst mit drin«, entgegnete Petra.

»Er hat uns um Hilfe gebeten, er hat sich verfolgt gefühlt. Und der einzige Hinweis reduzierte sich auf sein Handy. Das sind doch Hinweise genug.«

Petra musste ihm recht geben.

Lott ordnete an, wie die Polizisten bei dieser Aktion vorgehen sollten: jeden der containerähnlichen Bauten durchsuchen, dabei aber keinen Schritt, der nicht zuvor abgesichert wurde, wagen. Vorsicht war geboten.

Der erste dieser Container war mit rostroter Farbe bestrichen worden. Der zweite war blau, ein anderer grün, der letzte war gelb, jede Farbe hatte wetterbedingt gelitten, und die gelbe neigte bereits zu einem schmutzigen Orange.

»Wir wollen nichts überstürzen. Ein Container nach dem anderen«, bestimmte er.

»Gibt es keinen Hausmeister mit einem Schlüssel?«, warf Petra ein.

»Gefahr im Verzug«, sagte Lott und lächelte.

»Was ist daran so lustig?«, hakte Petra nach.

»Ach, nichts«, wehrte Lott ab. »Ich hab nur eben an Brauchle denken müssen.«

Die Kollegin schaute ihn fragend an.

»›Mir sodded nore macha‹, hätte der gesagt.«

Petra konnte Lotts Gedankensprüngen nicht folgen. Ihre Aufmerksamkeit war auf den blauen Container gerichtet, der eben aufgebrochen wurde. Darin kamen alle möglichen

Gerätschaften zum Vorschein, die wenig an einen Klinikbetrieb erinnerten.

»Der hier ist offen«, signalisierte plötzlich einer der Schutzpolizisten.

Es war der rostfarbene Container.

»Vorsicht!«

Kaum hatte Lott seine Warnung ausgesprochen, war einer der Beamten ins Innere der Behausung vorgedrungen und kam mit aschfahlem Gesicht zurück. Der Schreck über das, was er gesehen hatte, hatte ihm jegliche Farbe genommen. Er wollte etwas sagen, aber das Wort blieb ihm in der Kehle stecken.

* * *

Die Tür war zurück ins Schloss gefallen. Bluhm atmete tief durch. Sein Peiniger war weg. Aber er wusste, dass er wiederkommen würde. Und wenn nicht er, dann der Henker, den der Chef der Favoriten angekündigt hatte.

Auf was hatte er sich nur eingelassen!

Aber Selbstvorwürfe halfen jetzt nicht weiter. Er musste handeln. Handeln, bevor der Henker kam und das Urteil vollstreckte, das über ihn gesprochen worden war.

Tod durch Erhängen!

Er versuchte die Fesseln, die seine Hände an den Stuhllehnen festhielten, zu lockern. Aber die gaben keinen Millimeter nach.

Auf was hatte er sich nur eingelassen!

Bluhm dachte an den Tag zurück, an dem der Anlageberater seiner Bank ihm mitgeteilt hatte, dass seine Wertpapiere ins Bodenlose gerutscht seien, und wie dieser Banker ihn dennoch zu Zukäufen animiert hatte, weil man jetzt einen klaren Kopf behalten müsse.

Die Bank an Ihrer Seite ... Wir machen den Weg frei ... Es gibt eine Bank, die hält, was sie verspricht.

Warum hatte er den Werbeslogans vertraut? Als auch das in die Hose ging, hatte sich der Banker nicht mehr telefonisch gemeldet. Das nächste Schreiben war die Aufforderung, er möge sein Konto binnen zehn Tagen ausgleichen, um gerichtliche Schritte, wie es hieß, zu vermeiden.

War das der Moment gewesen, in dem er auf die Idee gekommen war, sich an diesem Bankschnösel zu rächen? Der Tod war noch das Mindeste, das er ihm wünschen konnte. Aber wünschen war zu wenig. Er musste schon etwas tun, damit dieser Wunsch auch in Erfüllung ging.

Bluhm versuchte jetzt noch einmal seine Handfesseln zu lösen. Nur dann konnte er sich auch von dem Strick, der um seinen Hals gebunden war, befreien. Es war die Chance, diesen Raum verlassen zu können.

Er blickte auf seine Hände, die blau angeschwollen waren. Sie waren so kraftlos, dass er jeden Versuch, sich zu befreien, begraben konnte.

Hatte er wirklich im Internet nach einem Auftragsmörder gesurft? Wie naiv war er denn gewesen? Und wie ernüchtert, dass es Hinweise auf derartige Auftragsdienste nicht gab.

Sie wollen jemand um die Ecke bringen? Ihren untreuen Ehepartner oder deren Liebhaber. Oder beide? Jemand, der Sie um Ihr Hab und Gut betrogen hat? Wir erledigen das für Sie: diskret und professionell. Und liefern Ihnen, für einen unerheblichen Aufpreis, ein hieb- und stichfestes Alibi dazu.

Nach so etwas hatte er, verbittert und kindisch wie er war, gesucht. Aber da die Welt doch nicht ganz so offen kriminell zu sein schien, wie sie vorgab, hatte er ein solches Angebot nicht gefunden.

Stattdessen war er auf eine andere Seite gestoßen, die ihn hatte aufhorchen lassen:

Security-Firma sucht Mitarbeiter!
Erforderlich sind:
Fremdsprachenkenntnisse
Kenntnisse der Metallverbindungen im Periodensystem
Kenntnisse im Umgang mit nuklearen Stoffen

Kenntnisse im Strahlenschutz

Wenn Sie Wissen und Fähigkeiten auf diesen Gebieten vorweisen können, sind Sie bei uns richtig. Eine interessante Tätigkeit (auch im Nebenerwerb) bei Spitzenhonoraren erwartet Sie.

Er hatte eine E-Mail mit seinen Kontaktdaten an die Security-Firma geschickt, neugierig, was die ihm anbieten würden, und vor allem, wie viel.

Die Antwort kam prompt. Telefonisch. Eine schnarrende Stimme, die ihm das Sahnehäubchen auf einer üppigen Torte versprach. Einen sorgenfreien Finanzhimmel obendrein. Das erste Geld war schneller auf seinem Konto, als er zusagen konnte. Von da an gab es kein Zurück mehr. Er steckte drin und warb obendrein noch den armen Edgar Schmitt an, der bis zum Hals in der Scheiße steckte, mit seiner verdammten Zockerei. *Die Bayern spielen unentschieden gegen einen potentiellen Absteiger. Wer tippt denn schon so was?*

Schmitt war leicht zu ködern gewesen. Alles wäre vielleicht gutgegangen, wenn Elke Quast sich nicht seiner angenommen hätte. Hatten ihre Hormone noch einmal verrückt gespielt, bevor diese in der Ödnis des Klimakteriums für immer versiegen würden? Sie hatte ihm gedroht, alles auffliegen zu lassen. Zum Glück wurden alle unvorhergesehenen Zwischenfälle von der Firma selbst erledigt. Mein Gott, was dachte er denn da? Ein Glück nannte er das, wenn zwei Menschen sterben mussten, weil sie ein Risiko dargestellt und unvorhersehbare Zwischenfälle zu verantworten hatten. Dachte er nun auch schon wie *die*? Hatten Wut und Enttäuschung über seine finanzielle Misere ihn so geblendet, dass seine Rachegelüste ihn auf eine derart schiefe Bahn bugsierten und ihn selbstgerecht werden ließen, so selbstgerecht, wie seine Auftraggeber es waren? Was gingen ihn Ackermann, Schrempp und Zumwinkel an. Was ging es ihn an, wenn sich Banken in ihrer Gier verspekulieren konnten, wie immer sie wollten, und ein Rettungsschirm wie bei Trapezkünstlern sie auffing und den Bankmanagern bei ihrem Versagen nicht Knast, sondern eine millionenschwere Abfindung winkte.

Ich bin ein Strahlenschutzarzt.

Da haben sie aufgehorcht, die Herren. Als ich das von mir preisgegeben hatte.

So viel verdient man doch als Strahlenschutzarzt nicht.

Da können Sie recht haben, habe ich geantwortet und war schon in ihren Reihen, noch ehe ich die Spielregeln kannte.

War auch alles ganz einfach. Die kleine Kette, die ich mit Schmitt bildete, und am Ende ein Abnehmer ohne Namen.

Der Handel mit nuklearen Stoffen ist rentabel. Rentabler als Rauschgift und Prostitution.

Aber beim Handel sollte es ja nicht bleiben.

Wir Favoriten haben Größeres vor. Auftragsmorde ohne Mordopfer. Wir hinterlassen Leichen, die eines natürlichen Todes gestorben sind. Welcher Hausarzt untersucht einen Herztoten schon nach nuklearen Substanzen im Körper, die den Herztod ausgelöst haben könnten!

Aber nicht genug, den einst wegweisenden *Stich des Skorpion* zu kopieren, mit einem Zeckenbiss Ricin oder Polonium zu injizieren. Dem Favoriten war das nicht genug. Ein Tracer musste es sein. Warum hatte er dem Chef nur diesen Floh ins Ohr gesetzt? Und sich als Kapitän dieses winzigen Raumschiffes ausgegeben, das nur er steuern könnte. Unzufriedene Auftraggeber, die ihren innovativen Killertraum ausgeträumt hatten, hatte er zurückgelassen. Jetzt sollte er zum Schweigen gebracht werden, wie einst der Geheimagent Litwinenko, er, ein Strahlenschutzarzt an der Universität Ulm, ein Würstchen, ein Niemand, der zu großem Geld gekommen und zu blöd war, es richtig anzulegen.

Sein Pulsschlag erhöhte sich. Er spürte, wie sein Herz mehr und mehr pochte. Aber er fürchtete sich nicht mehr vor dem, was da auf ihn zukommen würde. Der Raum war ohne Fenster. Er wusste nicht, ob es schon Tag oder noch Nacht war.

Ich sitze auf dem elektrischen Stuhl und warte auf den Henker, der mich aufhängt. Eine doppelt gemoppelte Hinrichtung.

Er musste innerlich schmunzeln. Und machte keinem mehr den Vorwurf, schuld an seiner Misere zu sein. Er war selbst verantwortlich für alles, was geschehen war. Er hatte sich zu weit aus dem Fenster gelehnt, und wenn er jetzt aus diesem Fenster raus- und runterfiel, hatte er auch das zu verantworten. Er hatte vom Tracer- Prinzip getönt. *Lebende Organismen können nicht zwischen den verschiedenen Isotopen eines Elementes unterscheiden. Ein radioaktives Isotop nimmt in gleicher Weise wie ein inaktives an Transport-, Stoffwechsel- und Ausscheidungvorgängen teil. Das radioaktive Isotop kann über seine emittierte Strahlung von außen gemessen werden …* Dass der Chef der Favoriten keinen blassen Dunst von dem hatte, was er ihm erzählte, aber immer wieder von Neuem in einen Geldsack griff und ihn bediente, hatte er schamlos ausgenützt. Skalp, der Chef der Favoriten, hatte ihm vertraut. Tracer – das war für ihn ein tolles Wort. Das kleine Raumschiff, das todbringende Substanzen in den Körper eines Delinquenten einführen kann. *Durch die minimale Stoffmenge werden die Körperfunktionen nicht gestört.* Dass diese radioaktiv markierte körperfremde Substanz lediglich im Stoffwechsel kursiert und die unterschiedlichsten Untersuchungen ermöglicht, dass die Tracer-Methode allein der nuklearmedizinischen Diagnostik dient, hatte er ihm verschwiegen.

Ich bin für die Lage, in die ich mich gebracht habe, selbst verantwortlich.

Er trug bereits den Strick um den Hals. Wenn es schon Tag wäre, wäre der Henker, zur Ausübung seines Amtes, bereits da. Aber er brauchte den Henker nicht. Er musste es nur schaffen, den Stuhl mit aller Kraft nach hinten zu kippen.

Dann bin ich mein eigener Henker.

Gleichgültig, ob es draußen noch Nacht und eine solche Hinrichtung deshalb unanständig wäre, kippte der Stuhl unter Bluhms Bemühungen nach hinten.

Bluhm wankte noch einen Moment lang, dann aber hielt ihn das Seil derart fest im Würgegriff, dass er spürte, wie alles Leben, gleich einer Substanz, deren Wert und Großartigkeit er nie begriffen hatte, aus ihm wich.

42

Sie hatte seine Stimme erkannt. Ohne Zweifel. Es war die Stimme ihres Bruders, der nicht ihr Bruder war, gewesen. Vor wenigen Tagen erst, als sie in der Uniklinik in einer Besenkammer wartete, die neben dem Büro der Abteilung V-5 lag, in der Edgar Schmitt saß, um die letzten Minuten seines Lebens mit albernen Sportwetten zu verplempern.

Gesehen hatte sie Joachim nicht; sie hatte sich versteckt vor ihm. Aber wer einmal seine Stimme gehört hatte, der würde sie nie mehr vergessen. Joachims Stimme hatte sich in all den Jahren nicht verändert. Der gleiche schnarrende Ton, dieser verstörende Klang, mit der er seine Jugendfreunde, sofern er welche hatte, schon erschrecken konnte. Als wäre er für alle Ewigkeit im Stimmbruch steckengeblieben. Eine Stimme wie aus einem Monsterfilm.

Sie hatte Edgar Schmitt, den zuständigen Mitarbeiter für das Einsammeln und den Abtransport radioaktiver Abfälle, warnen wollen. Sie hatte geahnt, dass er in Gefahr geraten war. Schwinn hatte gesagt, mit diesen Leuten ist nicht zu spaßen. Und wer sich mit ihnen einlässt, sollte sich darüber vorher im Klaren sein.

Edgar Schmitt wusste das nicht. Er hatte sich blenden lassen von der Erwartung, bald schon zu großem Geld zu kommen. Und das ganz ohne die Sportwetten, die er täglich einging.

Dass ihr Stiefbruder Joachim hinter den Favoriten steckte, wusste sie nicht. Es war ihr erst klar geworden, als sie seine Stimme erkannt hatte und wenige Minuten später Edgar Schmitt ermordet aufgefunden wurde.

Schwinn war zu diesem Zeitpunkt bereits tot. Aber der hätte ihr ohnehin nichts gesagt. *Du kannst von mir alles erfahren, nur Namen sage ich dir nicht.* Da war er noch immer der verschworene Kumpan, der um nichts auf der Welt seine Kumpels verraten würde. Schwinn hatte ihr das Präsent gezeigt, jenen Behälter, der vor radioaktiven Substanzen warnte, aber lediglich hochprozentigen Alkohol enthielt.

Attentate mit nuklearen Stoffen. Ich bin zu alt dafür. Ich suche das einfache Leben.

Irgendwann ziehe ich mich in eine Höhle zurück. Du wirst sehen, aus mir wird noch ein ganz brauchbarer Neandertaler.

Er hatte Vertrauen zu ihr gefasst. Ihr von seinen Leidenschaften erzählt. Und sie bewundert. *Eine Göttin bist du!* Er wusste nicht, dass Thorsten Unfried, sein erster Mordauftrag, ihr Vater war. Wenn sie ihn ausfragte, ihn auf die Spur seiner Lebensgeschichte lockte, dann wehrte er ab. *Lass doch die alten Geschichten.* Er wurde im Laufe der vergangenen Wochen immer wunderlicher. *Morden mit nuklearen Stoffen. Ich bin zu alt dafür. Ich suche das einfache Leben.*

Der Löwenmensch hatte es ihm angetan. Er war froh, dass dieser eine Frau war. Von Männern hatte er genug. *Sie ist das Zeichen der Wiederkehr.*

Obwohl Schwinn Vertrauen zu ihr gefasst hatte, wollte sie ihn töten. Auch sie hatte schließlich einen Auftrag, auch wenn sie selbst ihre eigene Auftraggeberin war. Den Tod ihres Vaters sühnen. Und mit dem Tode Schwinns das Regime selbst anklagen, das ihre Eltern und ihre Geliebte auf dem Gewissen hatte. Sie hatte Schwinn nach Ulm gelockt, um ihn zu töten. Mit einem Auftrag, den es nicht gab. Jahrelang hatte sie erfolglos nach ihm gefahndet, war dabei ebenso wenig fündig geworden wie Interpol, bis sie ihn auf jener Vernissage entdeckte. Da hatte ihr Rachelämpchen aufgeleuchtet, war ihre Vergeltungssucht aufgeblüht wie ein Nachtschattengewächs, das im Verborgenen wirkt.

Du hast einen Wunsch frei, ich muss ohnehin nach Ulm. Und ich ahne schon, wer dir im Weg ist.

Spätestens jetzt hätte sie handeln und dem Spiel Einhalt gebieten müssen. Obwohl sie den Namen Mirko Melcher nicht mit ihrem fingierten Auftrag in Verbindung gebracht hatte, hatte sie ihn doch fallen lassen, und es wäre zu befürchten gewesen, dass Schwinn eins und eins zusammenzählen konnte. Doch wenn schon. Damals hatte sie keine Zweifel an ihrem Plan gehabt. Schwinn wäre vorher tot. Hingerichtet von ihr, aus seiner eigenen Waffe.

Dass alles anders gekommen war, lag nicht in ihren Händen. Der übermächtige Regisseur hatte sich für eine andere Variante entschieden. Schwinn war tot, einfach gestorben, ohne dass sie dafür einen Finger krumm machen musste. Und das im wahrsten Sinne des Wortes.

Was sie nicht wusste: Schwinn hatte die Favoriten eingeweiht. Die wussten mit einem Mal von einem Mordauftrag, den sie selbstredend nie erteilt hatte. Außerdem waren sie der Ansicht, dass Schwinn seine *Göttin* in die nuklearen Geschäfte seiner Firma eingeweiht hätte, was im Ansatz auch stimmte.

Von diesem Augenblick an war alles aus dem Ruder gelaufen. Ihr Versuch, die Fäden in die Hand zu nehmen, um die Geschicke so zu lenken, dass diesen Verbrechern ein für alle Mal das Handwerk gelegt wurde, war gescheitert.

Sie konnte Edgar Schmitts Ermordung nicht verhindern. Sie wollte ihn warnen, ihm sagen, was er tun sollte, um nicht unter die Räder zu kommen. Aber sie war nicht dazu gekommen, mit ihm persönlich zu reden. Zuletzt hatte er ihr vielleicht sogar das Leben gerettet, indem er sie in eine Besenkammer gedrängt hatte, um seinen Mörder ungestört empfangen zu können.

Schmitt hinterließ eine Frau und drei Kinder. Und ein paar Tage lang eine Kollegin, die vielleicht seine Geliebte war, zumindest aber eine Mitwisserin, und als solche für Skalp und seine Favoriten untragbar.

Zita fragte sich, ob ihr Vergeltungswahn das alles rechtfertigen konnte.

Auch wenn sie ihre äußerst periphere Rolle in dieser bizarren Farce um radioaktive Substanzen, mit denen gehandelt und getötet werden sollte, verniedlichte, schuldig fühlte sie sich allemal. Denn nichts, was geschehen war, hatte etwas verhindern können. Nicht einmal den Anschlag auf Mirko Melcher. Und der ging nun wirklich zu Lasten ihres Schuldkontos.

* * *

Zita nahm den Schulbus. Sie drängte sich durch den Pulk von Schülern und ergatterte sich einen Platz direkt hinter dem Fahrer. So hatte sie die Straße im Blick. In Söflingen stieg sie aus. Bei *Grünvogel* kaufte sie eine Tageszeitung und beim Bäcker gegenüber zwei Croissants und einen *Coffee to go*. Damit setzte sie sich auf die Bank neben dem Brunnen. Sie nahm den Deckel vom Pappbecher und tunkte eines der Croissants in den Kaffee. Dann stopfte sie das tropfende Gebäck in ihren Mund. Mit dem zweiten Croissant hielt sie es genauso. Noch während sie den restlichen Kaffee trank, nahm sie die Zeitung und schlug sie von der Rückseite her auf. Unter den Todesanzeigen war keine von Mirko Melcher. Das zumindest betrachtete sie als ein gutes Zeichen. Sie blätterte sich zu den Lokalseiten durch. *Mirko Melcher ist außer Lebensgefahr.* Sie war erleichtert. Dann konnte sie lesen, dass Mirko wieder bei Bewusstsein, aber noch nicht vernehmungsfähig sei. Noch einmal atmete Zita erleichtert auf.

Wenigstens das!

Auf derselben Seite fand sie überraschend eine Meldung, die ihre kleine Luna betraf.

Die am vergangenen Dienstag von zwei Männern vergewaltigte und misshandelte Iris W. wurde nun von der Abteilung der Inneren Medizin auf Grund ihres traumatischen Erlebnisses in die psychiatrische Abteilung der Uniklinik eingewiesen. Von den beiden Russen, die der Tat dringend verdächtig sind, fehlt noch jede Spur. Die Kriminalpolizei bittet um Hinweise.

Iris Wirsching, das war ihre kleine Luna. Zitas Wangen glühten. Zu ihrer Sorge um die Gefährtin und zu ihren Befürchtungen, Luna da hineingezogen zu haben, gesellte sich jetzt die furchtbare Gewissheit, dass die beiden Deutschrussen Luna Schlimmes angetan hatten.

Doch ihr blieb ein stiller Triumph: Sie hatte die beiden ihrer gerechten Strafe überführt. Sie hatte sie hingerichtet. Nun konnten sie in der Höhle vermodern.

Zita legte die Zeitung zusammen und steckte sie mit den Frühstücksresten in den Abfallkorb, der neben ihr stand. Dann machte sie sich auf, um zur Endhaltestelle zu gelangen, wo bereits eine Straßenbahn zur Abfahrt bereitstand.

Erst muss ich das Geld loswerden.

Und dann? Weiter im Nebel stochern?

Sie wusste es nicht.

* * *

Die Spurensicherung traf mit dem ersten Licht des Tages ein. Der Gesang der Vögel klang fröhlich, als wären die gefiederten Artgenossen nicht im Geringsten daran interessiert, was immer die Menschen untereinander auch anzettelten.

Der Polizist, der Bluhm erhängt vorgefunden hatte, stand etwas abseits und erbrach sich.

Bluhm war tot, so viel war klar. Der Notarzt konnte nur noch seinen Tod bescheinigen, alles Weitere würden die Rechtsmediziner klären, wenn sie Bluhm erst einmal auf dem Tisch hatten. Vorerst warteten Lott und Petra mit den

Kollegen der Bereitschaftspolizei auf den Leichenwagen des Beerdigungsinstitutes, an das die Ulmer Polizei vertraglich gebunden war. Noch aber waren Lohner, Marlies und die übrigen KTLer bei der Arbeit. Die Hände des Toten wurden mit Klebeband abgeklebt, um eventuelle Faserspuren zu sichern. Die Auswertung dieser Faserspuren, sofern sie welche fanden, würde dann durch das KTI, das Kriminaltechnische Institut in Stuttgart, erfolgen. Die Stricklänge wurde gemessen und die Stelle, an welcher das Strangmittel fixiert worden war, nach Spuren abgesucht. An dem metallenen Stuhl suchte man nach Fingerabdrücken und an der Kleidung des Toten genetisches Material.

Lott war sprachlos und blieb es. Noch ein Toter als Folge dieser kriminellen Ereignisse – diese Folge von Verbrechen nahm ihm die Worte. Was hätte er auch sagen können? Sie hatten Bluhms Tod nicht verhindern können. Irgendetwas war falsch gelaufen. Aber für eine Festnahme hatten die Beweise gegen den Strahlenschutzarzt nicht gereicht. Dennoch, sie hätten einen Vorwand finden müssen. Der Handel mit nuklearen Substanzen war in der organisierten Verbrecherwelt längst zu einem lukrativen Geschäft geworden. Unter diesem Aspekt hätte man Bluhm dingfest machen können. Kammerzelt dachte wohl genauso. Er klang gedrückt, als er sich telefonisch meldete. Machte sich selbst Vorwürfe. Sämtliche BKA-Methoden hatten nicht gefruchtet, kein noch so überzeugendes Computerprogramm hatte zu einem Erfolg geführt. Das Gefühl, versagt zu haben, nagte an ihm.

Petra und Ilona standen tatenlos herum; murrten, knurrten, waren nicht fähig zu einem verständigen Wort, geschweige denn, einen sinnvollen Satz von sich zu geben, mit dem die Ermittlung sich aus ihrer Talsohle hätte befreien können.

So war es Lott vorbehalten, als Erster wieder aus dieser Sprachlosigkeit herauszufinden, um die Ermittlung mit neuen Impulsen zu füttern.

»Wir müssen Zita Meerbusch finden!«

Es war dieser Satz, der eine Lawine auslöste und Kammerzelt, der noch immer an der Strippe hing, ins Rotieren brachte.

Lott schaltete auf laut: »Es geht um den Handel mit nuklearen Substanzen. Und angefangen hat das bereits zu DDR-Zeiten.«

»Aber Schwinn ist tot«, warf Petra ein, die mitgehört hatte.

»Aber Zita Meerbusch nicht«, erwiderte Kammerzelt. »Was, wenn das Löwenmenschle Schwinns Geschäft übernommen hat?«

»Zita war am Tatort, als Edgar Schmitt ermordet wurde«, spann Petra den Faden weiter.

»Ich kann mir das nicht vorstellen«, zweifelte Lott. »Es muss einen anderen Hintergrund geben.«

»Und was ist mit Mirko Melcher? Wer außer der Meerbusch hätte einen Grund gehabt, ihn aus der Welt zu schaffen?«, entgegnete Lohner aufgebracht.

»Du machst es dir zu einfach«, protestierte Lott. »Ich habe Zita Meerbusch bei ihrer Demonstration beobachtet. Hinter der Aktion steckte weder Herzblut noch irgendein Gedanke, Mirko Melcher aus der Welt zu schaffen.«

»Aber wo, verdammt noch einmal, steckt dieses Löwenmenschle?«, polterte Ilona.

»Die Fahndung wurde schon eingeleitet, aber bislang ohne Ergebnis«, gab ihr Kammerzelt recht. »Also tappen wir weiter im Dunkeln.«

Wenige Minuten später, Kammerzelt hatte gerade aufgelegt, rief er schon wieder an. »Die Meerbusch ist von einem Taxifahrer gesehen worden!«, brüllte er ins Telefon. »Am Gemeindeplatz in Söflingen. Dort gibt es einen Brunnen …«

Lott unterbrach ihn. »Ich weiß, Dominik. Wann war das?«

»Vor gut einer Viertelstunde. Ich habe bereits alles veranlasst, damit sie uns diesmal nicht entwischt.«

Lott drückte das Gespräch weg und gab Kammerzelts Information weiter.

Nachdem er Aufgaben und Einsätze verteilt hatte, verließ er mit Petra den schaurigen Ort.

* * *

Etwas hielt sie zurück. Zita Meerbusch hatte bereits einen Fuß auf das Trittbett des Straßenbahnwagens gesetzt, als sie wieder kehrtmachte. Sie entschuldigte sich für diese Unentschlossenheit beim Fahrer, der schon die Finger am Billettschalter hatte, mit einem Achselzucken, womit sie ihre Verwirrtheit demonstrieren wollte.

Hinter ihr stieg niemand mehr ein. Die Straßenbahn fuhr ohne sie um die enge Kurve, die in die Söflinger Straße mündete.

Warum bin ich nicht eingestiegen?

Sie überquerte die Straße zur Leonhards-Kapelle und verschwand im nächsten Augenblick hinter den Friedhofsmauern.

Was mache ich hier eigentlich?

Der Friedhofsweg führte steil nach oben. Sie ging die Gräberreihen entlang. Plötzlich blieb sie stehen. Und schaute über die Friedhofsmauer zum Gemeindeplatz hinunter. Mehrere Polizeifahrzeuge waren dort eben vorgefahren und hielten rings um den Brunnen. Aus den Fahrzeugen sprang ein Polizeiaufgebot, das sich sogleich zerteilte und in verschiedene Richtungen orientierte. Die Beamten verschwanden in dem Zeitschriftenladen, in der Bäckerei gegenüber und in den anderen Geschäften, die den Platz tangierten.

Sie suchen mich!

Im nächsten Augenblick stiegen mehrere Polizisten wieder in ihre Dienstfahrzeuge. Während ein Streifenwagen in Richtung Harthausen abbog, folgte ein anderer den Schienen der Straßenbahnlinie in Richtung Stadtmitte. Eine nicht geringe Anzahl von Schutzpolizisten aber blieb vor Ort, um Seitenstraßen, den Klosterhof und die anschließenden Wege an der Blau entlang zu durchkämmen. Vier weitere Beamte steuerten den Friedhof an. Als Zita sie wahrnahm, begann die Friedhofsglocke zu läuten. Der hohe, schüchterne und doch erschreckende Klang der Totenglocke bewirkte, dass Zita Meerbusch ein kalter Schauer über den Rücken lief. Gleichzeitig aber erkannte sie, dass dieses Totenglöckchen auch eine Chance für sie bedeuten könnte, unentdeckt zu bleiben.

Gemessenen Schrittes, um nicht aufzufallen, steuerte sie nun die Aussegnungshalle an und mischte sich bald unter den Strom der dorthin ziehenden Trauergäste. Zum Glück trug sie Schwarz. Und sie trug es als glaubhaft Trauernde. Mit dem Ausdruck aufrichtiger Teilnahme betrat sie den Aufbahrungsraum und warf einen Abschiedsblick auf den vor kurzem Dahingegangenen, der, hergerichtet wie eine Wachspuppe, jetzt aufgebahrt und unberührt seine Hinterbliebenen an sich vorbeidefilieren ließ.

Wir bitten Sie, Abschied von dem Verstorbenen zu nehmen.

Die engsten Verwandten warfen einen letzten Blick auf den Toten hinter dem Glasschaukasten, verließen den Korridor, um sich ein paar Minuten später in der ersten Reihe der Aussegnungshalle wiederzufinden.

Zita Meerbusch schloss sich ihnen an. Blumenbukette und Kränze lagen an den Seiten und an der Mauer lehnten die Fahnen von Musikverein und Liederkranz.

Es war also keine Beerdigung, die nur dem engsten Familienkreis vorbehalten war. So fiel das Löwenmenschle nicht auf. Zita setzte sich in eine der mittleren Reihen und nahm das Faltblatt, das auf dem Stuhl lag, zur Hand. Es war der Ablauf der Trauerfeier. Gebete und Lieder. Und die Ankündigung der Leichenreden. Während der Sarg in die Halle gefahren wurde, stand Zita mit den anderen Trauergästen auf. Gleichzeitig ertönte über die Tonanlage Mozarts *Requiem.*

Der Pfarrer begann, als die Musik beendet war, mit seiner Leichenpredigt.

Plötzlich öffnete sich die Pforte der Aussegnungshalle, die zuvor geschlossen worden war, äußerst geräuschvoll.

Alle Augen waren plötzlich auf den Polizeibeamten gerichtet, der die Störung verursacht und nun die strafenden Blicke des Pfarrers und der gesamten Trauergemeinde zu ertragen hatte.

Der Beamte ließ einen Blick durch die Reihen schweifen, ehe er, mit einem Ausdruck des Bedauerns, die mächtige Tür wieder sorgsam schloss.

»Da drin ist keine Frau, die auf die Beschreibung passt«, sagte der Polizist seinem Kollegen und signalisierte damit den Rückzug.

»Wenn du mich fragst, die ist längst über alle Berge«, antwortete der Kollege und stimmte der Entscheidung zu.

Ich hatte einen Kameraden, einen besseren findest du nicht.

Der Liederkranz war an der Reihe. Die Tränen häuften sich. Auch Zita Meerbusch trug dazu bei, obwohl sie eine schlechte Schauspielerin war.

Der Vorstand des Musikvereins trat ans Pult. Er hatte einen Frosch im Hals stecken und brauchte drei Anläufe, damit er seine Trauerrede endlich starten konnte. Sie fiel länger aus, als man zunächst erwartet hatte. Er kam vom Hundertsten ins Tausendste. Und fand erst ein Ende, als seine Notizen nichts mehr hergaben.

Auf der vierten Seite standen Noten und Text eines Kirchenliedes, das jetzt gemeinsam gesungen werden sollte.

Meerstern, ich dich grüße …

Warum gerade dieses Lied ausgewählt worden war, konnte Zita allenfalls ahnen. Inhaltlich passte es weder zum Anlass noch war es, rein jahreszeitlich betrachtet, aktuell. Demnach konnte es sich nur um ein Lieblingslied des Verstorbenen handeln. Zita wurde unruhig.

Vielleicht kommen die Polizisten zurück.

Es wäre möglich. Bei manchen fällt der Groschen erst später. Jetzt musste sie auf jeden Fall hier raus. Aber nicht allein. Sie musste warten, bis der Pulk der Trauernden ihr Schutz gewähren würde.

Vater unser, der du bist im Himmel …

Lange konnte es nicht mehr dauern. Aber sie saß jetzt wie auf Kohlen. Ein nächstes Lied wurde angestimmt und verklang. Es war das letzte. Plötzlich wurde die Seitentür geöffnet und der Sarg von zwei Friedhofswärtern hinausgeschoben. Dem Sarg folgten die nächsten Verwandten, dann alle anderen, und mittendrin Zita Meerbusch.

Der Zug endete am offenen Grab. Die Trauergemeinde versammelte sich dort und wich, aus Platzmangel, zum Teil auch in die schmalen Zwischengänge der angrenzenden Grabreihen aus.

Wenn nicht jetzt, wann dann?

Die Aufmerksamkeit aller war ohnehin auf den Pfarrer gerichtet. Vielleicht auch auf die Fahnen, die sich im Wind bewegten. Sie musste den Augenblick nützen. Ihre Flucht wagen. Vielleicht hatten sie die beiden Russen schon gefunden. Und wenn nicht, stand sie dennoch im Visier einer polizeilichen Fahndung. Sie wurde gesucht. Sie stand unter Mordverdacht und im Verdacht, einen Mord in Auftrag gegeben zu haben. Es gab alle Gründe, sie zu jagen. Eine Maus in der Falle würde sie sein, wenn sie nicht rechtzeitig hier herauskam. Sie wusste, wohin sie sich wenden konnte. Was ihr fehlte, war die Zeit, um das Schlupfloch zu erreichen. Wenn der Ring erst geschlossen war, gab es keinen Ausweg mehr.

* * *

Der Ortshistoriker August Rampf hatte einst die Idee, den vier großen Söflingern ein Denkmal zu setzen. Es waren diese der Minnesänger Meinloh von Sevelingen, der Bildhauer Jörg Syrlin, der Barockmaler Franz Anton Kraus und der Rokokomaler Johann Baptist Enderle. Das Denkmal sollte ein Brunnen sein, den der Söflinger Künstler Wilhelm Luib gestalten sollte.

Jetzt stand Lott vor diesem Brunnen, an dem vor knapp einer Stunde noch Zita Meerbusch gesehen worden war.

Einen Augenblick lang betrachtete er das Kunstwerk mit verklärten Augen, die vier Säulen, die ein Bronzereifen miteinander verband, der das Zusammengehörigkeitsgefühl der Söflinger symbolisieren sollte. Gerade einmal zwanzig Jahre alt war er gewesen, damals, als der Brunnen mit einem Brunnenfest eingeweiht worden war. Er konnte sich das Fest noch gut aus der Erinnerung schälen, sah die Kinder vor sich, die als Erste den Brunnen besetzten, und sah sich dann selber Hand in Hand mit Elli über den Festplatz gehen. Es waren die ersten Wochen mit Elli, der er dieses Ereignis nicht vorenthalten wollte. Jetzt lag sie in einer Kurklinik und hatte Angst, die nächste Atemnot nicht zu überleben, während er, als Erster Kriminalhauptkommissar und Leiter des Dezernats für Sonderfälle der LPD Tübingen, seiner kriminalistischen Arbeit nachging. Und das an dem für ihn denkwürdigen Platz, der seine Erinnerungsfäden zum leisen, selbständigen Spinnen animierte.

Wie viel Zeit war seither vergangen, und wie viel davon hatte er sinnlos verprasst, als wäre das Leben eine nie versiegende Quelle.

Nun stand er hier, die Erinnerung im Nacken und doch ganz der gegenwärtigen Situation ausgeliefert. Wo war das Löwenmenschle? War sie auf der Flucht? Und wenn ja, vor wem? Vor der Polizei? Oder fürchtete sie ganz andere Jäger – oder war sie selbst auf der Jagd? Nach den Peinigern ihrer Gefährtin vielleicht. Und was suchte sie hier an diesem Brunnen, den er vor Jahrzehnten mit eingeweiht hatte und der ihm jetzt die Vergänglichkeit so brüsk bewusst machen wollte. Mit Elli Hand in Hand mit jugendlicher Leichtigkeit, das Leben einatmend als ein einziges Jetzt. Diese verheerende Fata Morgana! Elli in Bad Dürrheim, und er humpelte mit kaputter Hüfte auf die ersehnte Pension zu, die Mappus um ein oder zwei Jahre hinauszögern wollte.

»Was ist los?« Petra Mai zupfte ihren Kollegen am Ärmel. »Hast du was? Ist dir nicht gut? Du siehst blass aus.«

»Alles in Ordnung«, gab Lott Entwarnung. Und fand in den Alltag zurück.

»Was hat sie hier gemacht?«, sinnierte er laut.

»Der Taxifahrer hat sie hier auf der Bank sitzen sehen«, antwortete Petra. »Sie hat hier wohl eine kleine Pause eingelegt.«

»Das wäre naheliegend«, gab Lott ihr recht. »Sie ist von irgendwo hergekommen und wollte weiter in die Stadt, vermutlich mit der Straßenbahn.«

»Ich denke nicht, dass sie eingestiegen ist. Die Kollegen hätten sie sonst an irgendeiner Haltestelle aufgegriffen«, widersprach Petra.

»Ich glaube, du hast recht. Sie ist nicht eingestiegen.«

»Du denkst, sie hat Lunte gerochen?«

»Irgendetwas oder irgendwer hat sie davon abgehalten.«

Petra schaute sich nach allen Richtungen um.

»Aber was, um Himmels willen, will sie in diesem Kaff?«

»Hör mal«, entrüstete sich Lott. »In den Köpfen der Einwohner ist Söflingen eine Weltstadt und Ulm nicht mehr als ein Stadtteil davon, wenn nicht ein unbedeutender Vorort.«

Die Kollegin verdrehte die Augen. Sagen konnte sie darauf nichts mehr.

»Komm, lass uns hier nicht Wurzeln schlagen«, blies Lott zum Aufbruch und rückte Petra wie ein Möbelstück zur Seite, um den kurzen Weg zu ihrem Dienstfahrzeug anzutreten.

Dort meldete sich Kammerzelt über Funk.

»Die Fahndung läuft auf Hochtouren«, informierte er. »Ausgangspunkt ist der Gemeindeplatz in Söflingen. Zita Meerbusch ist zu Fuß unterwegs.«

Das waren die Eckdaten. Lott saß auf dem Beifahrersitz und wartete, bis die Kollegin den Wagen gestartet hatte.

»Macht es Sinn, dass wir uns an der Suche beteiligen?« Petras Frageton lieferte die Antwort gleich mit. Sie sah keinen Sinn in diesem Unterfangen, eine Stecknadel in einem Heuhaufen zu suchen. Auch wenn diese Stecknadel Zita Meerbusch hieß.

»Es muss einen Fluchtpunkt für sie geben.«

Petra zuckte die Achseln.

»Irgendeinen Ort, an dem sie sich in Sicherheit wähnt«, sagte Lott und instruierte Kammerzelt über Funk, er möge umgehend recherchieren, ob Zita Meerbusch oder Luna eine zweite Wohnmöglichkeit im Stadt- und Landkreis Ulm hätten. »Auch engere Freunde der beiden, Verwandte, Geschäftspartner. Wir müssen wissen, wohin sich das Löwenmenschle verkrochen hat.«

Kammerzelt bestätigte und ließ Lott wissen, dass Bahnhöfe, Busbahnhöfe und Taxistände sowie alle Ausfahrtstraßen bereits überwacht wurden.

»Und jetzt?!« Petra wurde ungeduldig.

»Fahr die Friedhofstraße hoch und parke am oberen Eingang.«

Die Kollegin folgte Lotts Wunsch, fand dort gleich eine Parklücke und stieg aus.

Die Friedhofsglocke läutete, *das Totenglöckle*. Lott betrat den Friedhof und schaute in Richtung der Gräberreihen, in der auch das Grab seiner Eltern lag. Und Brauchles letzte Ruhestätte. An dieser hatte der Fall seinen Anfang genommen.

Wir haben eine Leiche. Mit dieser Entschuldigung hatte er der Witwe den überstürzten Aufbruch damals zu erklären versucht. Und Lisbeth hatte entwaffnend gelächelt und ihm geantwortet: *Wir doch auch*. Das war typisch Lisbeth gewesen.

Auch jetzt war wieder eine Beerdigung im Gange. Lott warf einen Blick auf die Trauergemeinde. Er hörte den Pfarrer, der durch ein schadhaftes Mikrofon die einstudierten Floskeln kaum verständlich herüberbrachte, und er beobachtete, wie die Trauernden am offenen Grab Erde und Weihwasser dem Verstorbenen hinterherschickten. In diesem Moment überkam Lott das untrügliche Gefühl, dass Zita Meerbusch ganz in seiner Nähe war.

43

Kammerzelt hatte recherchiert und Bluhms Angaben überprüft. Er fand schnell heraus, dass das BKA die Security-Firma, die Mitarbeiter mit Kenntnissen der Metallverbindungen im Periodensystem, Kenntnissen im Umgang mit nuklearen Stoffen und Kenntnissen im Strahlenschutz vorweisen konnten, im Visier hatte.

Verdeckte Ermittler hatten einen Mann ausfindig gemacht, der unter dem Namen *Skalp* eine Abteilung leitete, die im Verdacht stand, illegalen Handel mit Nuklearmaterial zu betreiben. Hinter dem Decknamen *Skalp* verbarg sich ein ehemaliger Stasi-Mitarbeiter namens Joachim Meerbusch, der allerdings kein großes Tier bei der Stasi war, eher ein unterbelichteter Mitläufer.

Lott atmete tief durch, ein Schnauferl der Erleichterung, der Elli gutgetan hätte. In seiner langen Laufbahn war das BKA bislang eher als Störfaktor in den Ermittlungen in Erscheinung getreten. Dass es dieses Mal anders war, räumte ein Vorurteil aus dem Weg.

»Es ist ein Geschwisterpaar, das kein Geschwisterpaar ist. Aber wohl gemeinsam in diese Security-Firma verstrickt ist. Dieser Skalp hält die Fäden in der Hand, Zita arbeitet vor Ort, Schwinn war eine Art Mentor für Joachim.«

»Wenn er kein großes Licht war, wie kann er dann die Fäden in der Hand halten?«, zweifelte Lott.

»Du meinst Zita, das Löwenmenschle, hält die Fäden in der Hand?«, fragte der Mann vom BKA zurück.

»Ich kann es mir nicht vorstellen«, antwortete Lott.

* * *

Es gab nur einen Ort, wo sie halbwegs sicher war. Mirko Melchers Schuppen. Dort würde sie niemand suchen. Die Vorstellung, die Höhle, die auch Schwinns Höhle gewesen war, wieder zu benutzen, war wenig einladend.

Mirkos Schuppen lag am Ende des Neubaugebiets, das fast bis zum Maienwald reichte, und am Anfang der Krautgärten, die allesamt mit Freizeithütten bestückt waren. Mirkos Schuppen war größer. Er bestand aus einem kleinen Wohnraum mit einer Schlafstatt, einer Kochnische und einer Waschgelegenheit. Die größte Fläche nahm das Atelier ein, in dem zurzeit etliche unbehandelte Löwenmensch-Plastiken, die, wie Strandtouristen nebeneinandergereiht und an weiße Jungwale erinnernd, den Raum füllten.

Mirko hatte ihr einen Schlüssel gegeben. Ob er geahnt hatte, auf welches Pflaster sie sich gewagt hatte? *Als letzte Zuflucht* hatte er seinen Schuppen bezeichnet, mehr humorig als ernst gemeint. Nun war sein Bonmot Wirklichkeit geworden. Eine letzte Zuflucht. Sie hatte den Friedhof unerkannt verlassen können. Und ebenso unerkannt hatte sie das Ende der *bewohnbaren Welt* erreicht. Nun stand sie dicht davor, einen Schritt in Melchers letzte Zuflucht zu wagen.

Sie schaute sich um, ob ihr jemand gefolgt war. Und beruhigte sich gleich wieder. Kein Polizist weit und breit und keiner der Mordbuben ihres Bruders war in Sicht.

Plötzlich hielt sie inne. Ein Geräusch hatte sie aufgeschreckt, das sie lange nicht gehört hatte. Es war das Knattern eines Trabants 601.

* * *

Sie konnte nicht mehr weglaufen. Die Schwester, die nicht seine Schwester war, die einst die Bewunderung, die er ihr entgegengebracht hatte, in den Sand getreten hatte. Alles hatte sie in den Sand getreten, alle ihre gemeinsamen Ideale. Dabei war sie ihm vorangegangen, immer zwei Schritte voraus. Bei den Jungen Pionieren und später, als sie das blaue FDJ-Hemd trug. Immer voran. Zwei Schritte mindestens. Und als er glaubte, sie eingeholt zu haben, war sie durch die Mauer in ein anderes Leben geschlüpft. Von diesem Tage an hatte er keine Schwester mehr. Die Eltern verboten ihm, von ihr zu reden, den Namen Zita überhaupt zu erwähnen. Sie war die Schande der Familie. Sie hatte den Namen Meerbusch befleckt.

Skalp hat sie mich gerufen, als ob der blonde Schippel nicht dahin und deshalb weg gehörte. Ein Spottname. Ein Schimpfname.

Doch die Zeit, in der man ungestraft über ihn spotten durfte, war endgültig vorbei. Jetzt war *Skalp* ein Name, vor dem man zitterte oder vor Ehrfurcht erstarrte. Auch Schwinn durfte nicht mehr über ihn spotten. *Skalp* war jetzt der Kapitän, der das Staatsschiff in neue Gewässer lenken würde. Schwinn war von Bord gegangen. Ein lächerlicher Abgang. In einem Hotelzimmer einfach gestorben, mit einem unerledigten Auftrag im Gepäck. Den Auftrag hatte Schwinn ihm vererbt. Eine unrühmliche Hinterlassenschaft. Zum Glück hatte er seine Russenmannschaft. Diese Russen, die mehr Deutsche als Russen waren.

Der große Bruder Russland, wo war er geblieben, als die Vandalen die Mauer stürmten und sie im Handstreich nahmen? Jetzt war seine Mannschaft geschrumpft. Schwinn war tot. Und ein paar seiner Leute, auch Deutschrussen darunter, hatten kalte Füße bekommen und sich in Länder abgesetzt, die keinen, auch noch so Verfolgten, nach Deutschland ausliefern würden.

Seine beiden Leibrussen hatten noch zu tun: den Strahlenarzt hinrichten! Das Löwenmenschle zu fangen, hatte ihren Horizont überstiegen.

Zum Glück saß das Löwenmenschle in seiner Falle. Ihm konnte sie nicht entwischen. Er hatte Witterung aufgenommen und sie gestellt. Er würde die Falle zuschnappen lassen, wann immer er den Zeitpunkt für richtig empfand. Sie hatte den Tod verdient. Er würde sie töten. Und dann von den Russen verbuddeln lassen, dass keiner in tausend Jahren sie findet.

Den roten BMW hatte er an der vereinbarten Stelle für die Russen abgestellt.

Dort werden sie auf mich warten, bis mein neuer Befehl sie erreicht.

Er, der berühmte Skalp, fuhr einen anderen Wagen. Ein Automobil, das auffiel: Ein Trabant 601 de Luxe, weiß, wie das Pferd eines Feldherrn. Aus dem Sachsenring Automobilwerk Zwickau. 107 km/h Höchstgeschwindigkeit. Er war ja kein Raser. Er ritt das Auto im leichten Galopp. Sein Wagen war sein Pferd. Ein Feldherrnschimmel. Freilauf im vierten Gang. Beim Zurücknehmen des Gaspedals lief der Motor trotz des eingelegten vierten Ganges im Leerlauf; er kuppelte erst ein, wenn die Motordrehzahl nach dem Gasgeben wieder anstieg, so dass der Wagen beschleunigt werden konnte.

Belächelt von allen, die sein *weißes Pferd* betrachteten, mit einem Ausdruck voll Mitleid.

Sollen sie nur lachen!

Er hatte alle mit seinem Fahrzeug getäuscht. Sein Trabant war das Raumschiff, mit dem einst Gagarin als erster Mensch den Weltraum bereiste. Er war ein Zeichen der Zugehörigkeit, wie auch das blaue Halstuch, das er noch immer trug.

Wir wurden geboren, um Pioniere zu sein.

Er summte jetzt, während er die Schwester verfolgte, *Blaue Wimpel im Sommerwind.* Sein Lied. Wie auch *Der kleine Trompeter* und *Immer lebe die Sonne.* Aber die Blauen Wimpel doch am meisten.

Wie erbärmlich waren doch seine Landsleute gewesen, die in Trabant-Kolonnen das Land verlassen hatten, um ihre Ideologie gegen Bananen einzutauschen. Verräter allesamt. Für hundert Mark Begrüßungsgeld, für einen Judaslohn.

Zitas Freundin Helen war so eine. Die hatte er übernommen, als seine Schwester versagt hatte. Er hatte ihr das Anderssein schon ausgetrieben. Dafür gab es Kliniken. Und Methoden, die er beherrschte wie kein anderer.

Das lesbische Weib ist mir entwischt.

Zorn stieg in ihm auf. Noch immer, nach all den Jahren.

Sie war mit tausenden von Volksverrätern durch die Mauer gebrochen, um sich auf der anderen Seite den Judaslohn abzuholen. Hundert D-Mark und einen Strunk Bananen.

Er hatte die Schwester, seit sie sich auf dem Friedhof unter die Trauergäste gemischt hatte, nicht aus den Augen verloren. Nichts hatte ihn aus der Ruhe gebracht. Kein Glockengeläut und kein Polizeiaufgebot. Er hatte Zita fokussiert wie die Schlange das Kaninchen. Immer im Auge behalten. Durch hundert Menschen hindurch.

Er hatte die Schwester verfolgt. Sie strebte zum Ende der Straße, die in eine Gartenwelt mündete.

Will sie sich in einer dieser Datschas verstecken? Nein, sie bleibt bei dem Schuppen stehen und kramt einen Schlüssel aus ihrer Jacke.

Er ließ den Motor seines Trabant 601 de Luxe kurz aufheulen und gab Gas.

Das Löwenmenschle saß in der Falle.

* * *

»Mirko Melcher ist vernehmungsfähig!«

Die Nachricht erreichte Lott, als er gerade die Trauergäste auf dem Söflinger Friedhof beäugte und nebenbei an seinen verstorbenen Kollegen Brauchle dachte.

»Melcher ist wach«, gab er die Meldung an die Kollegin Mai umgehend weiter. »Überlassen wir also die Arbeit hier der Fahndung.«

Petra stimmte ihm zu. Die Fahndung arbeitet eigenständig, sie muss nicht groß instruiert werden. Das wusste sie. Nur Lott mischte sich allzu gerne in deren Kompetenzen ein.

Jetzt aber hatte er eingesehen, dass ihre Ermittlung auf anderem Terrain erfolgversprechender war, und ging der Kollegin forsch voran Richtung Dienstfahrzeug. Wie immer fuhr Petra. Da die Söflinger Straße verstopft war, setzte sie Blaulicht. In weniger als einer Viertelstunde hatten sie ihr Ziel erreicht: das Bundeswehrkrankenhaus.

Sie wurden in das von Schutzpolizisten bewachte Krankenzimmer, in dem Mirko Melcher lag, gebracht.

Der Initiator der Löwenmensch-Plastiken saß lächelnd in seinem Bett.

Sein behandelnder Arzt gab Lott zu verstehen, dass der Patient noch anfällig sei und daher keiner Aufregung ausgesetzt werden dürfe. Zeitlich begrenzte er das Verhör auf zehn Minuten.

Melcher wehrte ab. »Keine Sorge! Ich bin wieder ganz in Ordnung.«

»Schön wär's«, sagte der Arzt bitter lächelnd und überließ dann den Ermittlern das Feld.

Doch bevor Lott mit einer Frage ansetzen konnte, begann Melcher zu reden.

»Die Zita ist eine Verrückte!«, tönte er lachend. »Oder um es genauer zu sagen: Sie ist eine Totalverrückte. Aber jetzt ist sie in Gefahr, das glaube ich zumindest.«

»Wir wissen nicht, wo sie sich aufhält«, warf Petra ein.

»Wenn sie sich in Gefahr wähnt, dann weiß ich es vielleicht.«

»Wo?«, hakte Petra hektisch nach.

Mirko Melcher antwortete nicht, sondern begann zu erzählen: »Als Schwinn tot war, glaubte sie, ihr Spiel gegen mich und meine Aktion aufrechterhalten zu können, ohne dass groß etwas passiert. Sie wollte ja Schwinn ans Leder, wenn überhaupt, und nicht mir.«

Petra wurde ungeduldig und wollte ihn unterbrechen, aber Lott hielt sie zurück.

»Was da so alles ablief, weiß ich nicht. Aber plötzlich hat sie mich gewarnt. Da drehen einige durch. Die glauben, ich hätte Schwinn den Auftrag gegeben, dich zu töten. Und diese Schwachköpfe wollen Schwinns angeblichen Auftrag jetzt ausführen. Das hat sie gesagt. Im ersten Moment hab ich das für einen schlechten Witz gehalten. Das ist kein Witz, hat sie geschrien. Da hab ich es dann doch mit der Angst gekriegt. Und als ich zwei jugendlichen Schlägern an der Donau begegnet bin, hab ich das als Zeichen gewertet und Zitas Warnung in die Tat umgesetzt. Ich hab ihr von Griechenland erzählt, dass ich da einen Freund habe. Flieg hin. Ich halt dich auf dem Laufenden! Sie hat mich richtig gedrängt. Und da hab ich die Sache dann doch ernst genommen. Bald habe ich aber gemerkt, dass man auch in Griechenland sterben kann, und wollte zurück. Ich weiß nicht warum, aber plötzlich hatte ich keine Angst mehr. Erst nach Zitas Anruf habe ich mir wieder Sorgen gemacht. Die wollen jetzt ablenken. Es geht um den Handel und um Auftragsmorde mit radioaktiven Substanzen. Aufregendes Zeug hat sie mir erzählt. Nicht alles hab ich ihr geglaubt. Aber das meiste schon. Ich mag sie, und sie mich auch. Auch wenn ihr die Löwenmensch-Plastiken ein Dorn im Auge sind.«

Petra nützte Melchers Verschnaufpause. »Wo ist Zita Meerbusch?«

»Dieser Schwinn hatte wohl ihren Vater getötet, zu DDR-Zeiten. Aber nach so vielen Jahren? Ich glaube nicht, dass sie es getan hätte. Sie hätte Schwinn nicht getötet.«

»Mirko, wo ist Zita Meerbusch?«

Während Petras erneuter Aufforderung war Melchers behandelnder Arzt ins Krankenzimmer getreten.

»Alles in Ordnung?«, fragte er seinen Patienten.

»Alles bestens«, antwortete Melcher. Und dann, Petra zugewandt: »Ich glaube, ich weiß, wo sie ist.«

»Haben Sie eine Vermutung?«, hakte Petra nach.

»Mehr als das«, antwortete Melcher und lächelte die Kommissarin leutselig an.

Lott starrte auf Melchers Mund.

»Ich habe ihr den Schlüssel von meinem Atelier gegeben. Was heißt Atelier, eigentlich ist es nur ein bewohnbarer Schuppen zum Arbeiten …«

Lott unterbrach ihn: »Wo ist er?«

Melcher nannte die Adresse.

»Danke!«, sagte Lott, tatschte Melchers Handrücken, und war schon an der Tür.

Petra verabschiedete sich und hörte Lotts aufgeregtes Drängen. »Dann nichts wie hin.«

Gleichzeitig nahm Lott sein Handy und rief Kammerzelt an.

Aufgrund Melchers konkreter Aussage war eine gezielte Fahndung mit Unterstützung einer Spezialeinheit der nächste Schritt, den es einzuleiten galt.

44

Zita schenkte ihm ein gleichgültiges Lächeln, als er plötzlich vor ihr stand, mit gezogener Waffe, jedoch mit zitternder Hand.

»Skalp«, sagte sie, fragend und leicht verwundert.

Er drängte sie durch den Schuppeneingang und zog hinter sich die Tür ins Schloss.

»Setz dich«, befahl er forsch und deutete auf den Stuhl, der abseits einer lose geordneten Sitzgruppe stand.

Zitas Blick warb um Schonung, als sie sich folgsam setzte.

»Was willst du?«, fragte sie dann.

»Nenn mich nicht Skalp!«

Ihr Lächeln barg jetzt Mitleid. »Ich dachte, alle Welt nennt dich jetzt so.«

»Alle Welt ja, aber nicht du!«

»Du bist in die Fußstapfen deines Vaters getreten?«

»Unser Vater war ein Niemand«, antwortete Skalp geringschätzig.

»Dein Vater war er, nicht meiner«, entgegnete Zita ihm in anmaßendem Ton.

»Deiner war ein Feind des Staates«, triumphierte ihr Bruder, der nicht ihr Bruder war.

»Diesen Staat gibt es nicht mehr«, parierte Zita.

»Weil du ihn verraten hast. Du und deine lesbische Freundin.«

Skalp drehte sich um und schaute kurz aus dem Fenster. Zwei Kinder standen um sein Auto und lachten. Er nahm die Pistole hoch und zielte auf sie.

»Peng!«, sagte er, und noch einmal: »Peng.«

Nach diesen kindischen Lauten, die er in Richtung der Kinder gespuckt hatte, wandte er sich wieder der Schwester zu.

»Wie geht es denn Helen, deiner Freundin?«, fragte er dann und lächelte süffisant.

»Sie ist tot!«

»Ich weiß!«

»Und warum fragst du?«

»Ich habe sie getötet!«

Zita lächelte bitter. »Auf ehrlose Weise bist auch du Teil dieses Staates gewesen. Aber gestorben ist Helen in Freiheit. Und du, kleiner Bruder, hattest nicht das Zeug dazu, eine wie Helen zu töten. Sie war stärker als deine ganze Mischpoke.«

Skalp, oder Joachim, wie er eigentlich hieß, erstarrte vor Wut.

»Du …« Mehr brachte er nicht über die Lippen.

Aber die Waffe richtete er jetzt noch drohender, doch noch immer mit zittriger Hand auf die Schwester.

Zita versuchte ihn abzulenken. »Du machst jetzt in Atom?«, fragte sie wie beiläufig. »Schwinn hat mir davon berichtet. Das scheint ja ein recht lukratives Geschäft zu sein.«

Joachim senkte die Pistole. »Schwinn war zu blöd dazu.«

»Und deine Russen?«

Skalp wurde blass. »Was weißt du von meinen Russen?«

»Du hast sie auf mich angesetzt!«

Über Skalps Gesicht huschte ein unsicheres Lächeln.

»Dann weißt du jetzt ja, was dir blüht.«

»Auch deine Russen sind doch zu blöd, um auf Augenhöhe mit dir auf einem Gebiet wie dem Handel mit radioaktiven Substanzen zu reden.«

Zitas Bruder, der nicht ihr Bruder war, war von ihrer Wortwahl angetan. Er strahlte jetzt übers ganze Gesicht. »Ich werde nicht nur damit handeln«, sagte er überheblich. »Aber alles ist eben Chefsache. Alles muss ich selber machen.« Und er lamentierte wieder: »Das Staatsschiff wurde von einem unfähigen Kapitän gelenkt. Jetzt liegt es an mir, es wieder in ruhige Gewässer zu führen.«

»Du willst die Mauer neu aufbauen?«, fragte sie ihn herausfordernd.

Joachim nahm Zitas ironische Frage ernst.

»Nein«, antwortete er ungehalten.

»Was dann?«

Er griff zu seinem blauen Halstuch, das ihn als Jungpionier auszeichnete, und spielte damit, ehe er zu einer Antwort ansetzte.

»Mit diesen Substanzen habe ich all die Leute aus Politik und Wirtschaft in der Hand. Sie tanzen nach meiner Pfeife, wenn du verstehst, was ich meine«, erklärte er ihr dann mit einer gewissen Vertraulichkeit.

»Aber deine Russen sind tot«, sagte sie. »Ich habe sie getötet.«

»Hast du nicht!«

»Hab ich doch!«

»Du willst wieder alles besser wissen.«

»Du weißt, dass ich alles besser weiß.«

»Weißt du nicht!«

»Weiß ich doch!!«

Joachim schaute zerknirscht zu, wie die Schwester jetzt die Beine übereinanderschlug und seine Waffe, die noch immer auf sie gerichtet war, anscheinend ignorierte.

»Kannst du dich nicht mehr erinnern, wer von uns beiden die Auszeichnung bekommen hat?«, fuhr Zita fort. »Beim Fahnenappell, als wir die Endjahreszeugnisse erhalten haben? Und wer hat den Wimpel getragen?«

»Das warst du«, gab der Bruder kleinlaut zu. »Aber du hast es für die Gemeinschaft getan. Ich habe dafür gesungen. Weißt du noch, *Der kleine Trompeter.* Ich hatte eine schöne Stimme.«

»Aber nur bis zum Stimmbruch. Dann durftest du nicht mehr mitsingen, weil deine Stimme schrecklich geworden war.«

»Meine Stimme hat den anderen Angst eingejagt«, entgegnete Skalp stolz.

»Da kannst du recht haben.« Zita lachte. »Eine Stimme, wie von einem Gespenst.«

»Draußen steht mein Trabant.«

»Ich hab ihn gehört. Er heult wie ein Wolf.«

»Ein Trabant 601 de Luxe. Den haben nur Genossen bekommen, die sich um den Staat und dessen Sicherheit verdient gemacht haben.«

»Und so einer warst du!«

»Ja! Und alles wird wieder so werden, wie es war.«

»Nur ohne Mauer«, frotzelte Zita.

»Du bist durch die Mauer geschlüpft, als sie noch sehr stabil war.«

»Man hat mich abgeschoben«, erklärte Zita.

»Wer hat dich abgeschoben?«

»Der Stasi-Staat, dein Vater. Ich war die Schande deiner Familie, die nicht meine Familie war. Meine Familie hat dieser Staat ausgelöscht. Ich musste weder durch noch über die Mauer in die Freiheit fliehen. Man hat mich quasi rübergeworfen. Wie ein Stück Unrat.«

Skalp lächelte. »Das warst du ja auch. Im übertragenen Sinne, mein ich. Es mit Frauen machen und was sonst noch alles.«

»Ach, Skalp«, seufzte Zita.

»Sag nicht Skalp«, flehte Joachim.

»Joachim«, sagte Zita.

Und überlegte, ob dies der richtige Augenblick war, um ihm die Waffe aus der Hand zu nehmen. Sie ging auf ihn zu, strich ihm übers Haar, zog fast zärtlich an dem blonden Haarschnippel, der ihm den Spottnamen eingebracht hatte. Sie griff nach der Waffe, die Joachim nur noch locker am Finger baumeln ließ.

»Die Kinder mögen meinen de Luxe«, sagte er mit brüchig schnarrender Stimme, während sein Blick nach seinem Fahrzeug suchte.

Im selben Moment zuckte er zusammen, riss die Pistole an sich und stieß seine Schwester, die nicht seine Schwester war, von sich, denn draußen war Polizei vorgefahren. Vier, fünf Streifenwagen, dazu die Zivilfahrzeuge des MEK.

»Du hast mich verraten«, schrie er und richtete wieder die Waffe auf sie.

»Sie wollen mich, nicht dich«, erwiderte Zita lauthals. »Ich habe deine Russen erschossen!«

»Wie kommst du dazu? Sie sollten das Löwenmenschle auslöschen.«

»Ich bin das Löwenmenschle, das weißt du doch, oder etwa nicht?«

Der Bruder schaute sie groß an.

»Ich habe deine Russen getötet, hab ihr unnützes Leben ausgelöscht. Jeder ihrer Atemzüge war nichts als verschwendete Luft!«

Skalp überhörte ihre arroganten Worte und starrte jetzt nach draußen, wo die Männer des MEK in Stellung gingen.

»Um die ist es nicht schade«, antwortete Joachim, ohne die Schwester dabei anzusehen. Dann schaute er plötzlich auf und sagte mit fiebrigen Augen: »Aber dich dürfen sie nicht kriegen.«

Zita sah ihm, überrascht von dieser Äußerung, ins Gesicht. Dann sagte sie mit leiser, aber entschlossener Stimme: »Ich werde mich stellen, man muss wissen, wenn man verloren hat.«

»Nein«, protestierte Skalp heftig. »Nur Weicheier-Amerikaner ergeben sich, aber nicht wir, wir sind Pioniere, vergiss das nicht.«

Kaum hatte er diese heroischen Worte ausgesprochen, riss er sich auch schon das blaue Halstuch herunter und schlang es der Schwester, die nicht seine Schwester war, um den Hals und sang den Refrain *Blaue Wimpel im Sommerwind.*

* * *

Lott sah den weißen Trabant de Luxe und wusste im selben Augenblick, Zita Meerbusch schwebte in Lebensgefahr. Er erklärte dem Leiter des MEK-Kommandos die Situation und bat ihn, einen Zugriff so lange hinauszuzögern, bis er das Zeichen dazu gab. Es sei denn, die Situation ließ keine andere Möglichkeit zu.

Auch wenn Petra und Ilona Zweifel hatten, da Kammerzelt eine Komplizenschaft der »Geschwister« nicht ausschloss – für Lott stand fest, Zita befand sich in der Gewalt von Joachim Meerbusch, dem Bruder, der nicht ihr Bruder war.

Lott griff zum Megaphon. »Frau Meerbusch, kommen Sie mit erhobenen Händen heraus. Jeder Widerstand ist zwecklos.«

»Zitas Bruder soll glauben, wir sind hinter ihr her«, flüsterte er in Richtung seiner beiden Kolleginnen.

Dann wiederholte er seinen abgedroschenen Spruch ins Megaphon, aber nichts rührte sich.

»Frau Meerbusch, wir wissen, dass Sie da drin sind. Bitte treten Sie vor die Tür.«

Das Mobile Einsatzkommando hatte inzwischen den Schuppen umstellt.

»Frau Meerbusch, wenn Sie sich nicht freiwillig ergeben, müssen wir uns gewaltsam Zutritt zu Ihrem Versteck verschaffen! Bitte bedenken Sie, dass Ihr Verhalten Ihnen nur Nachteile bringt.«

Noch immer rührte sich nichts.

* * *

Blaue Wimpel im Sommerwind. Zita erschrak vor der Stimme des Bruders. War sie so schon schaurig genug, singend war sie kaum zu ertragen.

»Du wolltest mich töten«, sagte sie.

Er schaute sie fragend an, als kramte er in den Ablagekästen seiner Erinnerung nach dem Sinn dieser Aussage. Und schüttelte den Kopf. Und schüttelte ihn, während er sein Lied jetzt weitersummte, noch einmal.

Dann unterbrach er das Lied und horchte nach draußen.

Frau Meerbusch, kommen Sie mit erhobenen Händen heraus. Jeder Widerstand ist zwecklos.

Jemand wollte, dass Zita sich ergeben sollte? Er lachte. Und imitierte einen Trompetenstoß. Dann sang er wieder: »Von all unsern Kameraden war keiner so lieb und so gut als unser kleiner Trompeter …«

»Ich muss mich ergeben, sie verlangen es«, schrie Zita, während draußen der Kommissar zum wiederholten Male durchs Megaphon seine Forderung brüllte.

Der Bruder ging zur Tür, öffnete sie einen Spalt breit und richtete seine Pistole auf die Angreifer. Und sang dabei: »Da kam eine feindliche Kugel, bei einem fröhlichen Spiel: mit einem seligen Lächeln unser kleiner Trompeter, er fiel …«

Zita versuchte, ihn von der Tür wegzureißen, aber Skalp war stärker. Er wehrte sich mit seiner ganzen Körperkraft gegen die Schwester, stieß sie von sich und trat vor die Tür.

»Legen Sie die Waffe nieder!«, schrie Lott ins Megaphon.

Skalp lachte. Und begann noch einmal dieselbe Strophe: »Da kam eine feindliche Kugel, bei einem fröhlichen Spiel: mit einem seligen Lächeln unser kleiner Trompeter, er fiel …«

Kaum hatte er die Waffe erhoben und gegen Lott gerichtet, wurde er, bevor er einen Schuss abgeben konnte, von mehreren Kugeln getroffen.

Skalp stürzte und blieb liegen. Zita kam herausgestürmt und beugte sich über den Bruder, der nicht ihr Bruder war, und legte seinen Kopf in ihren Schoß. Den Polizisten machte sie Zeichen, nicht mehr zu schießen.

Blut rann über Zitas Hand. Sie drückte ihre Hand auf die Wunde. Joachim schaute zu ihr hoch und sang mit schwerer Zunge: »Schlaf wohl, du kleiner Trompeter, wir waren dir alle so gut, schlaf wohl, du kleiner Trompeter …«

Dann versagte seine Stimme. Blut quoll aus seinem Mund, während die Sirene des Rettungswagens immer lauter wurde. Schon wurden die Türen aufgerissen, eine Bahre hergetragen, aber der Tod war schneller und vor ihnen da.

Zita hielt den Stiefbruder noch immer im Arm. Und musste nun in den Tiefen ihrer zerbrochenen Seele stöbern, um zu ergründen, welche Beziehung sie eigentlich zu Joachim, ihrem Bruder, der nicht ihr Bruder war, hatte.

Eine neidvolle Liebe, ein Begehren, dessen er sich schämte. Was der Bruder gefühlt hatte, das wusste sie. Aber was hatte sie für ihn empfunden? Zuletzt Angst und gewiss Hass – und ganz zuletzt? Mitgefühl vielleicht und vielleicht auch einen Funken schwesterlicher Liebe, die in der Asche eines erloschenen Feuers ein wenig Glut erfahren durfte. Sie schaute auf Joachim herab und drückte ihm die Augen zu.

Mit geschlossenen Augen lächelte er, so friedlich, wie nur Tote lächeln können.

45

Zita legte ein Geständnis ab. Im Verhörraum des Neuen Baus. Aber was hatte sie eigentlich zu gestehen? Zu einem Vergeltungsmord war es nicht gekommen, weil Schwinn es vorgezogen hatte zu sterben, bevor Zita die Exekution an ihm hätte vollstrecken können. Unterlassene Hilfeleistung in der Mordsache Edgar Schmitt? Die Mordabsicht Skalps konnte sie nicht ahnen und den Mord selbst nicht verhindern. Blieb die Sache mit Mirko Melcher. Aber da war sie hineingeschlittert, ohne jede böse Absicht. Und Mirko klagte nicht. Von Schwinn wusste sie über Skalps Absichten Bescheid, von dem Handel und von den möglichen Auftragsmorden mit nuklearen Substanzen. Aber Schwinn selbst hatte sich darüber ja eher lustig gemacht, als dass er diese für voll genommen hätte. Blieb allein der Tatbestand, dass sie Schwinn nicht schon zeitig der Polizei ausgeliefert hatte. Aber Zita Meerbusch konnte glaubhaft machen, dass sie nicht wusste, dass Schwinn auf der Fahndungsliste von Interpol stand.

Es lag nun im Ermessen der Staatsanwaltschaft, ob sie gegen das Löwenmenschle Anklage erheben würde.

Lott saß ihr gegenüber, und während sie redete, schaute er ihr fortwährend in die Augen. Ermittlungstechnisch, verhörtaktisch, was immer sie denken mochte dabei.

Aber Lott dachte nur: *Eine wunderschöne Frau*, und fragte sich, ob dies das treffende Adjektiv war. Zur Auswahl hatte er noch: apart, charmant, sinnlich und interessant. Aber dann entschloss er sich, das erste Adjektiv zu akzeptieren. *Zita Meerbusch ist eine wunderschöne Frau.*

Als er, gegen Ende des Verhörs schon, die beiden Deutschrussen ins Spiel brachte, schnitt ihm Zita das Wort ab.

»Ich hoffe, sie sind beim Teufel«, sagte sie, und lächelte vielsagend.

Dass sie die beiden erschossen hatte, verschwieg sie.

Lott bedauerte, dass er das Verhör, nachdem ihm die Fragen ausgegangen waren, so übergangslos beenden musste.

Zita schien es zu spüren.

»Ich bin ja nicht aus der Welt«, tröstete sie ihn. »Sie wissen ja, der Kampf gegen Mirkos scheußliche Löwenmensch-Plastiken ist noch nicht zu Ende gefochten.«

Lott stand auf und brachte sie zur Tür. Dort drehte sie sich um und küsste Lott auf die Wange. Ihre feuchten Lippen machten ihn stolz. Immerhin war es ihm gelungen, in ihren Augen attraktiv zu erscheinen.

Er hielt diesen Gedanken noch einen Augenblick fest, dann ging er, zwei Türen weiter, in sein Büro.

Brauchles Schreibtisch war leer.

Kammerzelt hatte seine Arbeit beendet. Er hatte Lotts Vorurteile, das BKA betreffend, deutlich gemildert.

Und Brauchle war tot. *'s goht nemme.*

Seine Tage hier waren auch gezählt. Auch wenn er nicht die Absicht hatte, Brauchle zu folgen. Bis zur Rente würde er durchhalten. Und dann ein Leben führen ohne Mord und Totschlag.

* * *

Das Telefonklingeln riss ihn aus seinen Gedanken.

»Warum hast du dein Handy nicht eingeschaltet?«, rügte Lisa den Vater.

»Ich hatte ein Verhör«, entschuldigte sich Lott.

»Wir sind unterwegs nach Hause«, jubilierte sie. »Ich hab die Mama abgeholt, sie sitzt neben mir. Freust du dich?«

»Ja, ich freu mich«, antwortete Lott gerührt.

»Sie sagt, sie will dich auf dem Handy anrufen, damit du dein Diensttelefon nicht für private Liebesgeplänkel missbrauchst. Also schalte es ein«, scherzte Lisa.

Lott hörte im Hintergrund noch Ellis protestierendes Lachen, dann drückte er das Gespräch weg und wartete.

Nach wenigen Sekunden rührte sich sein Handy: *Forever Young.*

Epilog

Die Beweislage gegen Zita Meerbusch war äußerst dünn. So dünn, dass ein Prozess von vornherein von der Staatsanwaltschaft als aussichtslos eingestuft wurde. Eine in Erwägung gezogene Anklage wurde nicht erhoben.

Im Juli 2008 verließ Zita Meerbusch Ulm und zog mit Luna, ihrer Lebensgefährtin, nach Paris, um von dort aus Reisen und Seminare zu den Höhlen der Île-de-France zu organisieren. Zirka 2000 Höhlen liegen dort, südlich von Paris, im Dickicht der Wälder verborgen, von denen viele uralte Ritzungen und Zeichen in ihrem Inneren bergen, die von der Spiritualität und dem Weltverständnis unserer »Ahnen« erzählen. Zita und Luna führten ihre Seminarteilnehmer in Tagesausflügen zu den sensiblen Kraftplätzen. Zu ihrem Programm gehörte eine Einführung in die Entstehungs- und Entdeckungsgeschichte der eiszeitlichen Kulthöhlen. Eine Aufgabe, die Zita zufiel, während Luna mit Körper- und Wahrnehmungsübungen, Meditationen und Ritualen ihren Part zu erfüllen hatte.

Das Startkapital für dieses bald gut florierende Unternehmen stammte aus Arthur Schwinns Hinterlassenschaft.

Joachim Meerbusch wurde in Schwerin, im Familiengrab der Meerbuschs, beigesetzt. Die Konten der Security, die sich Favoriten nannte, wurden beschlagnahmt.

Im Sommer 2010 entdeckten zwei Buben während eines Schulwandertags ins Lonetal in der besagten Höhle die Leichen der beiden Deutschrussen. Auf Grund der Projektile, die bei der Obduktion freigelegt wurden, konnte die Tatwaffe als eine von Schwinns Pistolen identifiziert werden. Die Tatwaffe selbst blieb unauffindbar. Ebenso der Täter. Die Staatsanwaltschaft vermutete, dass es sich bei der Tat um eine Art Hinrichtung gehandelt habe, die Joachim Meerbusch oder einer seiner Komplizen ausgeführt haben musste. Lott glaubte diese Version nicht, aber er schwieg.

Im November 2013 wurde der weltberühmte Löwenmensch nach seiner jüngsten Restaurierung eindeutig als männliches Wesen identifiziert. Ein dreieckiges Plättchen im Schambereich der Figur gilt als sicheres Indiz für die Geschlechtszuordnung.

Danksagung

Ich danke der Autorin Sirilya Dorothee von Gagern und dem Irdana Verlag für die Zusage, Texte aus dem Buch *Botschaften der Großen Göttin** für diesen Kriminalroman entnehmen zu dürfen. Für alle, die tiefer in die Symbolsprache aus den Kulthöhlen der Île-de-France eintauchen wollen, sei dieses Buch wärmstens empfohlen.

Ich danke Ralf Milde, dessen Geschichte um die Löwenmensch-Plastiken ich in diesem Roman verarbeiten durfte. Sein Rat und seine Anregungen dazu waren richtungsweisend. Ferner danke ich Petra Kollros für die erste Korrektur, Anthimos Toupheksis für die Griechenland-Kapitel und meinem Lektor Michael Raffel, der mir wieder einmal alle Stolperfallen aus dem Weg geräumt hat. Er hat auch diesen, mittlerweile vierten, Krimi meisterlich lektoriert.

Danken will ich auch wieder meinem Ersten Kriminalhauptkommissar a. D. Karl-Heinz Hahn, der mich mit seinem Fachwissen bei allen Ermittlungsschritten begleitet hat.

* Sirilya Dorothee von Gagern / Skadè, Cambra M., Botschaften der Großen Göttin, m. Symbol-Kraftkarten. Die Symbolsprache aus den Kulthöhlen der Île-de-France. Irdana Verlag 2013.

Ulm

In Ihrer Buchhandlung

Manfred Eichhorn

Wolfsnächte

Ein Baden-Württemberg-Krimi

Dezember 1999. Auf dem Rainbauerhof in Harthausen wird wenige Tage vor Weihnachten eine junge Frau erhängt aufgefunden. Ihr Abschiedsbrief gibt dem Ulmer Kommissar Klaus Lott Rätsel auf. Im Nachbarort wird am nächsten Tag ein weiterer Suizid gemeldet. Lott glaubt nicht an einen Zufall. Die Spur führt Lott und seine Soko »2412« zu einer okkulten Vereinigung, die sich »Die Hüter der Wolfsnächte« nennt und die es sich zur Aufgabe gemacht hat, den überlieferten Losungen dieser Nächte zu folgen …

256 Seiten.
ISBN 978-3-8425-1216-0

Silberburg-Verlag

www.silberburg.de

Ein Ulm-Krimi

In Ihrer Buchhandlung

Manfred Eichhorn

Frei zum Schuss

Ein Ulm-Krimi

Kathrin Freudenberg, umstrittene Präsidentin des Ulmer Sportvereins, hat zu viel riskiert. Wenige Stunden nach dem Anpfiff der Fußballweltmeisterschaft in München schwimmt ihre Leiche in der Donau. Hauptverdächtiger ist Bobo Müller, Leiter des Dezernats für Wirtschaftskriminalität. Klaus Lott übernimmt die Leitung der Soko. Lotts Ermittlungen beginnen schleppend. Doch dann geschieht ein zweiter Mord, ausgerechnet in Söflingen, am Ort seiner Kindheit. Jetzt wird dieser Fall für ihn zur Begegnung mit der Vergangenheit. Er gerät in ein mörderisches Spiel …

256 Seiten. ISBN 978-3-87407-802-3

Silberburg-Verlag

www.silberburg.de

Ein Ulm-Krimi

In Ihrer Buchhandlung

Manfred Eichhorn

Die Maske der Moretta

Ein Ulm-Krimi

Es ist Februar, Fasnetszeit. Doch der Faschingslaune in Ulm wird ein Riegel vorgeschoben. Denn was sich im ersten Moment wie ein schlechter Witz anhört, wird grausame Wirklichkeit: Das Faschingsprinzenpaar der Großen Ulmer Karnevalsgesellschaft ist ermordet worden. Klaus Lott leitet die Soko und bald schon wird er mit einem weiteren »Fasnetsmord« konfrontiert. Das Opfer ist der »GaugaMa«, Symbolfigur einer Söflinger Fasnetsgruppe. Lott ermittelt an allen Fronten. Und muss sich, als Faschingsmuffel, selbst unter die ungeliebten Narren mischen, ehe am Rosenmontag die Masken fallen.

280 Seiten.
ISBN 978-3-87407-881-8

Silberburg-Verlag

www.silberburg.de

Schwäbische Alb

In Ihrer Buchhandlung

Günther Bentele

Albspargel

Ein Baden-Württemberg-Krimi

In Tigerfeld, einem Dorf auf der Schwäbischen Alb, ist ein Streit um den Bau einer Windkraftanlage entbrannt. Es geht um den Umwelt- und Naturschutz, die Energiewende und natürlich auch um viel Geld. Als plötzlich der Hauptinvestor ermordet wird, blicken alle im Ort auf Felix Fideler. Der Windfachmann aus Stuttgart mit Wurzeln auf der Reutlinger Alb soll mit seinem Gutachten eigentlich für klare Verhältnisse sorgen. Stattdessen wird er zur Zielscheibe von Gerüchten und Verdächtigungen, deren Keimzelle in der Vergangenheit liegt.

252 Seiten.
ISBN 978-3-8425-1186-6

Silberburg-Verlag

www.silberburg.de

Schwäbische Alb

In Ihrer Buchhandlung

Manfred Mai

Hälfte des Lebens

Ein Baden-Württemberg-Krimi

Die erste Pisa-Studie schreckt Kultusbürokratie und Lehrerschaft auf. Schnell muss darauf reagiert werden. So besucht auch Dieter Beckstein, Gymnasiallehrer aus Albstadt, eine entsprechende Fortbildung. Doch er ist bloß mit halbem Ohr dabei, denn zwei Seminarteilnehmerinnen verwickeln ihn in ein Gefühlswirrwarr aus Liebe und Begehren. Wird es ihm gelingen, aus seiner festgefahrenen Lebenssituation auszubrechen?

144 Seiten.
ISBN 978-3-8425-1246-7

Silberburg-Verlag

www.silberburg.de

Ehingen an der Donau

In Ihrer Buchhandlung

Walter G. Pfaus

Kindstod

Ein Baden-Württemberg-Krimi

In einem kleinen Dorf bei Ehingen (Donau) geht das Leben seinen ruhigen Gang – auch für Polizeioberkommissar Hanno Köberle. Als aber in der Garage der größten Tratschtante die Leiche eines Neugeborenen gefunden wird und tags darauf ein Unfall geschieht, dem die Entdeckung eines grausigen Verbrechens auf dem Friedhof folgt, ist es mit der Beschaulichkeit vorbei. Gut, dass wenigstens Dorfpolizist Köberle die Ruhe bewahrt und beharrlich jeder noch so kleinen Spur nachgeht …

288 Seiten.
ISBN 978-3-8425-1247-4

Silberburg-Verlag

www.silberburg.de